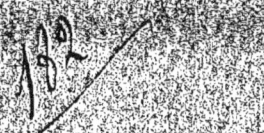

SECRÉTARIAT : CHEZ M. LE DOCTEUR P. PITET, RUE ⟩

Reçu de M

la somme de **QUINZE FRANCS**, *pour prix de son abonnement à la Bibliothè*

pathique, *année 187 , Tome .*

Paris, le ⸻ 187

LE SECRÉTAIRE,

COLLECTION MICHEL LÉVY

LES SECRETS

D'UNE SORCIÈRE

II

MICHEL LÉVY FRÈRES, ÉDITEURS

OUVRAGES

DE

LA COMTESSE DASH

Format grand in-18

	vol.		vol.
L'ARBRE DE LA VIERGE......	1	— LA JEUNESSE DE LOUIS XV,	1
UN AMOUR COUPABLE........	1	— LES MAITRESSES DU ROI...	1
LES AMOURS DE LA BELLE AU-		— LE PARC AUX CERFS....	1
RORE....................	2	LES HÉRITIERS D'UN PRINCE..	1
LES AVENTURES D'UNE JEUNE		LE JEU DE LA REINE........	1
MARIÉE..................	1	LA JOLIE BOHÉMIENNE.......	1
LES BALS MASQUÉS........	1	LES LIONS DE PARIS........	1
LA BELLE PARISIENNE.......	1	LE LIVRE DES FEMMES......	1
BOHÈME ET NOBLESSE........	1	MADAME LOUISE DE FRANCE...	1
LA CEINTURE DE VÉNUS......	1	MADAME DE LA SABLIÈRE.....	1
LA BOHÈME AU XVIIe SIÈCLE..	1	MADEMOISELLE CINQUANTE MIL-	
LA CEINTURE DE VÉNUS.......	1	LIONS..................	1
LA CHAINE D'OR...........	1	MADEMOISELLE DE LA TOUR-DU-	
LA CHAMBRE BLEUE.........	1	PIN....................	1
LA CHAMBRE ROUGE........	1	LA MAIN GAUCHE ET LA MAIN	1
LE CHATEAU DE LA ROCHE-SAN-		DROITE................	1
GLANTE	1	LA MARQUISE DE PARABÈRE...	1
LES CHATEAUX EN AFRIQUE...	1	LA MARQUISE SANGLANTE......	1
LES COMÉDIES DES GENS DU		LA NUIT DE NOCES.........	1
MONDE..................	1	LE NEUF DE PIQUE..........	1
COMMENT ON FAIT SON CHEMIN		LA POUDRE ET LA NEIGE....	1
DANS LE MONDE...........	1	LA PRINCESSE DE CONTI......	1
COMMENT TOMBENT LES FEMMES.	1	UN PROCÈS CRIMINEL.......	1
LA DAME DU CHATEAU MURÉ.	1	UNE RIVALE DE LA POMPADOUR,	1
LA DERNIÈRE EXPIATION.....	2	LE ROMAN D'UNE HÉRITIÈRE..	1
LA DETTE DE SANG	1	LA ROUTE DU SUICIDE........	1
LE DRAME DE LA RUE DU SENTIER	1	LE SALON DU DIABLE........	1
LA DUCHESSE D'ÉPONNES	1	UN SECRET DE FAMILLE......	1
LA DUCHESSE DE LAUZUN.. ...	3	LES SECRETS D'UNE SORCIÈRE.	2
LA FÉE AUX PERLES.......	1	LA SORCIÈRE DU ROI.......	2
LA FEMME DE L'AVEUGLE....	1	LE SOUPER DES FANTÔMES....	1
LES FEMMES A PARIS ET EN		LES SOUPERS DE LA RÉGENCE..	2
PROVINCE	1	LES SUITES D'UNE FAUTE.....	1
LE FILS DU FAUSSAIRE.......	1	TROIS AMOURS.............	1
LE FRUIT DÉFENDU.........	1	LES VACANCES D'UNE PARISIENNE	1
LES GALANTERIES DE LA COUR		LA VIE CHASTE ET LA VIE IM-	
DE LOUIS XV............	4	PURE..................	1
— LA RÉGENCE.............	1		

POISSY. — TYP. S. LEJAY ET CIE.

LES SECRETS

D'UNE

SORCIÈRE

PAR

LA COMTESSE DASH

II

NOUVELLE ÉDITION

M·L

PARIS

MICHEL LÉVY FRÈRES, ÉDITEURS

RUE AUBER, 3, PLACE DE L'OPÉRA

LIBRAIRIE NOUVELLE

BOULEVARD DES ITALIENS, 15, AU COIN DE LA RUE DE GRAMMONT

1874

LES
SECRETS D'UNE SORCIÈRE

XXVII

LA FIN D'UN BAL

Isabelle hâta le pas, bien qu'elle ne s'aperçût point qu'on la suivit. Toute à la conversation qu'elle venait d'avoir, au bonheur qu'elle avait goûté, aux craintes qui l'avaient suivi, elle cherchait à se remettre, elle cherchait une excuse pour dissimuler son trouble et pour détourner les soupçons de son mari, s'il en avait conçu.

— Hélas! il faut tromper, il faut mentir, triste condition des coupables, première expiation du crime!

Elle rejoignit les limites de la fête, se mêla aux groupes qu'elle ne connaissait pas et finit par s'asseoir sur un siège isolé, non loin de la salle de danse, derrière un bosquet de roses. Sa sœur, son mari, passèrent

devant elle plusieurs fois sans la voir, elle assista de
loin aux danses, aux joies des autres en renfermant
une immense joie dans son cœur.

Lorsqu'elle eut rêvé, lorsqu'elle se fut composé un
maintien et un visage, elle appela Béatrix, accompa-
gnée du jeune maître du logis. Celle-ci poussa un cri
de joie.

— Ah! vous voilà! mon frère va être bien content,
il est très-inquiet de vous. Où étiez-vous donc pour
l'amour du ciel?

— Ici, je n'ai pas quitté cette place, je vous ai vus
tous, très-affairés, me demandant aux échos du bocage,
comme dirait M. de Voiture, je me suis amusée de
vos inquiétudes, et j'ai joué à la cligne-musette.

— Vous êtes seule?

— Parfaitement seule.

— Quoi? seule ainsi, toute la soirée? C'est bien la
peine de venir au bal.

— Ce sont mes jours de fête à moi.

— Oh! je comprends cela, dit le jeune homme.

— Vous comprenez ces rêveries et ces solitudes,
monsieur de Sainte-Croix? Déjà! il faut que vous ayez
beaucoup souffert.

Le jeune marquis baissa les yeux et ne répondit pas.

— Pauvre enfant! murmura Isabelle.

— Maintenant il faudrait trouver votre mari, il est
capable de se jeter dans la Vienne; il a couru tout le
long de ses bords, convaincu que vous étiez à regarder

la lune sous quelque saule pleureur. Il y est retourné, je gage; marquis, vous devriez bien nous l'envoyer.

Le marquis prit cette demande pour un ordre et s'empressa d'obéir.

— Ma bonne sœur, continua Béatrix, avez-vous donc quelque chagrin?

— Moi! aucun. Pourquoi?

— Si vous saviez combien vous êtes changée, prenez votre miroir et regardez-vous.

Les dames portaient alors très-souvent, et surtout en parure, un miroir suspendu à leur côté par une chaîne de pierreries. On les entourait ou de petites plumes, ou de fleurs, ou d'orfèvrerie, et la plupart du temps ils servaient d'éventail. Isabelle leva promptement le sien et se regarda, elle craignait quelque désordre révélateur dans sa coiffure ou dans sa toilette. Elle vit son visage pâle, ses yeux éteints, son sourire brisé, elle crut lire dans tous ses traits les impressions qu'elle avait reçues et trembla que son mari n'eût la même clairvoyance.

— La joie des autres m'attriste, répliqua-t-elle, vous le savez.

— Ah! ma pauvre sœur, votre cœur est encore très-malade, je le crains.

— Plus malade que jamais, Béatrix, priez pour moi.

M. de Sainte-Croix amena M. de Fouquerolles, dont le visage exprimait malgré lui autant de mécontentement que d'inquiétude.

— En vérité, madame, dit-il assez vivement à sa femme, il est malséant de se faire chercher ainsi.

— Mon ami, je n'ai pas souvent d'enfantillages, il faut me le pardonner, et d'ailleurs, j'en ai été punie, car je me sens toute souffrante et je désire rentrer au logis.

— Quand il vous plaira, madame. Êtes-vous restée ici toute la soirée seule?

— Sauf les instants que ma sœur m'a donnés, oui, monsieur.

— Suis-je donc forcée de vous suivre? demanda Béatrix, je me porte à merveille, moi.

— J'espère que madame votre sœur voudra bien revenir sur sa décision, madame; d'abord nous n'avons pas soupé, ensuite nous avions formé une partie charmante, c'était de vous reconduire à Malière par eau. Toute ma flottille est sous les armes, pavoisée, à vous attendre. Le jour vient de très-bonne heure dans cette saison, ce sera un coup d'œil délicieux que le lever du soleil sur la Vienne, au milieu des ombrages et des fleurs avec le chant des oiseaux et le réveil de toute la nature.

— Oh! ma sœur, ma sœur, ce sera délicieux en effet, ne refusez pas cette partie, cela vous guérira, j'en suis sûre.

Au lieu de se guérir, au seul mot de la Vienne, Isabelle fut prise d'une palpitation terrible. Cependant, elle ne voulut point affliger Béatrix, un sacrifice de

plus ne lui coûterait guère, à elle qui en avait déjà
tant fait.

— Et vous, monsieur, ce petit voyage vous agrée-
t-il?

— Moi, madame, tout ce qui vous plaira me convient.

Mais ses paroles étaient démenties par ses regards,
mais le marquis était contraint, tout en s'efforçant
d'être aimable. Il examinait sa femme à la dérobée
cherchant quelque symptôme accusateur, il ne vit en
elle qu'une tristesse un peu plus vive que de coutume,
il tâcha de se rassurer.

— Resterons-nous? répéta Isabelle.

— Restons, si vous voulez.

— Venez donc près de moi alors, je ne me soucie
pas de quitter cette place, où je me trouve à merveille
et d'où l'on voit le mouvement de la fête.

Cette invitation calma comme par enchantement les
soupçons, ou plutôt les vagues inquiétudes du mari.
Il prit le siége qui lui était offert, Béatrix et son jeune
soupirant s'éloignèrent dès qu'ils virent leur caus
gagnée, madame de Fouquerolles s'imposa une con
trainte horrible pour prendre son ton habituel, pour
que rien de gêné ne parût ni dans ses gestes, ni dans
ses paroles.

— Ah! que je souffre! se dit-elle, le châtiment commence.

Cependant Béatrix et le jeune amoureux se mêlaient

aux personnes qui parcouraient le parc et que la danse
fatigue. Depuis le commencement du bal, elle n'avait
plus revu le vicomte. Prenant au pied de la lettre le
congé donné par Isabelle, il s'était abstenu de revenir
auprès d'elle, très sûr que la coquette le remarquerait
davantage ainsi : ce qui ne manqua pas d'arriver. Elle
avait, ce jour-là, une double raison pour désirer de le
revoir. Il avait vivement excité sa curiosité en lui parlant de ce château diabolique, et elle eût tout donné
pour s'en convaincre par elle-même.

— A défaut du vicomte, qui sait? celui-ci m'en apprendra peut-être davantage.

Ce projet une fois formé dans sa tête folle, devait recevoir son exécution. Elle commença par vanter la
fête et tous ses charmes, puis elle en vint au château
lui-même, et enfin elle amena si bien les choses, que
le propriétaire ne se fâcha point lorsqu'elle lui demanda
à le visiter.

— On dit qu'il s'y trouve des choses miraculeuses,
monsieur le marquis.

Le jeune homme se prit à sourire.

— Vous avez entendu parler de nos chambres à secrets, madame, n'est-ce pas?

— Fort peu... très-légèrement.

— Je vous y conduirai, si vous le désirez, mais il
faut, pour cela, des conditions que vous ne possédez
pas, je le crains.

— Lesquelles? lesquelles?

— D'abord, et celle-ci est indispensable, une foi entière.

— Une foi entière, en quoi?

— En ce que vous verrez, en ce que vous entendrez.

— Je verrai donc, j'entendrai donc quelque chose d'extraordinaire?

— De très-extraordinaire, j'en conviens.

— Ah! c'est différent; alors, j'ai peur et je n'irai point seule, je vous en avertis.

— Nous conduirons qui vous voudrez, madame votre sœur, par exemple.

— Ma sœur en serait malade.

— Qui donc alors?

— Ah! pas mon mari non plus. Tenez, le vicomte; le voilà, appelez-le, il croira, lui, j'en suis certaine, et puis, il me semble que je n'aurai pas peur avec lui.

Le pauvre enfant soupira, il ne suffisait point à la rassurer! tandis que cet homme!... Il l'appela, néanmoins : le premier amour obéit toujours. Quand le vicomte sut ce que l'on allait faire, il s'en montra très-satisfait.

— Je suis croyant, oui, madame, je le suis, s'empressa-t-il d'ajouter, lorsqu'on lui fit cette condition. Cela vous paraît étrange; c'est que j'ai déjà éprouvé une fois cette science singulière, et que j'ai vu des faits...

— Vous ne m'avez jamais raconté cela.

— J'en parle le moins possible, madame : j'ai reçu

une trop forte impression. Allons vite, je suis curieux
de ce qui va se passer.

Le marquis passa devant eux pour leur montrer le
chemin. Au lieu de les conduire au corps de logis principal, il fit un détour en marchant vers une tour presque isolée, dépendant cependant du bâtiment lui-
même, et s'y rattachant par des galeries. Cette tour
existait et existe peut-être encore, sous le nom de
Tour de Saint-Nicolas. Le vicomte n'avait point son
enjouement habituel; en vain Béatrix, qui cherchait
à se rassurer, essaya-t-elle quelques plaisanteries, il
ne les releva pas.

Les femmes ont souvent d'étranges sympathies, des
caprices sans motifs possibles, elles sont entraînées
vers un homme qui n'a rien de séduisant, et repous-
sent celui qui possède tout pour plaire. La belle, la
ravissante comtesse d'Oston, aux genoux de laquelle
les hommes les mieux faits imploraient vainement un
sourire, qui repoussait sans pitié le charmant marquis
de Sainte-Croix, se sentait un penchant presque invincible pour Cabines, dont elle appréciait la laideur, dont
elle pressentait le caractère. Jusqu'ici, l'affection
qu'elle portait à son mari, le sentiment de ses devoirs,
la légèreté enfantine de son caractère, l'avaient pré-
servé du danger, mais le vicomte la devinait; il ne
voulait pas compromettre sa victoire, il sapait l'édifice
avant de le jeter à bas, pour être plus sûr de la ruine.
Il attendait.

Madame d'Oston, ainsi que beaucoup de jeunes femmes, croyait avoir aimé son mari d'amour. Cette erreur, dans laquelle nombre d'entre nous restent toute leur vie (et ce sont les plus heureuses), est plus commune qu'on ne le croit. Une enfant se marie, et Béatrix était encore plus une enfant par son caractère que par son âge ; une enfant se marie, elle a le cœur tout ouvert, l'homme qu'on lui présente est fait pour plaire, il l'aime, il l'entoure de cette atmosphère de passion à laquelle on résiste si difficilement, elle s'y livre, elle s'y donne de toutes les forces de ses facultés assoupies ; elle les suppose développées, elle sent, elle éprouve les bonheurs ineffables de l'amour permis et son âme est satisfaite, et elle croit avoir épuisé la coupe de la vie. Pauvre créature, qui ne s'en doute pas! elle n'a point souffert!

Mais plus tard, souvent, arrive celui qui doit lui révéler son âme, celui qu'elle doit aimer malgré son devoir, malgré les obstacles; celui qui lui fait tout oublier, pour lequel elle se sacrifie, à qui elle livre tout ce qu'elle a donné à un autre, sans trembler et sans frémir; elle expose pour lui sa réputation, sa vie, son avenir; elle est torturée par le remords, par la jalousie, par les difficultés, par le sentiment de sa dégradation même. C'est alors que la passion la tient dans ses serres, c'est alors qu'elle aime! C'est alors qu'elle comprend qu'elle n'avait pas aimé. Les malheureuses appelées à cette épreuve sont les victimes du sort, elles sont les victi-

nies du monde et d'elles-mêmes. Nul ne leur pardonne
que celui qui voit tout, qui est l'éternelle justice et
l'éternelle bonté.

Béatrix suivait le vicomte et le marquis les précédait
tous les deux. Il ouvrit une porte étroite et basse conduisant à un escalier de pierre en spirale. Pendant qu'il
en montait les marches, un bruit étrange se faisait entendre au premier étage, on eût dit une roue qui
tournait.

— Oh! j'ai peur, dit la comtesse en se rapprochant
de son compagnon.

— Vous n'avez rien à craindre, madame; d'ailleurs
il est encore temps de reculer, dit le maître du logis.

— Il ne sera pas dit que je suis une trembleuse. En
avant, messieurs!

Aussitôt que le marquis toucha la porte le bruit
cessa, et ils se trouvèrent dans une obscurité profonde.
Le cœur de Béatrix battait bien vite, elle n'osait pas
avancer. Sans que personne eût dit une parole, sans
que l'on entendît rien, la chambre fut éclairée par une
vive lumière, renfermée dans un globe de cristal attaché au plafond. C'était une pièce ronde, de toute la
grandeur de la tour. Trois tourelles en poudrières,
s'ouvraient sur cette pièce, la quatrième formait l'escalier. Les murailles étaient couvertes d'une tapisserie
sombre, représentant des scènes de magie, et les pytho-
nisses célèbres de l'antiquité.

Au milieu de la chambre, une grande table, couverte d'instruments de chimie, de physique, inconnus au vulgaire, ils remplissaient d'étonnement ceux qui les voyaient, et ne s'en expliquaient pas l'usage.

Trois sièges l'entouraient, c'étaient des tabourets d'une forme particulière et tout à fait inusitée.

Dans un coin, près d'une des tourelles dont la porte était fermée, une autre table sur laquelle une écritoire et une plume étaient posées à côté d'un morceau de papier d'un rouge de sang.

Les visiteurs examinèrent tout ceci en silence. Cette pièce était d'une simplicité grandiose qui imposait. Béatrix s'attendait à chaque instant à quelque apparition effroyable et elle se raisonnait d'avance, pour ne pas sembler trop craintive.

— Si vous, madame, ou si vous, monsieur le vicomte, désirez savoir quelque chose de votre avenir, approchez-vous de cette table et écrivez. L'oracle vous répondra.

— Commencez, commencez, répondit Béatrix, j'ai peur, j'ai réellement peur.

— Quant à moi, je ne vois rien d'effrayant dans tout ceci, ma première aventure était bien autre chose. Je me risque.

Il fit ce que lui avait conseillé le vicomte, l'encre noire sur ce papier rouge formait un contraste saisissant. Il traça une question de trois lignes, sans trembler et la main aussi sûre que s'il écrivait un billet doux. Aussitôt qu'il eut fini, selon l'invitation du marquis, il laissa sa question sur la table et revint vers eux.

— Qui répondra donc? demanda la jeune femme, est-ce que nous allons voir un esprit?

— Vous ne verrez rien, seulement la réponse se trouvera bientôt sur la table au lieu de la demande, nous en serons avertis par un bruit très-inoffensif, et M. le vicomte nous dira s'il est content de la fortune.

Après dix minutes d'attente à peu près, le grincement d'une crécelle sembla passer à travers la porte fermée.

— Allez-y maintenant, tout est fini.

M. de Gabines s'empressa de chercher la réponse. Il la lut d'abord tout bas, puis tout haut, en riant.

— Elle nous intéresse autant les uns que les autres, dit-il, écoutez!

« Je ne répondrai point à ce que tu me demandes. Je ne parlerai point à la jeune dame que tu accompagnes, ni à celui qui vous a conduits ici. Voici en deux mots votre destinée: aux jeunes coqs d'abord: ce qui est arrivé à l'un de vous doit arriver à l'autre, le sang de l'un et le sang de l'autre sont mêlés. Vous vous serez fatals et vous devriez vous aimer. La même femme vous portera malheur à tous les deux, et ce malheur se partage en bien des branches.

» Vous, jeune dame, je n'ouvrirai point votre avenir, vous êtes trop faible pour le supporter, seulement prenez garde à l'ange, prenez garde au démon. J'ai dit. »

XXVIII

LE RETOUR

En lisant cet horoscope le vicomte se mit à rire aux éclats.

— C'est absolument la Sibylle Cuméa et ses feuilles de chêne, madame, il est impossible d'y rien comprendre. La prédiction peut convenir à tout le monde et nous sommes aussi instruits qu'auparavant, ne le pensez-vous pas? Oh! ma sorcière de Vivonne était plus savante!

Mais Béatrix était une autre nature que la sienne, elle s'impressionait plus facilement et elle ne possédait pas sa force d'esprit. Elle ne répondit point; ce qu'elle avait vu, ce qu'elle avait entendu, frappait son imagination d'une terreur extrême, elle s'attacha au bras du vicomte et l'entraîna hors de cette chambre fatale.

— Venez, venez! dit-elle, ah! que je suis fâchée d'être venue ici!

Ils descendirent l'escalier bien plus vite qu'ils ne l'avaient monté. Le marquis resté derrière, · seul, les regardait partir.

— Ce n'est pas moi qu'elle a cherché pour la rassurer, pensait-il, cet homme qui la mérite si peu l'obtiendrait-il malgré moi? Que Dieu la garde du démon! et puissé-je être l'ange qui la préservera.

Les deux jeunes gens marchaient, sans l'attendre, ils se dirigeaient vers le bosquet, où la marquise de Fouquerolles s'était réfugiée, et où elle restait avec son mari. L'agitation et la pâleur de Béatrix ne lui échappèrent pas. En la voyant seule avec Cabines, elle trembla pour son avenir. Son regard l'interrogea, Béatrix lui répondit par un sourire mélancolique.

— Ma sœur, je viens d'interroger un oracle, savez-vous ce qu'il m'a répondu?

— Quelque extravagance, dit M. de Fouquerolles.

— Il m'a répondu que mon avenir était trop triste pour m'être révélé, que je n'aurais pas le courage d'en supporter l'annonce.

— Fadaises! répliqua le vicomte.

— Et c'est tout? demanda Isabelle.

— « Défiez-vous de l'ange, défiez-vous du démon, » a-t-il ajouté.

— Ah! je comprends, murmura la marquise, je ne comprends que trop.

L'heure du souper approchait. Bientôt une table, magnifiquement servie, se dressa comme par enchantement sous une longue tonnelle, couverte de pampres en fleurs. Le coup d'œil en était admirable, les lumières, cachées dans le feuillage, éclairaient d'en haut, c'était une clarté délicieuse et tout à fait imprévue. Des fruits exotiques, des vins exquis, les mets les plus recherchés, les moins connus, étaient servis avec profusion. Des pages et des officiers, admirablement vêtus,

passaient des corbeilles pleines de gâteaux, d'une fa-
rine et d'une espèce particulière. Chacun se récriait
sur ces magnificences et ces recherches.

— Qui sont donc ces gens-ci? se demandait-on de
toutes parts.

— Et cette châtelaine qui ne paraît pas! c'est elle
pourtant, sans doute, qui a ordonné tout cela, un enfant n'a ni assez d'habitude, ni assez de savoir, pour
diriger ces merveilles.

— Que c'est étrange!

— Que c'est inouï! que c'est singulier. Il y a là-des-
sous un mystère!

Les conjectures se croisaient dans tous les sens, sans
être gênées par personne, car les Sainte-Croix n'ayant
dans le pays, ni amis, ni parents, nul ne songeait à
défendre leurs secrets. Le vicomte s'occupa de toutes
les dames, il ne se mit point à table et vint derrière
elles s'informer si elles étaient satisfaites. Chacune
trouva à sa place un bouquet de fleurs admirables,
dont les parfums embaumaient l'air, pendant qu'une
musique invisible faisait entendre les plus mélodieux
concerts. C'était une féerie.

Madame d'Oston en était la reine, tout se rapportait
à elle, sans affectation, sans que nul autre qu'elle pût
s'en apercevoir. Son bouquet était autant supérieur
aux autres, que les soins dont on l'entourait étaient
plus attentifs. Son amour-propre en jouissait, son
cœur n'en fut point atteint Un attrait invincible l'en-

traînait vers Gabines, bien qu'elle ne s'en rendît pas
compte et que souvent elle se moquât de lui. C'était
une sorte de révolte contre cette puissance, qui la dominait malgré elle. Pendant que le marquis lui disait
de ces paroles qui s'adressent au cœur et qui en sortent,
ses yeux cherchaient Gabines, jouant avec la vie,
comme il en avait l'habitude, prenant les choses sé-
rieuses sur le même ton que les jouissances et ne sen-
tant pas même battre un cœur de vingt ans sous son
pourpoint doré.

Isabelle ne se doutait point de cette disposition, trop
jeune et trop inexpérimentée elle-même pour la comprendre. Elle redoutait bien plus pour sa sœur le beau
et charmant Sainte-Croix que le vicomte, si laid, si
désagréable lui paraissait-il. Cependant elle les redoutait l'un et l'autre, elle aimait tant Béatrix, qu'elle
craignait tout pour elle, tout ce qui pouvait l'entraîner
hors de la voie droite, la seule où il nous soit donné de
trouver bonheur et repos, s'ils existent sur cette terre.

Après le souper les danses recommencèrent jusqu'au
jour. Madame de Fouquerolles cherchait à bannir le
souvenir chéri dont elle était obsédée, elle chassait de
sa mémoire les paroles qui retentissaient encore à son
oreille. Ses yeux distraits ne voyaient autour d'elle que
celui qu'elle avait tant craint de ne jamais revoir. Cette
rêverie délicieuse s'emparait de tout son être, elle se
répétait vingt fois par heure.

— Il est là! Je l'ai vu! je le reverrai!

On lui parlait, elle répondait comme dans un songe, elle ne savait plus rien de ce qui l'entourait, lui et toujours lui! ce bien-aimé de son âme, ce maître de son cœur. M. de Fouquerolles, depuis bien longtemps, ne l'avait pas vue dans cet état de rêves, il en conçut de l'inquiétude, car ceux qui aiment et qu'on n'aime point en ont sans cesse et sur tout. Il n'interrogeait pas sa femme, son excessive délicatesse lui interdisait ce droit, il la suivait de l'œil, comme une mère suit son jeune enfant. Lorsqu'on parla de la promenade sur la Vienne, il la vit tressaillir, et regarder, comme si elle cherchait quelqu'un. Béatrix entourée, adorée, folle, ne s'occupait pas de son mari, elle oubliait les conseils de sa sœur, les promesses qu'elle avait faites, elle oubliait tout, dans l'enivrement de cette coquetterie, qui nous rend folles, qui nous tourne la tête, où nous ne voyons point le mal, souvent, qui nous mène au précipice, et nous le cache. L'avenir de ces deux couples, si intéressants, était gros d'orages, un rien pouvait les faire éclater.

En arrivant au bord de la rivière, les dames aperçurent les bateaux pavoisés, garnis de fleurs, de banderolles, de coussins de soie, enfin un luxe royal dont chacun demeura surpris.

— Décidément, dit le vicomte, nous sommes dans le royaume des lutins. Monsieur de Sainte-Croix, donnez-moi donc votre recette, pour que tout se fasse chez moi, sans avoir l'air de m'en occuper.

— J'ai une providence, vous ne l'ignorez pas, monsieur, une providence cachée, c'est celle qui domine tout.

— A propos : il faudra me conter votre histoire pour que je sache ce qui doit m'arriver plus tard.

— C'est peut-être à vous de me conter la vôtre, nous ne savons lequel de nous doit être le modèle ou la copie.

— C'est vous assurément.

— Ah ! monsieur, je ne vous le souhaite pas, répliqua le jeune homme avec une mélancolie amère.

— Je me le souhaite fort ! s'écria l'autre, une fortune semblable, un pareil visage, une grand'mère qui vous adore, qui vous donne tout, sans que vous lui demandiez rien, je n'en voudrais pas tant pour être bientôt l'homme le plus heureux du royaume.

— Vous ne savez guère ce que vous souhaitez, monsieur, dit en soupirant le jeune homme.

— Je le saurai quand il vous plaira de me l'apprendre, monsieur.

Pendant cette conversation des dames étaient montées dans une barque, la plus commode ; les hommes suivaient dans une autre, une troisième portait la musique. Isabelle s'assit en tremblant à la place qu'on lui destinait, elle avait reconnu Jacques dans le premier rameur placé immédiatement derrière elle.

— Quelle imprudence ! lui dit-elle tout bas.

Et pourtant son cœur battait de joie, ses yeux s'animaient, elle n'était plus reconnaissable; si M. de Fouquerolles l'eût regardée en ce moment son secret lui eût été connu, le bonheur lui formait comme une auréole.

— Mon Dieu! que madame de Fouquerolles est belle à la lueur de ce soleil levant! dit un des hommes qui les accompagnaient.

— Elle n'a pas dormi cette nuit, elle est calme et reposée, dit un autre.

— Elle a l'air d'une femme qui médite une grande joie, reprit le vicomte, si ce n'était pas l'honnêteté en jupons...

— Fi donc! madame de Fouquerolles! s'écria-t-on de toutes parts.

— C'est bon à savoir, pensa le jeune homme, et l'on s'y prendra autrement.

Chacun étant placé, les barques se mirent en mouvement; de la banquette qu'elle occupait Isabelle touchait presque du bras le bras de Jacques, elle sentait son haleine, le vent en soulevant les cheveux de son amant les mêlait aux siens. C'était un enivrement au-dessus de ses forces, d'autant plus délicieux qu'il était plus comprimé et qu'elle seule en avait le secret.

Le danger immense qu'ils couraient tous deux ajoutait encore à ce délire; si on les découvrait ils étaient perdus, ni l'un ni l'autre ne l'ignorait, et pourtant ce moment était le plus doux de toute leur existence. La marquise, repliée sur elle-même, ne voyant, n'enten-

dant rien, écoutant cette voix d'amour, murmurant à
son oreille, cette voix, muette pour tout autre qu'elle,
et qui la pénétrait jusqu'aux fibres les plus intérieures
de son être. Autour d'elle une conversation vive, ani-
mée, à laquelle chacun prenait part, lui semblait
comme le bruissement lointain des vagues insomnies.
Tout à coup elle releva la tête, le nom de Jacques frappait son oreille.

— Il a quitté l'Angleterre, disait un des hommes de
la société; je le tiens de quelqu'un qui l'a vu partir.

— Il n'est toujours pas en France, répondit un
autre, M. le cardinal le saurait bien vite, et alors...

— Alors on lui apprendrait à conspirer, répliqua le
vicomte; il n'y aurait pas de mal à cela. Ces grands
pourfendeurs de torts nous ont fait assez de tort, après
tout.

— Jeune homme, ne parlez pas de ce que vous ignorez, continua un vieux chevalier de Malte, sorte d'original, habitant le château ruiné de Chauvigny, sans
que personne lui en disputât la possession. Il passait
pour fort attaché au duc de Montmorency, décapité à
Toulouse, il était un peu son parent.

— Monsieur le chevalier, je n'ai pas eu l'honneur de
connaître M. le maréchal de Montmorency, mais je
connais parfaitement le comte de Maulevrier.

— Où l'avez-vous connu? demanda M. de Fouquerolles, avec tout le sang-froid qu'il put prendre.

— Je l'ai connu à Saulieu, monsieur le marquis, et

bien que vous n'en vouliez pas convenir peut être, c'est assez pour se former une opinion sur son compte.

M. de Fouquerolles, qui posait devant sa femme, voulut conserver le rôle qu'il avait joué jusque là, il interrompit Cabines, d'un air hautain.

— M. de Maulevrier a été mon hôte, monsieur, il a été l'ami de ma famille et il me serait particulièrement désagréable d'en entendre mal parler.

— Généreux ami! pensa Isabelle.

— Vous avez beau dire, monsieur le marquis, reprit Cabines, de son ton ironique, M. de Maulevrier ne peut être un homme de cœur, lui qui a souffert que vous vous exposiez pour lui, que vous répondiez pour lui!

— Monsieur! s'écria Fouquerolles, en mettant la main sur son épée.

— Contenez-vous, Jacques, au nom du ciel! murmura Isabelle, pensez que si vous parlez, vous me déshonorez à jamais.

— Isabelle! Isabelle! répondait le malheureux jeune homme, aimez-moi bien pour ce silence, c'est plus que ma vie.

— Monsieur le marquis, reprit le vicomte, je n'ai ni le projet ni l'envie de vous être désagréable, si je vous ai blessé, je vous en demande pardon, je ne puis faire plus.

Le marquis s'inclina.

— Mais quant à M. de Maulevrier, je sais ce que j'en pense, et je ne manquerai pas de le dire, hors de votre

présence, bien entendu, puisque ma franchise vous
est désagréable.

— Jacques! Jacques, merci! disait Isabelle.

Jacques en effet restait derrière elle, presque
anéanti, ses bras ne ramaient plus, il était sans forces,
toutes se concentraient vers son cœur.

— Ramez! ramez! ajouta-t-elle, on nous regarde.

Il reprit son aviron et le remua machinalement,
sans savoir ce qu'il faisait. La barque alla à la dérive.

— Maraud! s'écria le principal domestique, qui sur-
veillait, où nous menez-vous donc ainsi?

Isabelle suffoquait, elle s'affaissa, défaillante, sur son
banc; heureusement, Béatrix, debout devant-elle, la
dérobait aux yeux de tous, sans se douter du service
immense qu'il leur rendait.

— Oh! le misérable ne périra que de ma main, pensait Jacques, dont la position était horrible.

Le supplice prit une fin, on arrivait devant Malière.

— Vous êtes bien pâle, madame, dit M. de Fouquerolles, au moment où sa femme quittait la barque.

— Ah! oui, je n'en puis plus, je me meurs!

Elle tomba évanouie dans ses bras.

XXIX

CRAINTES

En revenant à elle madame de Fouquerolles se trouva sur son lit, sa sœur, debout à son chevet, et son mari à genoux de l'autre côté, tenant sa main, qu'il couvrait de baisers, en l'appelant des noms les plus tendres. Ses premiers regards cherchèrent celui qu'elle aimait, elle soupira profondément à l'idée qu'il ne pouvait être là, et que peut-être, en son absence, n'étant plus soutenu par la crainte d'une scène compromettante pour elle, il irait chercher le calomniateur et lui renfoncer son mensonge dans la gorge avec deux pouces de lame, comme on disait alors.

— Où est-il? dit-elle d'une voix mourante, où est M. de Cabines?

Cette étrange question étonna tout le monde, M. de Fouquerolles se releva sur le champ, et répondit, avec un peu d'humeur :

— Où voulez-vous qu'il soit? chez lui, je pense, nous n'avons pas pensé à le retenir, et nous ne pouvions guère supposer que vous fussiez si empressée de le voir.

Isabelle se tut, elle ne chercha point à donner l'explication d'une chose qui n'était pas explicable. Son mari crut y voir une insouciance pour ses impressions et une préoccupation, dont rien ne pouvait la distraire. Il s'éloigna d'auprès d'elle et se plaça sur un fauteuil à l'autre bout de la chambre.

— Madame veut dormir, sans doute, continua-t-il, en s'adressant à son frère et à sa sœur, elle rêve déjà, nous pouvons nous retirer.

Madame de Fouquerolles ne fit rien pour les retenir, elle se retourna vers la muraille et se mit à penser. Peu lui importaient en ce moment les soupçons, les jalousies; elle craignait pour la sûreté de Jacques, elle tremblait pour sa vie, le reste n'était plus rien à ses yeux. Tous sortirent, on ferma sa porte, elle resta seule, et donna carrière à ses larmes, si longtemps contenues.

— Ah! mon Dieu! murmurait-elle, vous m'éprouvez, vous m'envoyez plus d'ennemis que je n'en puis combattre. Si j'y succombe, soutenez-moi et pardonnez-moi.

Elle resta ainsi toute la matinée, cherchant un moyen de savoir, sans cependant donner l'éveil à personne, sans que la présence de Jacques fût révélée, s'il avait été assez prudent pour se taire. Une confidence à Béatrix lui semblait dangereuse, à cause de son étourderie.

— Et puis elle est si coquette, et le vicomte est si pénétrant!

Le caractère de sa sœur, bien différent du sien, était un livre fermé pour elle, elles se développaient toutes les deux en sens contraire. L'une agrandissait son cœur par la souffrance, l'autre au contraire, le rétrécissait par la légéreté, par la coquetterie, les deux dissolvants les plus sûrs en pareil cas. Elles ne se comprenaient plus et devaient se comprendre de moins en moins, tout en s'aimant avec la même tendresse. Les jeunes filles et les jeunes femmes sont si diverses! on se ressemble si peu quelque fois à bien peu d'années de distance!

Madame de Fouquerolles se leva plus tôt qu'on n'eût cru, dans son état de souffrance, plus tôt que madame d'Oston, et courut dans le parc.

— Il y sera peut-être! pensa-t-elle.

Elle le parcourut dans tous les sens et n'y rencontra personne. Son mari ne se coucha pas, il demanda ses chevaux avant huit heures et partit avec son piqueur, sans dire ni où il allait, ni quand il reviendrait. Autre sujet d'inquiétudes.

Où était-il? que cherchait-il? le vicomte ou Jacques? S'il allait les trouver tous les deux! si Jacques avait jeté son *incognito* pour venger son injure! Comment le savoir? Envoyer chez M. de Cabines! sous quel prétexte? Elle en chercha un, une heure durant, et n'en inventa pas de meilleur que d'envoyer chercher son éventail, qu'elle avait égaré au moment de sa malencontreuse syncope.

II.   2

Le vicomte fit dire qu'il ne l'avait point vu, qu'il ne savait ce qu'on lui demandait, et qu'il espérait que madame la marquise se portait à merveille.

Cette réponse fut rendue en présence de M. de Fouquerolles et lui prouva encore davantage l'attention de la marquise pour M. de Cabines. Il n'en parla point, concentra ses pensées, qui par conséquent ne devinrent que plus dangereuses.

— Nous verrons? se dit-il.

Toute la journée Isabelle resta dans le parc, fuyant même la compagnie de sa sœur, qui s'en alarmait. Jacques n'y parut point, ou du moins elle ne l'aperçut pas. Son mari l'observait à distance sans qu'elle s'en doutât, il souffrit ce jour-là de cruelles tortures, cherchant à se rappeler toutes les circonstances et tous les rapports d'une liaison, si mystérieuse jusque-là, et qui lui paraissait claire aujourd'hui.

— Ce duel, qu'il a éloigné avec tant d'adresse, ces impossibilités créées entre nous, ces excuses qu'il m'a faites et dont j'ai été dupe, ces assiduités déguisées sous le nom de ma belle-sœur, le silence que garde Isabelle sur son premier amant, le changement de son humeur, et hier, à ce bal, sa disparition inexplicable... Il avait disparu aussi, j'en ai entendu faire la remarque. Enfin cet évanouissement lorsqu'il s'est permis hier... Oh! oui... c'est cela, ce ne peut-être que cela.

Combien les passions sont ingénieuses à se nourrir de peu! combien elles se créent de chimères et savent trouver d'éléments fantastiques! On se rend malheureux à plaisir, on se creuse le cœur, on le brise, on le déchire et souvent, bien souvent, on jette le bonheur qu'on a sous la main, pour le malheur qu'il faut aller chercher.

— Deux jours entiers se passèrent de la sorte, Béatrix, comme toutes les coquettes, s'alarma de l'incident du vicomte, elle craignait qu'il ne lui échappât, que, lassé de ses rigueurs, il ne se fût retourné du côté d'Isabelle, plus disposée à l'écouter sans doute. Elle expliquait ainsi les morales et les remontrances. Cette pensée la blessa. Tout cela pour une chose imaginaire! La vie est semée de ces incidents, nous nous la rendons souvent bien cruelle en nous obstinant à voir ce qui n'est pas, à nier ce qui existe.

L'inquiétude de la marquise passait encore toutes les autres. L'absence inexplicable de Jacques, qui avait dû voir son accident et qui ne semblait pas s'en soucier, renversait toutes ses idées. Il fallait qu'on l'eût arrêté certainement, car il serait venu, il l'aimait, elle en était sûre, et s'il l'aimait ne devait-il pas être aussi impatient qu'elle de la revoir? Cette pensée unique lui fermait les yeux sur tout le reste, elle ne devinait ni l'humeur de Béatrix, ni la sombre tristesse de son mari; elle fit à peine attention à M. de Sainte-Croix, lorsqu'il s'informa de ses nouvelles, mais elle demanda plusieurs fois si le vicomte ne s'était pas présenté, et celui-ci, qui d'habitude venait chaque jour à peu près, sem-

blait prendre à tache de ne pas se montrer en ce moment, où la pauvre jeune femme était si impatiente de
le voir.

Rien n'était perdu pour son mari. Il interprétait
jusqu'à ses moindres gestes, jusqu'à son regard, il y
croyait lire l'impatience de quelque jalousie. — Ils sont
brouillés, se disait-il, il lui garde rancune et elle l'attend !

Le troisième jour elle se leva de bonne heure et
alla, comme les jours précédents, errer autour de la
rivière, elle y resta longtemps, regardant couler cette
eau sur laquelle ils avaient vogué ensemble.

— Ah! c'en est fait, murmurait-elle, je ne le verrai
plus.

En ce moment même un petit bateau, qui louvoyait
autour du bord depuis quelques instants, s'approcha
du rivage, un paysan portant des filets en descendit;
il ne lui fallut qu'un coup d'œil pour le reconnaître,
c'était Jacques. Elle fut obligée de s'asseoir tant son
cœur battait vite. Ensuite elle se dirigea lentement de
son côté et sans avoir l'air d'y attacher la moindre importance, elle s'arrêta; il se préparait à pêcher, il eût
été impossible à l'œil le plus observateur de deviner
son émotion.

Ils tournaient tous les deux le dos au parc, et non
loin d'eux, le marquis, caché dans un bosquet, les
épiait, ou plutôt épiait sa femme, car pour Jacques il
ne le soupçonnait pas.

— Jacques! dit-elle, si bas qu'il fallait la voix du cœur pour l'entendre.

— Isabelle!

Ils n'osaient pas se regarder.

— Pourquoi si longtemps?

— Pour vous.

— Vous m'avez fait cruellement souffrir.

— Il ne fallait pas vous compromettre. Mais à présent, quand dois-je venir?

— Demain soir après le couvre-feu sonné à Chauvigny.

— Où cela?

— Ici même·

— J'y serai.

Le marquis ne pouvait entendre leurs paroles, il n'eut aucun soupçon, tant Jacques mettait de naturel à lancer ses plombs. Cependant, pour plus de sûreté, il voulut voir et bientôt ils entendirent ses pas crier sur le sable. Isabelle crut qu'elle allait mourir.

— Vous êtes bien matinale, madame, dit-il.

— Je ne dors point, je suis souffrante, monsieur, et l'air est si doux à cette heure!

— Vous vous intéressez à la pêche de ce brave homme, a-t-il déjà pris du poisson?

— Non, monseigneur, j'arrive, répondit très-naturellement Jacques, la main sur son poignard et tout prêt à se défendre s'il était reconnu.

— A qui es-tu donc? je ne te connais pas.

II.   2.

— Au meunier Gibaut, monseigneur, il a la permission de pêcher dans vos eaux, et il m'a envoyé voir si je ne prendrais pas une friture, c'est aujourd'hui, vendredi.

— Ah! c'est vrai, le meunier Gibaut pêche sur nos terres, c'est un bon vassal, et mon père le lui a permis. Tu me connais donc?

— Pardine! monseigneur, si je vous connais! n'étiez-vous pas avant-hier au moulin?

— Si tu prends quelque belle alose tu nous la porteras au château, entends-tu?

— Oui, monseigneur, je n'y manquerai pas.

— Et cette barque, elle est au meunier, n'est-ce pas?

— Ah! oui, monseigneur, elle est au meunier, je vous en réponds et il en a bien d'autres. Il est riche, allez!

M. de Maulevrier jouait admirablement son rôle, mais Isabelle n'avait pas la force de prononcer une parole. Son mari lui offrit la main et lui demanda si elle souhaitait continuer sa promenade.

Elle la prit machinalement et sans répondre.

— Il me semble que j'ai vu ce drôle-là quelque part, malgré son chapeau rabattu. Il faudra que je demande au meunier Gibault où il l'a pris, pensa le marquis.

La jalousie n'est jamais tranquille.

Il tâcha ensuite de se montrer calme et gai, tous ses efforts ne parvinrent pas à tranquilliser Isabelle. Elle était si peu accoutumée au mensonge, à la dissimulation qu'elle ne savait point contrefaire son visage.

— Ah! madame, lui dit son mari, en la saluant au
perron du château, je ne sais quelle est votre maladie,
mais elle est bien cruelle pour mon cœur.

XXX

L'UN POUR L'AUTRE

Pendant qu'Isabelle vivait ainsi, concentrée dans ses
craintes et dans ses espérances, sa sœur, qu'elle fuyait,
dont elle ne s'occupait plus, se laissait entraîner à la
folie de son imagination, au danger de sa coquetterie,
la plus dangereuse chose pour une femme qui se laisse
dominer par elle. Elle ne pouvait deviner le retour de
Jacques, ses entrevues avec la marquise, et, ainsi que
nous l'avons dit, comme son beau-frère, elle crut à
l'amour d'Isabelle pour le vicomte, dès lors le germe de
son entraînement se développa et elle se mit à l'aimer,
presque malgré elle, presque sans s'en rendre compte.

Madame d'Oston avait un de ces caractères terrible-
ment dangereux, un de ces caractères que rien n'arrête dans la mauvaise route, une fois qu'elles y sont
engagées. Elle était à la fois légère et passionnée, elle
était bonne, sincèrement honnête, mais pas une pensé
sérieuse ne pouvait entrer dans sa tête. Elle avait un
besoin immense de plaisirs et de nouveauté. L'amour
de son mari, qui lui avait offert tant de charmes, l'en-

nuyait maintenant, ou était bien près de l'ennuyer, c'était toujours la même chose ! Aucun obstacle ne venait en relever la monotonie, elle le voyait quand elle le voulait et tant qu'elle le voulait, dès-lors leurs entrevues ne lui suffisaient plus.

Cette sorte de fatalité, qui la poussait vers M. de Cabines, était parfaitement involontaire, elle y eût résisté bien longtemps encore peut-être si elle n'eût pas craint de se le voir enlever, elle le voulut, elle le voulut à elle seule, sans partage et sur-le-champ. Il ne venait point, il fallait qu'il vînt, qu'il fût à ses pieds, qu'elle le refusât, croyait-elle. Il fallait que sa sœur en fût témoin et que ce triomphe lui apprît à ne plus jouer un double jeu.

— Comme c'est mal de sa part ! se répétait-elle, me tromper ainsi ! me dire tant de mal du vicomte et l'aimer comme elle l'aime, car il est bien visible qu'elle l'aime : son mari s'en aperçoit, le mien aussi, elle ne le cache point. Ils sont brouillés apparemment, à cause de ce qu'il a dit pour Jacques. Pauvre Jacques ! combien elle l'a vite oublié ! Ah ! c'est mal, il l'aimait tant !

Beatrix ne songeait pas que son mari aussi l'aimait tendrement, et qu'elle l'avait *oublié* bien plus vite encore ! nous sommes ainsi.

Cette idée, une fois entrée dans son cerveau, y germa, y devint gigantesque, y écrasa toutes les autres.

— Je veux le voir, il faut qu'il vienne.

Elle se répétait ces mots à chaque minute, en se promenant ainsi solitairement dans le parc. Un mauvais génie semblait avoir soufflé sur ces jeunes ménages, tranquilles et unis jusque-là.

— Oui, mais s'il vient, reprenait-elle, ma sœur le verra aussi et je ne supporte pas qu'elle le voie. Alors... c'est cela... dans le parc... par hasard... je le rencontrerai... il n'entrera pas... elle n'en saura rien... ni personne... je m'enfermerai... je saurai jusqu'à quel point elle... car lui, il m'aime toujours, j'en suis sûre... c'est elle... pour me l'ôter... une fois bien certaine qu'il m'est revenu, je m'échappe, et... adieu M. le vicomte, soupirez maintenant.

Sa conscience lui disait tout bas que le jeu était dangereux, qu'elle allait à un rendez-vous, et non pas à une *information*, à un rendez-vous *demandé par elle*, ce qui était bien pis encore.

— Bah ! répondait-elle, je ne l'aime point, c'est une leçon à donner à ma sœur, et après... quel péril puis-je redouter avec le vicomte, qui n'a jamais osé implorer la moindre faveur ? est-il un homme plus respectueux ? Allons ! c'est décidé, je lui ferai dire adroitement de se promener demain soir dans une de ces allées, non pas au bord de la rivière, du côté du bois, sur le chemin qui conduit chez lui, c'est plus naturel. Il viendra, il viendra ! J'en rirai bien ensuite, et mademoiselle Isabelle restera à se morfondre.

Une observation positive a prouvé que la femme coquette a plus de férocité que les bêtes dangereuses,

elle déchire sans pitié, elle brise les obstacles, emportée par une rage contre laquelle tout est impuissant.
Béatrix se jouait avec le cœur d'Isabelle, qu'elle avait
longtemps considérée comme sa seule et plus tendre
affection. Mais un amant échappait! il y avait clameur
de haro, il fallait qu'il revînt, n'importe à quel prix!
Si Béatrix eût eu quelques années de plus, elle aurait
pensé, elle aurait réfléchi, mais la jeunesse est cruelle,
elle l'est à un point qui ne se comprend bien que lorsqu'on n'est plus jeune. La jeunesse se moque de tout ce
qui n'est pas à elle, elle ne voit de beau (elle a raison,
hélas!) que la jeunesse. Elle blesse à tort et à travers,
elle ne s'en aperçoit point, ses pensées, ses désirs lui
font tant de bruit aux oreilles! Elle se perd elle-même
de gaieté de cœur, elle court au-devant du précipice,
elle y tombe le sourire sur les lèvres, et lorsqu'elle est
tombée s'il lui reste un peu de vie, elle sourit encore
et essaie de se raccrocher aux branches.

Quoiqu'il en soit, la comtesse, une fois la résolution
prise, ne s'occupa plus que de l'exécuter. Le plus difficile de l'exécution lui restait. Comment l'appeler sans
se compromettre? Sa sœur avait eu l'éventail, admirablement imaginé, et qui n'avait pas servi à grand'-
chose, elle inventa mieux, elle se servit d'un rival.

M. de Sainte-Croix venait d'arriver au château, chacun était dispersé, il appela, il chercha et ne rencontra
personne au salon. Il se rendit alors dans le parc et
aperçut Béatrix, rêvant seule sous un quinconce.

— A quoi pense-t-elle? se dit-il.

Elle le vit aussi et sa présence lui inspira un hardi projet. Elle l'appela, ce qu'il regarda comme de très-bon augure.

— Quoi! madame, seule ainsi? lui dit-il.

— Oui, seule, et je suis charmée de vous voir, vous pouvez me rendre un très-grand service.

— Oh! parlez, que faut-il faire?

— Une chose très-simple, me donner un conseil.

— Moi!

— Vous.

— J'en suis incapable!

— Au contraire, vous seul pouvez me le donner convenablement. Vous êtes notre ami, je suppose.

— Ah! madame, en doutez-vous!

— Non, je n'en doute pas et la preuve, c'est que je vais vous confier un secret.

Le cœur du pauvre jeune homme battit de joie et d'orgueil. Un secret à elle! un secret à eux deux peut-être!

— Vous avez remarqué combien ma sœur est triste depuis la fête.

— Sans doute, elle est malade, je crois.

— Elle est plus que malade, elle est inquiète.

— Et pourquoi cette inquiétude?

— Vous vous rappelez la discussion élevée dans la barque entre M. de Cabines et mon beau-frère?

— Discussion dans laquelle M. de Cabines a mis une courtoisie singulière, convenez-en madame.

— Ce n'est pas de cela qu'il s'agit, répliqua-t-elle avec impatience, nous craignons, au contraire et nous sommes presque sûres, que cette courtoisie n'était qu'apparente, qu'un rendez-vous est pris, et qu'ils se battront.

— Cela ne m'étonnerait point.

— C'est d'ailleurs la seconde fois qu'ils se provoquent, la querelle est toujours pendante, et peut-être... Ah! mon Dieu! je frémis quand j'y pense.

— Il se pourrait qu'un de ces messieurs fût blessé, ou pis que cela peut-être, c'est le sort ordinaire des armes et pour l'un d'entre eux, du moins, ce ne serait pas un grand malheur.

Béatrix eut l'air de ne pas entendre.

— Mais, ma sœur, monsieur, ma sœur! vous n'y pensez point, elle, qui adore son mari, elle en mourrait aussi, et c'est ce que je ne veux point.

— Je ne sais pourtant guère de moyens d'empêcher cette rencontre.

Je l'empêcherais bien, moi, si je voyais le vicomte, justement il ne vient pas.

— Eh bien, alors?

— Eh bien, alors, il faut qu'il vienne.

— Envoyez-le chercher.

— Je ne demande pas mieux, mais par qui?

— Par un de vos gens.

— Me confier à un de nos gens! y pensez-vous?

Le marquis commençait à comprendre et ne le voulait point.

— Écrivez! hasarda-t-il.

— Écrire au vicomte! et c'est vous qui me le conseillez! Ah! monsieur.

— Hélas! je ne vous conseille rien, madame.

— C'est justement ce dont je me plains. J'aurais besoin, en cette circonstance, d'un ami... d'un ami sûr et bienveillant, qui... me... conseillât, et qui exécutât lui-même les conseils qu'il me donnerait.

— Quoi! madame, auriez-vous la cruauté de m'envoyer chercher le vicomte?

— J'aurais la hardiesse de vous le demander, si vous aviez la bonté de le faire, et je vous en serais reconnaissante toute ma vie.

La pauvre enfant soupira.

— Reconnaissante! répéta-t-il. Vous oubliez donc que je vous aime et qu'il vous aime aussi. Vous oubliez donc que le vicomte est un homme dangereux, un homme séduisant, armé de tout l'esprit, de toutes les ruses, de l'usage de la société, de l'expérience, malgré sa jeunesse, et que je ne suis qu'un pauvre jeune homme, bien simple, bien dévoué, bien amoureux.

— Que pouvez-vous craindre? répliqua la coquette, est-ce pour moi que je veux le voir? sera-t-il question entre nous d'autre chose que de ma sœur, de ce qu'elle redoute? Et puis... vous ne vous rendez pas justice,

II.   3

votre lot est meilleur que le sien, il a l'esprit, cela est vrai, mais n'en n'avez-vous point également? Il a... il a...

— Il a tout, madame, s'il a su vous plaire!

— Qui vous l'a dit?

— Je le crains.

— Pourquoi craindre?

— Ah! parce que vous me désespérez!

— Vraiment?

Et elle le regarda avec l'habileté d'une coquette consommée. Il put lire dans ses yeux tout ce qu'il voulut y mettre, elle avait déjà le regard *adroit*, ainsi que le dit madame de Coulanges. Il n'en fallait pas tant pour le surprendre, il se prosterna presque à ses pieds.

— J'irai le chercher au bout du monde, s'il le faut.

— Il est inutile d'aller si loin. Écoutez bien.

— J'écoute, j'écoute et je vous remercie.

— J'irai demain au soir me promener dans l'avenue qui conduit chez lui.

— Seule! demanda-t-il avec effroi.

— Non, avec une suivante; à cette heure personne ne songe à me surveiller, on joue d'ordinaire, M. de Fouquerolles aime que ses fils y soient présents. Qu'il se rencontre donc dans cette avenue.

— Ah! madame!

Le marquis devenait pâle d'émotion. Béatrix rougit, elle sentit qu'elle commettait une mauvaise action et qu'elle s'engageait dans une voie funeste.

— Non, non, ne le voyez pas, ne lui dites rien, il croirait que je lui donne un rendez-vous.

— Ah! merci, merci, mille fois merci, vous me rendez la vie, vous redevenez digne de vous-même, vous n'irez pas jeter ainsi votre innocence sous les pas d'un homme indigne de vous, vous me faites plus heureux qu'en me donnant un royaume.

— Pourtant!... murmura Béatrix, qui se repentait déjà de son bon premier mouvement.

— Pourtant, vous voudriez bien calmer l'inquiétude de madame votre sœur, elle vous tourmente et vous afflige. Je ferai donc pour cela ce que je n'aurais pas fait pour moi-même, je verrai le vicomte.

Une moue de la jeune femme dit que ce ne serait pas la même chose.

— Je saurai, aussi bien, peut-être mieux que vous, ce qu'il y a à craindre, ou à espérer, et j'emploierai tous les moyens possibles pour éloigner une catastrophe naturelle en ce temps-ci, mais qui vous enlève vos belles couleurs et qui vous fait trembler. Cela vous convient-il?

— Oui, oui, sans doute... ma pauvre sœur sera moins triste, et moi plus contente.

— Et si je vous apporte une bonne nouvelle que... que me direz-vous?

— Des conditions!

— Oh! jamais. Une prière, une humble prière, un encouragement

— Nous verrons cela, revenez toujours.

La jeune folle se leva mécontente et blessée, elle avait été vaincue par sa bonne nature, vaincue par la tendresse loyale et droite d'un noble cœur. Elle lui en voulait, elle s'en voulait à elle-même et ne le montra point. Cet effort lui coûta beaucoup, mais elle apprenait l'art de la dissimulation, en même temps qu'elle se laissait aller à la coquetterie, l'un ne marche jamais sans l'autre.

Ils rentrèrent au salon et ils y trouvèrent le comte, ainsi qu'Isabelle. Les deux sœurs s'abordèrent froidement.

— Madame, dit le marquis de Sainte-Croix à Isabelle, vous voilà bien pâle, ne vous tourmentez-vous pas outre mesure, et ne vous créez-vous pas des chimères?

Isabelle le regarda étonné.

— Ah! madame, je ne suis qu'un nouvel ami, mais s'il dépend de moi que vous soyez tranquille vous ne tarderez pas à l'être.

Isabelle, effrayée comme tous ceux qui ont un secret à cacher, le regarda plus pâle encore. Il crut qu'elle l'avait compris et se retira discrètement.

XXXI

LES ANCIENS COMPLICES

Le lendemain de ce jour le vicomte était dans son cabinet, où il se livrait sans doute à une correspondance mystérieuse, car il avait mis les verrous à sa porte et hésita à répondre lorsque son valet de chambre lui annonça une visite.

— Je ne reçois pas, je suis occupé.

— Mais, monsieur le vicomte, c'est un seigneur, arrivant de la cour... il désire...

— Ah! c'est différent, priez-le de m'attendre un instant.

— Ce seigneur apporte des nouvelles pressantes à monsieur le vicomte.

— J'y vais, j'y vais!

Et, fermant son bureau, dont il prit soigneusement la clef, il alla au-devant de son hôte.

— Quoi! s'écria-t-il, lorsqu'il l'aperçut, quoi Ravière, c'est vous!

— C'est moi-même, vicomte, vous ne m'attendiez point et je vous dérange.

Il insista sur ce mot.

— Vous ne me dérangez pas plus qu'à l'ordinaire, je vous assure, répondit le jeune homme, de son ton dédaigneux, presque impertinent.

— Jeune coq insolent! je te ferai chanter plus juste tout à l'heure.

— Quelles nouvelles apportez-vous?

— J'en ai plein mon sac, et avant de le vider, je ne serais pas fâché de connaître la cuisine de ce manoir, la faim me coupe la parole.

— C'est donc une grande et puissante sorcière, car je ne crois pas que vous la perdiez facilement. Voici l'heure de mon déjeuner, je vous en offre la moitié, de bien bon... je ne dirai pas de bon cœur, mais de bonne volonté, cela suffit lorsqu'il s'agit de côtelettes, ou de quelques petits pieds.

Ils se mirent à table dans les mêmes dispositions que deux chiens, enviant le même os, mais n'osant l'attaquer ni l'un ni l'autre, avant de connaître la force de leur adversaire. Le vicomte, avec son éternelle ironie, et Ravière avec son effronterie cuirassée par trente ans d'intrigues et de coups de pied donnés ou reçus.

Ils parlèrent peu, le premier quart d'heure, une fois l'appétit rassasié, Ravière, qui n'avait pu obtenir une question de son méprisant ami, se décida à débiter ses nouvelles.

— Vous saurez donc...

— Je saurai tout ce que vous voudrez m'apprendre.

— Vous saurez que le cardinal est fort malade, à ce qu'on vient de nous confier, et que madame Josseline se trouve dans un très-grand embarras.

— Je le conçois, ce sera une perte pour elle.

— Et pour vous.

— Puch!... j'ai d'autres cordes à mon arc.

— Ah! j'en suis bien aise, mais il se peut que ces cordes ne soient pas aussi solides que vous le supposez.

— C'est ce que la suite nous apprendra.

— Madame Josseline est surtout embarrassée à cause du procès de Saulieu ; s'il se juge après la mort du cardinal, le gain n'en est pas sûr, au contraire.

— Qu'on le fasse donc juger avant! Cela n'est pas difficile, Dieu merci! les parlements ne sont ni rebelles ni si occupés, qu'on ne puisse rien obtenir d'eux.

— Elle le voudrait bien, mais...

— Mais?

— A vous dire la vérité, elle a peur.

— Peur! la comtesse Josseline? Je ne sache rien au monde dont elle doive avoir peur, si ce n'est d'elle-même, car nul ne l'emportera sur elle en perfection de fourberie et de noirceur, pas même vous.

— Bien obligé. Elle a peur néanmoins.

— Et de qui?

— De ces deux petites filles et de leurs benêts de maris.

— C'est là ce qui s'appelle une panique. N'est-elle pas sûre de les vaincre? N'a-t-elle pas entre les mains la seule pièce qui puisse témoigner contre elle?

— Justement c'est qu'elle ne l'a pas, voilà où elle s'embrouille, comme dit le président Broussel.

— Mais elle m'a dit...

— Elle vous a dit qu'elle l'avait, c'est qu'elle croyait la tenir. On ne la lui a pas remise.

— Ah! ah! répliqua le vicomte, en se curant les dents avec une tranquillité merveilleuse. Et qui donc lui a manqué de parole?

— C'est moi, répondit Ravière.

Pour cette fois l'effronterie dérouta l'astuce.

— Comment c'est vous? Vous l'aviez donc!

— Je l'ai parbleu bien encore.

— Sans doute; madame la marquise de Saulieu vous l'a confiée, et vous n'avez pas voulu manquer à la foi promise.

— Madame de Saulieu ne me l'a point confiée, et je ne me ferais pas le moindre scrupule de la livrer, si mon intérêt s'y trouvait engagé.

— Ah! pardon! j'oubliais à qui je parle.

Jamais une impertinence plus sublime ne sortit de la bouche d'une créature humaine, plus superbement débitée.

— Oui, c'est moi qui possède cette pièce, c'est moi qui peux d'un mot, ou plutôt d'un geste faire gagner à la comtesse ce procès qui la préoccupe tant.

— Par ma foi, si j'étais à votre place, je le lui ferais perdre, rien que pour assister au spectacle de sa rage; elle est superbe, la comtesse Josseline, en lionne.

— En vérité, seigneur vicomte, vous parlez de tout ceci comme si cela ne vous regardait pas.

— Est-ce que cela me regarde?

— Cela vous regarde directement, ce me semble, car si la comtesse gagne le château de Saulieu, à qui appartiendra-t-il un jour?

— Je n'en sais, ma foi rien.

— A-t-elle un autre héritier que vous?

— Il se peut que je sois héritier de sa fortune, et c'est ce dont je ne me soucie guère, mais là se bornera mon héritage. Si le château de Saulieu est à moi, le nom de Saulieu ne m'appartiendra pas davange pour cela, alors que me font ces vieilles pierres.

— Qui sait?

Le vicomte bondit comme un chevreuil et vint de l'autre côté de la table, prendre la main de Ravière, qu'il serra avec une force inouïe.

— Cela se peut-il? Pourriez-vous me donner un nom, un vrai nom, des ancêtres, une famille? Pourriez-vous faire que je tienne à quelque chose, que je ne sois pas un champignon, éclos dans une plaine, sans un arbre pour le protéger.

— Je te tiens donc enfin! pensa Ravière, ah! nous allons voir.

— La comtesse...

— La comtesse n'est point mariée, ne l'a jamais été, avec la protection du cardinal elle peut vous passer son nom, ses titres, elle peut vous adopter, et vous serez M. de Saulieu, d'autant plus Saulieu, que le nom est éteint et que les deux héritières ne pourront le

transmettre à personne, les voilà Bouquerolles des
pieds à la tête.

Le vicomte se promenait de long en large, dans une
agitation extrême. Ravière l'examinait, suivait tous
ses mouvements, sans en avoir l'air.

— Je t'attends! pensait-il.

— Un nom, une famille! une racine liée à un tronc,
à des branches! Le marquis de Saulieu, dont les ancêtres sont aussi vieux que la monarchie! Ah! j'irais
loin ensuite, et je les forcerais à ôter la barre de mon
écusson.

— Allons donc! allons donc! disait de l'œil, de Ravière, arrivons à l'essentiel.

— Et que faut-il faire pour amener ce résultat?

— Ce qu'il faut faire? peu de chose, il faut me croire.

— Ah! je vous croirai.

— En tout?

— En tout.

— Eh bien, il ne s'agit que d'acheter un prix
honnête... le papier que souhaite demoiselle Josseline
de Saulieu, déshéritée au profit de M. son frère, à cause
de sa conduite peu chaste et séante selon sa condition,
dit l'acte, je ne me permettrais pas de rien ajouter.

Le vicomte, qui se promenait toujours, haussa les
épaules, puis il s'arrêta devant M. de Ravière.

— Combien? demanda-t-il.

— La moitié de la terre.

— Ah!

— C'est exorbitant peut-être? Est-ce que je m'appellerai le marquis de Saulieu? est-ce que je serai parent ou allié de toute la noblesse de France? est-ce que j'aurai les honneurs, les places, les cordons? Non, je resterai le pauvre Ravière, gentilhomme poitevin, comme devant, ruiné jusqu'à la ficelle, obligé pour vivre de déshonorer mes ancêtres, quant à moi, depuis longtemps cela n'est plus possible. Il faut un dédommagement, il faut une balance, qu'y pourrez-vous mettre? De l'or. Mettez-en donc beaucoup et ne vous plaignez pas, la meilleure part est encore la vôtre.

Cabines se promenait.

— Comment ce papier est-il venu entre vos mains?

— D'une façon très-simple, je l'ai pris.

— Ah! très-bien.

L'impertinence se déconcentra encore devant l'effronterie.

— Après la mort de la marquise, je suis tout simplement allé chercher dans un endroit connu de moi, et j'ai trouvé la pie au nid. Il s'en est fallu de peu que Cyrus ne me fit prendre sur le fait, mais tout s'est admirablement passé. J'en garde pourtant une dent aiguë à certain jeune homme.

— Ce n'est pas à moi?

— Non, à un autre, dont il sera question tout à l'heure. Achetez-vous?

— C'est trop cher.

— Alors je le reporte où je l'ai pris et je fais, cette fois bonne garde, pour qu'il n'en sorte point.

— La moitié! Prendrez-vous aussi la moitié de mes peines, de mes humiliations, de mes rebuffades?

— Fariboles que tout cela, j'ai un talisman pour vous en délivrer.

— Ah! ceci passe le reste! un talisman pour me mettre de suite à ma place, sans ennuis, sans discours?

— Oui.

— Tu es plus sorcier que notre voisine et même que notre autre voisine Ryna, que le diable a emportée sans doute, car on n'en a plus entendu parler.

— Tout cela est dans trois mots.

— Lesquels?

— Jacques de Maulevrier est ici.

Le vicomte fit un mouvement.

— C'était lui! s'écria-t-il.

— Vous l'avez donc vu?

— Suivi, presque surpris, tourmenté, harcelé, au point qu'il n'ose pas sortir de sa tanière. Ah! c'était lui! Je comprends! inutile de m'en dire davantage. J'achèterai la pièce à vous, avec de l'argent, j'achèterai l'introduction dans la famille *à elle*, avec du silence.

— Voilà qui est puissamment raisonné. Seulement, je vous l'ai dit, il faut se hâter, le cardinal...

— Je sais, je sais, il se meurt! ce sera une belle fête chez le diable ce jour là... Cela est facile.

— Plus tard monsieur sera tout puissant...

— A propos : espionnons-nous toujours chez Monsieur?

— Nous portons un bulletin tous les jours.

— Ceci est édifiant; bien que récompensés d'avance, nous tenons nos promesses, quelle école pour Son Éminence!

— Il est vrai que nous le payons dans sa monnaie. Une rapsodie! si Gaston était obligé de la lire, il ne s'y reconnaîtrait pas lui-même.

— Nous avons eu beau jeu avec ces dernières conspirations.

— Et nous ne les avons pas manquées.

— Ah! je sais que vous ne manquez rien!

— Donc, la moitié des domaines? demanda Ravière, qui ne s'écartait point du but, avant de l'avoir atteint.

Le vicomte ne répondit point, il continua sa promenade.

— Un petit effort, continua Ravière.

— Eh bien, non, non, et non, dit énergiquement le jeune homme, je l'aurai sans vous.

— Le papier? ah! parbleu non.

— Si ce n'est le papier au moins l'essentiel, l'argent. Je ne me soucie pas davantage de votre Maulevrier, j'ai une plus sûre voie. Tout bien réfléchi, vous êtes un instrument inutile et puisque vous vous estimez si cher, cherchez qui vous paye!

— Ce ne sera pas difficile à trouver. Le vieux Fouquerolles donnerait une bonne somme de ce chiffon,

et là marquise la doublerait, ne fut-ce que par cet orgueil de famille, auquel aucun Saulieu, ni légitime, ni
bâtard, n'aura la force de résister.

— Vous partez d'un point douteux, Ravière. Vous
avez du Saulieu sur votre écusson, mais non dans
votre cœur, moi, c'est le contraire et sans cela je serais... où vous ne paraîtrez jamais.

— Monsieur le marquis de Sainte-Croix, dit le valet
d'une voix retentissante.

XXXII

LES RIVAUX

Avec la facilité inouïe qu'il possédait, le vicomte
eût bien vite composé son visage et s'avança vers
Sainte-Croix, de l'air le plus gracieux.

— Vous me prévenez, mon cher marquis, je comptais
aujourd'hui me rendre à Touffou et vous remercier du
plaisir que vous nous y avez donné l'autre jour.

— Ce ne sera pas la dernière fois, j'espère, puisque
vous avez daigné être content. Ce château est admirablement bien organisé pour donner des fêtes.

— Et aussi pour intriguer ses hôtes, convenez-en,
monsieur.

Le marquis s'inclina sans répondre.

— M. de Ravière regrette vivement d'être arrivé si

tout, il aurait été très-honoré de présenter ses hommages à madame la marquise.

— Hélas! ma grand'mère reçoit fort peu, elle ne peut faire ce qu'elle désirerait, ses infirmités l'en empêchent; mais monsieur est je crois un ami de madame. de Fouquerolles, et en cette qualité, comme par son propre mérite, il sera toujours le bienvenu chez elle.

— Je suis non-seulement un ami, mais un parent de madame de Fouquerolles, monsieur; élevé depuis ma naissance dans cette famille, regardé par la feue marquise comme son fils, et en ayant tous les sentiments. Je viens passer quelques semaines et pendant ce temps, j'aurai l'honneur de faire ma cour à madame la marquise de Sainte-Croix.

— C'est un honneur que je n'ai jamais obtenu, dit Cabines, vous serez alors plus favorisé que moi.

Le marquis évita de répondre directement à cette question.

— Allons! pensa le vicomte, il est plus fort que je ne pensais. Avez-vous vu nos charmantes voisines? continua-t-il tout haut.

— Hier dans la journée.

— Il m'a été impossible de me présenter chez elles depuis quelques jours.

— Madame de Fouquerolles est malade, fort malade, fort triste, fort tourmentée.

— Ah! pourquoi? demanda-t-il vivement.

— Elle aime beaucoup son mari, chacun le sait, elle est inquiète, elle tremble pour lui.

— Et quel danger court-il?

— Un danger dont nous autres hommes nous ne nous soucions guère et dont souvent les dames se soucient peu également. Elle s'est figuré qu'à la suite d'une discussion dont vous avez sans doute entendu parler, avec un de ses amis, le marquis, allait mettre flamberge au vent et se révolter contre les édits de Sa Majesté concernant les duels.

— Cela n'est pas possible!

— Cela est. L'absence de cet ami, ordinairement fort assidu, ajoute à ses alarmes; elle fait vraiment de la peine à voir, la pauvre dame! elle est dans le parc du matin au soir, elle interroge tout le monde, elle s'informe même auprès des gens les plus infimes des démarches de M. de Fouquerolles, tant elle redoute de les ignorer. Hier, comme je passais à cheval de l'autre côté de la Vienne, je l'ai aperçue de loin, interrogeant le nouveau garçon du meunier Gibaut, pendant qu'il jetait ses filets. Une seule personne pourrait la rassurer complétement et, par une fatalité inouïe, cette personne ne vient plus au château.

Au nom du meunier Gibaut, Ravière avait jeté un coup d'œil sur le vicomte, celui-ci ne sourcilla pas.

— Vous êtes sûr, monsieur le marquis, reprit-il, que madame de Fouquerolles se tourmente ainsi, et pour cette raison?

— J'en suis non seulement sûr, mais alarmé.

— Et madame d'Oston?

— Madame d'Oston se tourmente pour sa sœur.

— Elle se promène dans le parc, avec elle.

— Non, pas avec elle, monsieur, sans elle; depuis quelques jours vous ne reconnaîtriez pas le château de Malières.

— J'irai, j'irai bien certainement aujourd'hui.

— Vers le soir, je suppose?

Le vicomte darda son regard sur les yeux du jeune homme.

— Mais, oui, vers le soir. C'est l'heure en effet la plus commode.

Ravière ne comprenait rien à cette conversation, il les examinait tous les deux, cherchant le sens caché de leurs paroles, sans pouvoir le deviner, mais n'admettant pas qu'il n'y en ait un très-positif:

— Qu'y a-t-il donc entre eux? se demanda-t-il. Ces deux jeunes créatures ne peuvent courir le même lièvre cependant, et où diable ai-je vu ce Sainte-Croix? le nom m'est inconnu, mais j'ai rencontré cette figure-là quelque part.

Le reste de la conversation n'offrit rien d'intéressant, après une visite aussi prolongée que le demandait l'étiquette de l'époque, le vicomte se retira, satisfait d'avoir rempli sa promesse sans que son amour et sa jalousie eussent à en souffrir.

— Vous jouez ici, vicomte, une drôle de comédie. Quel est ce hobereau si pâle? d'où sort-il?

— Demandez-le au diable, avec lequel vous êtes bien, on l'ignore. C'est une énigme vivante, je donnerais beaucoup pour la déchiffrer et je ne manquerai pas de le faire, aussitôt que j'aurai terminé mes affaires plus essentielles.

— Il ne tient qu'à vous qu'elles le soient bientôt.

— Oui, j'entends, monsieur le faiseur de marquis.

— Vous avez rejeté bien loin tout à l'heure une proposition magnifique.

— Sans doute! celle de vous donner moitié de ce qui doit m'appartenir! Je ne tiens guère à l'argent; mais il faudrait être bien dénué d'ambition pour accepter un marché pareil. D'ailleurs qu'est-ce que cela me fait à moi!

— Singulier jeune homme! dans lequel la nature s'est plu à mêler le génie et les... qualités de vos parents. Vous ne leur ressemblez point cependant, vous ne ressemblez qu'à vous-même.

— *Et c'est assez!* comme dit ce petit Corneille, dans sa tragédie de Médée.

— C'est trop pour ceux qui ne sont point en garde. L'heure avance, il faut que je parte pour Malière, où la visite que je vous fais d'abord va étonner, decidez-vous. Si vous acceptez, demain matin je vous aurai remis la pièce en question, si vous refusez, ce soir je la proposerai au marquis de Fouquerolles.

— Vous avouerez donc que vous l'avez dérobée?

— Quelque sot! n'ai-je pas toujours un coquin à nommer, qui, pour six livres, risquera les galères?

— Eh bien, mon savant ami, je vous demande vingt-quatre heures pour me décider.

— Et d'ici là Dieu sait tout ce que vous allez faire en essayant de vous passer de moi.

— Et d'ici là Dieu sait tout ce que vous allez inventer afin de parer aux coups dont je vous menace. Nous nous connaissons bien tous les deux, ou du moins je vous connais et vous croyez me connaître, vous n'en êtes qu'au portique, monsieur de Ravière. L'idole de ce temple ne se montre point ainsi à tout le monde.

— Seriez-vous amoureux?

— Moi! amoureux! comme ce pauvre fou, qui sort d'ici et pour lequel il n'existe d'autre soleil que les yeux de la folle Béatrix; amoureux comme on l'est à mon âge! est-ce que j'ai un âge, moi? Est-ce que mon cœur ne s'est pas ossifié sans jamais avoir connu les passions ordinaires? Je ne ressemble point à nos raffinés, aux seigneurs de cette cour, que je méprise, et que je me suis empressé de fuir aussitôt que cela m'a été possible.

— Vous avez ici un nid fort agréable en effet.

— Un nid, vous dites bien, mon ami; il me faut une aire, et je l'aurai.

— Je donnerais beaucoup pour savoir ce que peut enfanter de projets une tête comme la vôtre, à vingt ans

— Je ne vous dirai : pas ayez de la mémoire! et pourtant...

— Je n'en ai que trop et c'est ce qui me désole. Il y a dans l'histoire de ma jeunesse certaines peccadilles dont je voudrais ne pas me tourmenter, mais... je suis aussi stupide qu'un enfant pour ces vieux contes.

— Ah! je sais, dame Josseline les raconte fort agréablement et n'a pas la même faiblesse que vous, elle m'en a bercé.

— Il y a surtout cet enfant, cet enfant de Ryna! J'entends souvent la nuit les cris qu'il poussait lorsque ce misérable Jacques l'emporta pour le...

— Il n'a pas crié longtemps à ce qu'il paraît.

— La comtesse! la comtesse! Ah! c'est elle qu'il faut accuser, continuait Ravière sans paraître l'avoir entendu. Quelle tigresse! quelle furie! avec quelle persistance elle veut le mal! Pauvre petit enfant! si on l'eût laissé vivre...

— Si on l'eût laissé vivre, peut-être seriez-vous toujours monsieur de Ravière, je ne le sais et c'est possible, mais certainement je ne serais pas le vicomte de Cabines et je n'aurais pas l'honneur de vous recevoir aujourd'hui dans ce bon petit château.

— C'est possible! Oui, alors le proscrit avec besoin d'être aimé, d'être consolé, il désespérait de son étoile, ajouta-t-il avec mélancolie, il voyait son avenir fermé et regrettait cette carrière des armes qu'on lui avait fait quitter si vite. Il se serait attaché à cette Ryna, la charmante, la belle créature, à son fils, et l'autre!...

Il y eût un long moment de silence. Ravière regardait le passé, le vicomte regardait l'avenir. Tous les deux avaient les mêmes regrets, les mêmes désirs. Ravière était un scélérat subalterne, créé pour obéir, ou pour susciter des crimes, le vicomte avait une de ces organisations particulières, chez lesquelles l'homme de pensée l'emporte sur tout. Il ne connaissait aucun obstacle à ses volontés, pourvu que cet obstacle pût être renversé par une persévérance inébranlable, ou une adresse supérieure. Il y avait en cet enfant l'étoffe d'un grand ministre, le génie du gouvernement et de l'intrigue était inné chez lui; Ravière avait raison, il tenait également de son père et de sa mère.

En ce moment, son projet favori était d'arriver à lui seul au dénoûment de l'affaire du procès. Il croyait la chose très-possible en songeant à l'ascendant qu'il exerçait sur madame d'Oston, et par elle, supposait-il, sur sa sœur. Il avait cette journée tout entière pour essayer sur elle la puissance de ses moyens, il se résolut à ne pas attendre davantage, et souhaitant à Ravière meilleures chances, il se sépara de lui.

— Un instant pourtant, dit-il, en revenant sur ses pas. Qu'allez-vous dire à Malières? Nous serons-nous vus?

— Comme vous voudrez.

— Le voisin parlera.

— Avouons donc alors.

— Avouons, comme à l'ordinaire, ce que nous ne saurions cacher sans maladresse.

Le vicomte sourit.

— Encore une question. Où le meunier Gibaut, a-t-il pris son nouveau garçon ?

— Dans un lieu où M. le cardinal ne serait pas fâché de mettre la main.

— Le croyez-vous ?

— J'en suis sûr, je l'ai vu.

— Isabelle sait donc qu'il est ici?

— Il le faut bien, ils doivent être d'accord.

— Avec un mari aussi jaloux que M. de Fouque-rolles, quel beau jeu cela nous donne!

— Lequel de nous en profitera le plus vite?

— Celui qui saura le mieux employer les atouts.

— Alors, adieu! monsieur de Ravière, à demain.

— A demain, monsieur le vicomte.

XXXIII

LE PIÈGE

On l'a dit, Béatrix et Isabelle se fuyaient mutuelle-ment, l'une, à cause de sa rancune coquette, l'autre, dans la crainte d'être devinée. Elles s'étaient, pour ainsi dire, partagé le parc, quand l'aînée se dirigeait d'un côté, la cadette passait de l'autre. C'était une sorte

de convention faite entre elles. Ce jour-là, ce jour si
fertile en événements, aussitôt après le dîner, repas
qu'à cette époque on prenait à midi, elles se séparèrent
à la porte du salon, chacune d'elles monta dans sa
chambre, Isabelle en descendit la première et marcha
vers le bord de la Vienne, sa promenade favorite; naturellement, Béatrix monta vers le chemin qui conduisait chez le vicomte.

M. de Fouquerolles les regarda sortir ainsi séparé-
ment, et se tournant vers son fils aîné, qui lui lisait la
Gazette de Hollande :

— Qu'y a-t-il donc chez ces jeunes femmes, elles
n'ont pas l'air d'être ensemble comme autrefois. Le savez-vous, mon fils?

— Je crois que vous vous trompez, mon père.

— Votre Isabelle est triste, quant à sa sœur, elle est,
ce me semble, d'une légèreté un peu bien exorbitante.
Il faudra y faire attention.

— Ma sœur est gaie, c'est de son âge, mais pas une
de ses pensées ne s'écarte de son mari, mon frère est
trop heureux. Elle l'aimait lorsqu'elle l'a épousé, et
depuis lors, cet amour n'a pas subi la moindre altéra-
tion. Tandis que moi!...

— Tandis que vous!... mon fils, vous devez chasser
ces pensées, madame de Fouquerolles est une bonne,
une honnête femme. Elle vous aime de jour en jour
davantage, et si quelquefois son humeur se montre
moins égale, c'est qu'elle a eu de grands chagrins, c'est

qu'elle a beaucoup à oublier. Le temps est là, attendez tout de lui, vous êtes jeunes tous les deux, il vous apportera ce qu'il nous ôte, à nous autres vieillards.

Le marquis soupira et continua la lecture, sans rien répondre à son père; bientôt ils se replongèrent dans la politique satirique de cette feuille, la seule qui existât alors en Europe, où nous lui voyons, Dieu merci! une si grande quantité de descendants.

Béatrix suivait une longue avenue, en regardant autour d'elle, d'un air distrait et ennuyé; elle s'impatientait de ne point trouver une manière d'arriver à son désir et elle en voulait sérieusement à Sainte-Croix de l'avoir si mal ou si bien comprise.

— Il est décidé que je ne le verrai point ! pensait-elle, encore dépitée, lorsque le vicomte parut devant elle, comme s'il l'eût attendue, caché dans le taillis. Elle poussa un petit cri de frayeur, peut-être de joie, et se recula en arrière.

M. de Cabines avait bien calculé que la surprise la lui livrerait plus vite. Elle n'avait pas le temps de se mettre en garde, et la joie de le revoir ne laissait pas de place à la sagesse de le craindre.

— Vous voilà donc enfin, monsieur, dit-elle en tâchant de se remettre, mais en rougissant de plus en plus.

— Vous avez daigné vous apercevoir de mon absence, madame, répondit-il d'un air contraint et triste, qui lui donnait une physionomie toute nouvelle.

— Ce n'est pas moi qui vous désire et qui trouve que vous manquez, assurément ce n'est pas moi.

— Et qui ce pourrait-il être, madame? qui songe à moi au château de Malières?

— Serais-je la seule à qui cela fût permis, et n'avez-vous pas une autre personne dont le souvenir vous est infiniment plus précieux?

— Aurais-je donc le bonheur qu'elle devînt jalouse? se dit le jeune homme, quel coup de fortune!

— Je ne sais ce que cela signifie, madame.

— Vous êtes d'une discrétion!

— Je n'ai rien à dire.

— D'une discrétion qu'on n'imite pas, car nous avons tous remarqué... même mon beau-frère...

— Le mari aussi! c'est trop merveilleux!

— Enfin, monsieur, me répondrez-vous?

— Mais, madame, pour vous répondre, il faudrait savoir à quoi.

— Vous feriez perdre patience à une sainte! ma sœur... et elle s'arrêta.

— Madame votre sœur?...

— Ma sœur vous attend avec impatience, elle est malade et désolée, et vous ne venez point!

— Si madame votre sœur est malade, en quoi ma présence lui serait-elle utile?

Il conservait un sang-froid désespérant pour cette malheureuse jeune femme, laquelle ne voulait rien dire du tout et se trouvait au contraire forcée de démas-

II.   4

quer toutes ses batteries, par le silence de son adversaire.

— En vérité, monsieur, pour un homme aussi habile, vous me connaissez bien peu.

— Moi, madame! je ne vous connais pas du tout.

— Vous avez cru pouvoir jouer impunément avec moi, une femme de province! Il est si facile de se moquer d'elle!

— Me moquer de vous!

Il feignait l'étonnement avec une naïveté!

— Oui, vous servir de ma jeunesse, de ma confiance, pour arriver jusqu'à ma sœur, pour troubler sa vie.

— Madame!

— Elle vous aime, ma pauvre sœur, elle n'a pas su, comme moi, deviner sous votre écorce doucereuse, le cœur pervers, le cœur blasé, qui se rit des douleurs qu'il cause, qui met sa gloire à faire souffrir, qui érige un trophée de nos larmes!

Et malgré elle pourtant, deux larmes tremblaient sur ses longs cils.

— Ma pauvre sœur!

Le vicomte prit la physionomie d'un homme atterré.

— Quoi! ai-je bien entendu, madame la marquise de Fouquerolles...

— Ne le saviez-vous donc pas? ne pouviez-vous le deviner?

— Vous dites, madame?

— Je dis que depuis la fête elle ne parle que de vous, qu'elle n'a cessé de vous demander, qu'elle a le prétexte de son éventail, espérant être comprise, et que certainement, si vous continuez, vous serez cause de quelque malheur.

— Êtes-vous sûre de ce que vous dites-là, madame?

Pour cette fois son étonnement était réel, il n'y comprenait plus rien.

— Et moi, continua la jeune femme d'un ton piqué, je suis encore assez bonne pour vous apprendre ce que j'aurais dû vous cacher. Pourtant ma sœur souffre et pleure, et un sacrifice d'amour-propre, entendez-vous, monsieur? d'amour-propre, ne me coûte guère pour la sauver. Ne venez-vous pas au château?

— A vos ordres, madame.

— Seulement, permettez-moi quelques mots avant de nous remettre en marche. Je suis jeune, je suis inexpérimentée, j'ai peu d'esprit, c'est possible, peu d'attraits, c'est plus possible encore, mais je ne suis point encore réduite à servir de mannequin à personne.

— Plus vous me parlez, madame, et moins je devine ce que vous voulez dire.

— De mieux en mieux!

— Expliquez-vous plus clairement, au nom du ciel!

— Est-ce que je ne m'explique point?

— Pas du tout, je vous assure.

— Comment voulez-vous me forcer à vous rappeler

ce que j'aurais dû oublier, ce que je n'aurais jamais dû entendre.

— Et quoi donc?

— Ah! vous me désespérez!

Le perfide le savait de reste.

— Enfin, je vous en conjure, parlez. Je vois que vous m'accusez, je suis coupable à vos yeux et je ne sais ce dont je suis coupable, moi qui n'ai qu'une pensée, qu'un désir, je me vois dénier ce désir, cette pensée. Vous seule, madame, pouvez mettre un terme à ces angoisses. Parlez donc, je vous écoute.

Béatrix resta interdite, le cœur lui battait à rompre sa poitrine.

— Monsieur... vous n'avez donc pas de mémoire.

— Ah! madame! je voudrais pouvoir oublier. Vous avez été si cruelle!

— Monsieur... vous aimez ma sœur.

— Moi!

— Vous vous êtes fait aimer d'elle!

— Miséricorde!

— Vous allez me jurer que cela n'est pas vrai!

— Je le jurerai, je le répéterai de toutes mes forces.

— Ah! ceci est lâche, monsieur, vous cherchez à m'abuser encore. Heureusement je ne vous crois pas, plus heureusement je vous croirais que ce serait pour moi sans conséquence. On ne me prend pas ainsi.

— Je ne le sais que trop, madame.

— Depuis le moment de votre malheureuse discussion avec le marquis, madame de Fouquerolles ne vit plus, l'inquiétude la brise.

— Cette discussion au sujet de M. de Maulevrier?

— Sans doute.

— Je commence à comprendre alors.

— Elle tremble pour son mari, dit-elle, mais nous savons tous à quoi nous en tenir là-dessus.

— Madame la marquise n'ignore pas cependant que je ne puis me battre, que je ne me battrai jamais avec M. de Fouquerolles, ne nous sommes-nous pas expliqués une fois pour toutes.

— Aussi faut-il qu'elle vous aime bien, pour être aussi peu mesurée.

— Madame, madame de Fouquerolles ne m'aime pas.

— Mensonge!

— Je ne l'ai jamais aimée, je ne lui ai jamais adressé même un mot de galanterie.

— Chansons!

— Et je puis vous le prouver tout à l'heure, je puis, d'une parole, vous donner la clef de ce qui vous semble obscur.

— Vous le pouvez! Ah! monsieur, vous allez m'abuser de nouveau.

Rien ne peut rendre l'expression de tendresse avec laquelle Béatrix prononça ces mots.

— Je n'ai qu'une phrase à prononcer pour m'excuser, pour excuser madame votre sœur, et pour vous forcer à la plaindre, au lieu de l'accuser.

— Moi, monsieur! je ne l'accuse pas; de quoi l'accuserais-je? N'est-elle pas libre de vous trouver charmant, de vous le dire, de vous le prouver même, pourvu que sa conscience et son mari s'en arrangent, que m'importe à moi?

— Madame, vous avez remarqué que madame votre sœur s'est trouvée mal dans la barque?

— Certainement.

— Que depuis lors elle est malade, elle est assez peu mesurée pour ne point cacher son inquiétude?

— Je vous l'ai dit.

— Tout cela n'est-il point la marque d'une grande passion, d'une passion insensée qui domine chez elle la prudence et jusqu'au sein de sa réputation?

— Je n'en doute pas.

— Eh bien, madame, croyez-vous donc un instant que madame de Fouquerolles, dont vous savez le caractère, les antécédents, aimerait ainsi tout à coup, sans raison, ni motif, un homme qu'elle connaît à peine, un homme aussi peu fait pour inspirer une passion subite.

— Mais...

Elle pensait qu'elle l'aimerait peut-être bien, elle, sans son devoir et ses principes, et ne trouvait pas étonnant que sa sœur l'aimât.

— C'est au sujet de M. de Maulevrier que la discussion a eu lieu?

— Oui.

— Qu'était Isabelle de Saulieu pour Jacques de Maulevrier?

— Pauvre Jacques! Il a bien vite perdu sa place.

— Non, il ne l'a pas perdue, non Jacques de Maulevrier est toujours l'objet de ses pensées, et c'est toujours lui qui domine sa vie.

— Vous vous moquez, monsieur, tout est terminé entre eux, vous le savez mieux que personne, vous ne le savez que trop.

— Jacques de Maulevrier est ici, il était dans la barque quand j'ai parlé de la sorte, il m'entendait, madame, il entendait mon défi. Comprenez-vous? Il risque sa tête pour voir madame de Fouquerolles, et elle risque son avenir, son bonheur pour le chercher. Croyez-vous qu'ils s'aiment? Ils se sont rencontrés à la fête, je les ai vus, j'ai veillé sur eux, les imprudents, j'ai écarté les recherches, et je les ai sauvés peut-être. Comprenez-vous, madame?

Béatrix doutait encore.

— Mais d'où venait donc alors votre colère contre Jacques, contre ce proscrit, si la jalousie ne la causait pas? pourquoi ce défi à un homme qui ne pouvait vous répondre qu'en se livrant, et qui ne vous a jamais offensé?

— J'ai de la mémoire, madame, je me souviens de Saulieu, et puis d'ailleurs je le hais. Je le hais de son bonheur même. Il est aimé et je ne le suis pas, votre sœur se sacrifie, se perdra pour lui et vous me refusez même un mot d'espérance. Vous ne connaissez pas, vous autres femmes, ces mouvements de rage qui nous transportent, qui nous entraînent, qui nous font détester les joies des autres et nous apportent le besoin de nous venger sur eux.

Béatrix s'apaisait à mesure qu'elle entendait ces paroles, son cœur se serrait, se détendait pour ainsi dire, mais elle avait fait involontairement un pas immense, elle s'avançait beaucoup plus qu'elle n'eût jamais songé à le faire, le dépit l'avait conduite à l'amour.

— Vous n'aviez rien à venger, monsieur, reprit-elle d'un ton plein de malice, et avec le sourire le plus engageant du monde. Elle ne le cherchait pas, elle le trouvait sur ses lèvres, l'art n'avait aucune part à ses sentiments.

— J'avais tout à venger, au contraire.

— Et quelle offense?

— Ah! madame, si vous m'aimiez!

La coquette, sûre de lui, voulut recommencer à jouer, mais le jeu n'était plus si facile, son cœur se mettait de la partie.

— Vous me demandez cela comme...

— Comme je demanderais la vie.

— Comme si je ne pouvais le refuser.

— Ne sais-je pas trop que vous me le refusez toujours?

— Toujours! c'est bien long.

— J'attendrai tout ce long temps-là.

— Vous êtes d'une patience !

— Vous vous amusez de moi, madame, et je parle sérieusement, trop sérieusement pour une coquette.

— Coquette, moi !

— Et des plus habiles encore ! N'avez-vous pas voulu me faire croire tout à l'heure que vous daigniez vous occuper de mes sentiments ? n'avez-vous pas eu la barbarie de m'en railler, en m'accusant d'aimer madame votre sœur ? Était-ce possible ? et quand même cela eût été vrai, vous en fussiez-vous souciée ?

— Mais... il me semble...! non, certainement, se hâta-t-elle d'ajouter.

— Vous voyez donc que c'était une tromperie.

— Il essaya de lui prendre la main, elle la retira ; il la reprit encore, elle la retira de nouveau, jusqu'à ce qu'il s'en emparât tout à fait ; elle essaya de faire résistance, mais cette résistance n'était pas très-vive et bientôt elle cessa naturellement.

— Ah ! si vous lisiez dans mon cœur, si vous saviez combien il vous aime ! murmura-t-il d'une voix émue.

— Je ne dois pas entendre ces mots, je ne dois pas, monsieur, laissez-moi partir ; répliqua-t-elle les yeux baissés.

— Béatrix !

Elle tremblait à faire pitié, il voyait son triomphe certain et, à vingt ans, près d'une aussi charmante femme, il n'avait que de l'orgueil, que de l'ambition satisfaite !

— Elle est à moi! pensait-il, je serai le marquis de Saulieu.

Pauvre Béatrix! semblable à la colombe, elle se débattait sous les serres du vautour, elle jetait des cris de détresse. Elle rappelait sa vertu expirante, elle se rattachait aux branches pendantes au bord de l'abîme, et lui, l'entraînait toujours.

— Hélas! hélas! dit-elle, en ne retenant plus ses larmes, ma pauvre sœur et moi nous sommes perdues, car nous oublions nos serments et nos promesses, je suis plus coupable qu'elle encore, moi! Ah! elle me l'a dit, je mettrai mon Jacques dans l'avenir de ma vie, et le sien gardera toute la sienne. Que notre bonne mère nous protège du haut des cieux!

Pendant qu'elle parlait, le vicomte couvrait sa main de baisers, qu'elle ne sentait point, tant son émotion était forte.

— Laissez-moi! laissez-moi! s'écria-t-elle, laissez-moi me sauver, monsieur, si vous n'êtes pas un bourreau!

Mais il la serrait davantage, mais il l'enivrait de ces paroles séductrices, auxquelles il est si difficile de résister, auxquelles toutes nous avons été prises, qui nous prendront éternellement, même lorsque nous en connaîtrons la perfidie et la fausseté.

Béatrix écouta, elle crut, la pauvre enfant! elle passa deux longues heures à s'empoisonner le cœur. Elle lui répéta tout ce qu'il voulut savoir, elle lui dévoila l'un

après l'autre les secrets de son ménage et de son pouvoir sur son mari. Il acquit la certitude que MM. de
Fouquerolles accepteraient, les yeux fermés, en ma-
tière d'intérêt, les décisions de leurs femmes, et qu'ils
ne se permettraient pas une observation dans tout ce
que la délicatesse de leur cœur leur inspirerait.

— C'était elles qu'il fallait séduire, et maintenant je
les tiens toutes deux. La marquise verra bien son
amant aujourd'hui, dans quelque coin de cet honnête
parc, si peu accoutumé à pareille fête; où ils seront je
serai. Allons! cela s'arrange bien, et je commence à
croire que Ryna a dit vrai, me voici sur le chemin du
trône.

XXXIV

DÉVOUEMENT

Béatrix quitta le vicomte le cœur palpitant, la démarche chancelante, elle se promena longtemps avant
de reparaître, pour tâcher de remettre un peu ses
esprits; ce qu'elle éprouvait était si nouveau pour
elle! L'amour permis ressemble si peu à l'amour coupable! Celui-ci laisse après lui des souvenirs âcres et
douloureux qui excitent les sens, en faisant les remords. Ah! si les femmes savaient ce qu'il en coûte de

pleurs, de craintes, de tourments, d'inquiétudes pour
sortir de son devoir, elles s'en abstiendraient, même
honneur à part.

Lorsque madame d'Oston rejoignit sa sœur, elle s'approcha d'elle, les larmes dans les yeux. Elle ne lui en
voulait plus maintenant, au contraire elle s'en voulait à elle-même de l'avoir méconnue, elle lui eût fait
des excuses, si elle l'eût osé, mais pour cela il eût
fallu avouer le secret de son cœur, ce secret qui tenait désormais à ses fibres les plus profondes. Elle savait maintenant ses souffrances, elle les devinait toutes, elle les comprenait, elle qui mettait le pied pour
la première fois dans cette voie hérissée d'épines. Sa
résolution était prise, elle ne reverrait plus le vicomte,
elle expierait ses joies coupables par les douleurs de
l'absence et les combats de la séparation. Mais sa
sœur! elle aimait Jacques depuis tant d'années, elle
courait pour lui tant de dangers, elle devait avoir
cédé à une impression bien tyrannique, à un amour
bien invincible.

— Pauvre Isabelle! se disait la pauvre enfant, je la
protégerai d'abord, je la défendrai ensuite.

Le baiser qu'elle lui donna promettait tout cela.

Madame de Fouquerolles, entièrement occupée de
Jacques, de leur entrevue du soir, le remarqua à peine,
elle ne remarqua pas davantage les regards de son
mari, ses distractions, la manière brève et incom_
plète dont il répondait. La comtesse voyait tout, elle

voulut prévenir sa sœur et empêcher peut-être une funeste découverte.

— Isabelle, lui dit-elle tout bas, savez-vous ce qui rend votre mari si taciturne?

— Mon mari! mais non, pas plus qu'à l'ordinaire, répondit la marquise, tressaillant comme si on l'eût réveillée en sursaut.

— Regardez-le, examinez-le, il souffre, il est inquiet de votre santé, apparemment. Ne sauriez-vous être plus gaie pour lui faire perdre cette triste mine-là.

— Je suis plus triste que lui, Béatrix.

— Il y a pourtant quelque chose de bien grave sur sa physionomie.

— Puisse-t-il y avoir l'annonce de ma mort!

— Isabelle!

— Pardon, ma bonne sœur, je suis égoïste, ah! vous seriez plus heureuse si je n'étais plus là.

Madame d'Oston avait aussi un rendez-vous pour le soir, elle n'y voulait point aller, elle se l'était juré, elle l'avait juré à sa mère, à la Vierge, à Dieu.

— Je ne quitterai point ma sœur, de la sorte, ni elle, ni moi, ne pourrons mal faire. Pourtant, le pauvre Jacques!

Elle dissimulait sa pensée vis-à-vis d'elle-même, pour elle le pauvre Jacques, ou du moins derrière le pauvre Jacques, se dessinait la forme indécise du vicomte, de celui qu'elle était sur le point d'aimer plus que tout en ce monde.

H.   5

Cet amour, le plus terrible, le plus enraciné de tous les amours, était d'autant plus dangereux qu'il n'était pas aveugle. Elle ne se dissimulait ni les défauts, ni les difformités de cet homme, qui l'entraînait malgré tout. Elle le voyait sans peine et sans prévention, et, elle l'aimait néanmoins, du moins elle commençait à l'aimer et ses combats, ses hésitations, n'avaient pas encore arrêté d'un pas le malheur qui courait vers elle.

Madame de Fouquerolles sortit, Béatrix sortit avec elle. Après quelques tours d'allée, elle rentra, Béatrix rentra aussi. L'impatience commençait à la gagner, comment ferait-elle le soir? Il fallait à tout prix se débarrasser d'un témoin dangereux. Voir Jacques, le voir encore une fois, avant de se séparer pour le temps et pour l'éternité, prendre dans ses regards le courage de vivre sans lui après, et se quitter innocents, se quitter dignes de leur estime mutuelle, voilà quel était son rêve, mais ils se seraient vus!

Ce château, naguère le séjour de la tranquillité, d'une gaieté douce, d'une affection partagée, était à présent triste, mystérieux, sombre. On y parlait à voix basse, chacun s'observait et se craignait. Seul, le comte d'Oston, presqu'aussi étourdi que sa femme, ne s'apercevait point de ce changement, bien qu'il en sentît l'influence.

— Vous ne riez plus, Béatrix?

— Ma sœur est trop malade.

— Vous me fuyez?

— Je suis avec ma sœur.

— C'est vrai, elle est très-pâle, qu'a-t-elle donc?

— Ah! mon ami, c'est qu'elle pense à Jacques, je crois.

— Malheureuse Isabelle, on ne se guérit pas comme cela! Mon frère le devine, je le crains, il est aussi triste qu'elle.

— Vous avez raison, cela me fait peur.

— Mon amie, répondait-il, en l'embrassant plus tendrement que de coutume, le malheur de son frère lui rendait son bonheur plus précieux, mon amie, consolez-les, vous qui les aimez et qui savez si bien sécher les larmes.

Sa jalousie soupçonneuse ne fut pas un seul instant éveillée. Il n'avait point encore été trompé et sa confiance dans sa femme était entière. Elle sentit un aiguillon lui percer le cœur, il est si cruel pour une âme noble de tromper la confiance! Elle se jura encore de ne plus revoir le vicomte, de quitter ce pays, où tout était pour elle sacrifices et entraînement.

— Mon ami, dit-elle, si vous le voulez bien, lorsque ma sœur se trouvera plus forte, nous irons à Saulieu.

— De tout mon cœur; nous irons revoir les premiers témoins de notre union, de notre bonheur, le tombeau de votre aïeule, qui nous a unis.

— Vous avez raison, c'est là ce qu'il faut voir, ce qu'il faut voir seulement. Nous irons.

La journée avançait: les deux sœurs ne s'étaient

pour ainsi dire pas quittées, à la grande impatience
de la marquise. Elle la marqua d'une façon si positive, que M. de Fouquerolles s'en aperçut et en fit une
preuve nouvelle.

— Sa sœur la gêne, elle veut être seule.

M. de Ravière, au milieu de cette famille, qui était
la sienne, et dont les événements lui devenaient de
plus en plus étrangers, cherchait à se reconnaître, à
deviner ce qu'on lui cachait, pour en tirer son profit,
il était déjà sur la voie par sa conversation avec le vicomte, il soupçonnait, il n'en fallait pas davantage
pour un homme aussi rusé que lui.

On soupa à sept heures. C'était l'habitude du vieillard. Ravière seul et le comte d'Oston faisaient honneur
au repas, on entra au salon, on dressa les tables ainsi
que de coutume.

— Je ne jouerai pas, mon père, si vous le permettez,
dit Isabelle.

— Comme il vous plaira, mon enfant, vous êtes
souffrante.

— Ni moi non plus, ajouta Béatrix.

— C'est donc une épidémie, mesdames, continua
Ravière.

— Je tiendrai compagnie à ma sœur, se hâta de répliquer madame d'Oston.

— Je vous remercie, je n'ai besoin de personne.

Jusqu'à ce jour, les promenades interminables de la
marquise s'étaient arrêtées à la nuit, elle avait tou-

jours passé les soirées en famille, à la grande satisfac-
tion de son mari. Il ne pensa point encore qu'elle eût
le dessein de sortir et accepta la proposition de son
père, qui lui proposa un piquet à trois, avec Ravière.
Il ne se fut pas permis d'ailleurs de le refuser, cela
se passait ainsi dans ce temps-là.

Madame d'Oston s'installa auprès d'eux, Isabelle
resta étendue dans un grand fauteuil, un peu plus
loin, les portes étaient ouvertes sur le jardin, em-
baumé des senteurs d'une nuit d'été, son mari lui
tournait le dos, il la voyait néanmoins dans une glace,
son abattement, qu'il prit pour de la tranquillité, le
rassura. Son père d'ailleurs absorbait son attention,
Ravière, lui, ne jouait que d'un œil, le comte lisait à
l'autre bout de la chambre.

Pendant plus d'une heure on n'entendit que les termes du jeu, les deux sœurs ne se parlaient point,
chacune d'elles causait avec ses pensées. Isabelle comptait les minutes, Béatrix combattait le désir immense
qui l'entraînait.

— J'ai le point, commençait Ravière.

— Et moi les levées, reprenait le vieillard.

— Je gagnerai pourtant.

— Je ne crois pas.

— Ah! que les heures sont lentes! pensait la marquise.

— Il va m'attendre, se disait sa sœur.

— Ce sera pour la dernière fois, après nous ne pou-

vons, nous ne devons plus nous revoir; mais j'espère
que j'en mourrai.

—Que je serais heureuse, si je pouvais le rejoindre! ne fut-ce qu'un quart d'heure. Il va bien souffrir!

Isabelle, entièrement sous le charme du sentiment
qui la dominait, n'avait pas un remords, pas une
pensée pour cet homme généreux, qui lui prouva sa
tendresse. Elle ne se reprochait pas sa trahison; elle
ne regardait au contraire son mariage que comme une
trahison perpétuelle envers Jacques.

—Il fallait résister! Il le fallait; j'ai été lâche et je
l'expie.

Enfin neuf heures sonnèrent! elle devint pâle et elle
se mit à trembler de tous ses membres. Elle n'eut
d'abord pas la force de se lever. M. de Fouquerolles,
entraîné par les chances du jeu, était engagé dans un
coup important, vivement disputé par Ravière. Il ne
la regardait point, et ne songeait point à elle. Isabelle
en profita pour partir sans bruit. Béatrix, assise près
du comte, ne l'entendit point tant elle retint son souf-
fle, tant elle mesura ses pas. Aussitôt qu'elle se fut
un peu éloignée elle se mit à courir vers l'endroit convenu, par le chemin le plus court, passant au milieu
des taillis, pour dissimuler sa marche et accrochant
sa robe aux branches, elle ne songeait pas à la relever.

Elle arriva comme une flèche, le rivage était désert.

—Il n'y est point encore! l'a-t-on découvert, ou
bien est-il moins impatient que moi?

C'était une de ces belles nuits d'été sans lune, mais où les étoiles brillent et scintillent dans l'azur du ciel. Elle perdait son regard dans les détours de la rivière, sans découvrir la barque attendue, sans entendre aucun bruit précurseur.

— Ne viendra-t-il pas, mon Dieu? se demandait-elle, en s'approchant d'un fourré, où elle croyait pouvoir l'attendre plus en sûreté.

Un bras se posa sur le sien, une main saisit la sienne, une voix murmura à son oreille :

— N'ayez pas peur, c'est un ami.

— Mon Dieu! murmura-t-elle, en cherchant à comprimer les battements de son cœur, ce n'est pas lui !

— C'est un ami; soyez sans craintes, reprit-on, un ami qui veille sur vous, qui suit vos pas avec la sollicitude d'un frère.

Elle reconnut le vicomte, et resta clouée à sa place.

— Monsieur, lui dit-elle, en reprenant son courage, vous attendiez ma sœur!

— Je l'attends, cela est vrai, mais ce n'est pas pour elle que je suis ici.

— Grand Dieu! c'est pour...

— C'est pour vous, se hâta-t-il de dire, en lui coupant la parole, dans la crainte d'une confidence dont elle aurait pu se repentir; il voulait qu'elle restât libre.

— Je n'ai pourtant rien à vous dire, mais puisque vous êtes ici, puisque je vous y rencontre, je vous prierai de me suivre, il faut que je vous parle.

— Ici, madame, tant qu'il vous plaira.

— Non, pas ici.

— Je ne puis aller ailleurs.

— Et s'il vient! s'il vient!

Son oreille était tendue du côté de la rivière où sans doute il allait paraître. Elle ne savait quel parti prendre, quel chemin suivre. Quitter seule cette place, c'était exposer Jacques, qui y viendrait avec confiance, y rester, c'était l'exposer plus encore.

— Je me retire donc, monsieur, dit-elle, essayant de ce dernier moyen.

— Et moi, je reste, répliqua-t-il, sachant très-bien qu'elle ne s'en irait pas.

— Vous voulez perdre ma sœur, monsieur?

— Non, madame, car je l'aime.

— Perdre une jeune et jolie créature, heureuse, et qui doit l'être toujours, si, comme le serpent, vous n'entrez pas dans son Paradis, c'est un crime, monsieur!

— Madame d'Oston ne sera pas perdue, madame, ce n'est pas d'elle qu'il s'agit, c'est de vous.

— De moi!

— De vous, qui marchez sur le bord d'un précipice où vous entraînerez ceux qui vous sont chers, de vous, qui envoyez une victime à l'échafaud, et qui vous condamnez à des regrets éternels.

— Ah! je suis perdue! il sait tout, murmura-t-elle.

— Il en est temps encore, madame, reprenez un

peu de courage, sans bannir celui que vous aimez, sans renoncer au bonheur que vous lui avez promis, soyez prudente au moins, prenez des mesures certaines, n'exposez pas votre secret aux indiscrets, défiez-vous de ce qui vous entoure et prenez pour confident l'ami qui désire plus que tout au monde vous être utile.

— Je n'ai pas besoin d'ami, monsieur, je n'ai pas de secrets, je n'attends aucun bonheur et je n'ai rien promis à personne.

— Quoi! toujours impénétrable? quoi! pas un mot à celui qui vous sacrifie les plus charmants moments de sa vie, par amour encore pour celle qui vous est presque aussi chère qu'à lui.

— Il est donc vrai, ma pauvre Béatrix!

Mais cette idée ne fit que traverser son imagination, la position où elle se trouvait, le danger qui menaçait et elle et Jacques, s'il se montrait en cet instant, excluait toute autre inquiétude.

— Monsieur, vous n'avez pas pitié de l'état où je suis, vous ne voulez pas me laisser seule, je n'ai ni la force, ni la volonté de vous répondre. Demain, un autre jour, nous reprendrons cet entretien, je vous dirai ce que vous voudrez savoir, mais à présent; partez! partez!

— Je ne partirai point, je ne le dois pas, je l'ai promis.

Le désespoir d'Isabelle était à son comble, sa tête

II.   5.

s'égarait, elle joignait les mains, elle prononçait des
mots sans suite, elle livrait cent fois son secret, en
voulant le défendre. C'était une de ces natures pas-
sionnées et tendres, qui sont loyales avant tout. Le
moindre détour lui était insupportable, un mensonge
ou une dissimulation lui pesait comme un crime, aussi
rien n'était plus facile que de lire dans sa pensée, elle
avait l'âme percée à jour.

Un léger bruit, qu'il lui sembla entendre du côté
de la rivière, redoubla ses craintes. Ce devait être Jacques, et alors qu'arriverait-il? Ces deux hommes, exal-
tés l'un contre l'autre depuis longtemps, ce vicomte,
dont elle n'était rien moins que sûre, Jacques, étonné,
blessé sans doute de la trouver avec un autre lorsqu'elle
devait l'attendre et lorsque le mystère était si indispensable à sa sûreté, les plus grands malheurs pouvaient s'ensuivre. Ces angoisses étaient trop au-dessus
de sa faiblesse, elle se sentit défaillir.

Cabines passa son bras autour d'elle pour la soutenir.

— Du courage! lui répétait-il, vous me bénirez plus
tard, l'amour vous récompensera de tant d'épreuves.

Madame de Fouquerolles se dégagea instinctivement
et s'appuya contre un arbre, mourante et épuisée. En
ce moment même le bruit d'un pistolet, qu'on armait
dans le taillis, se fit entendre, presque à la même minute, le coup partit, le vicomte tomba, et le marquis
se présenta aux regards effrayés de sa femme, tenant
encore son arme à la main.

— Mon Dieu ! s'écria-t-elle, en tombant à genoux.
Elle crut qu'il allait la tuer.

— Madame, c'était là votre amant, n'est-ce pas?

— Oui, répondit le vicomte, qui se débattait dans les convulsions de l'agonie.

— Était-ce votre amant? reprit-il avec plus de colère.

— C'était mon amant, monsieur, faites de moi ce que vous voudrez.

Un profond gémissement répondit à cet aveu.

XXXV

UNE VICTIME

Le bruit du coup de pistolet avait fait accourir toute la maison, M. de Ravière et le comte des premiers, Béatrix avec eux, les domestiques ensuite, le vieux comte restait seul au salon. On apportait des torches, qui éclairèrent la terrible scène, le vicomte mourant, Isabelle étendue près de lui, baignée dans le sang qu'il avait répandu, semblant prête à rendre le dernier soupir, et M. de Fouquerolles debout, plus pâle qu'eux, plus anéanti qu'eux, si c'est possible. Madame d'Oston se jeta sur sa sœur.

— Ah! monsieur, vous l'avez tuée!

Mais quand ses yeux se portèrent sur Cabines, quand

elle vit le cadavre de l'amant de sa sœur et qu'elle reconnut son amant elle reçut au cœur un coup si horrible, qu'elle se crut près de mourir aussi.

— Ils m'ont trompée tous les deux! se dit-elle, ah!
les misérables!

— Qu'est-ce ceci, mon frère? au nom du ciel! s'é-
cria le comte d'Oston.

— J'ai tué l'amant de ma femme, que j'ai surprise
dans ses bras, n'en auriez-vous pas fait autant?

Cette seule supposition fit pâlir le comte.

— Si cela est, vous avez bien fait, mon frère, mais
elle?

— Elle, je ne l'ai pas touchée, la peur, la douleur
sans doute... Ah! mon frère, ah! Ravière, je l'aimais
tant!

Ces mots prononcés simplement dans une circonstance semblable étaient déchirants, ils ne purent cependant percer le triple acier dont Ravière avait enveloppé ce qu'il appelait par antiphrase son cœur.

— Ah! diable, voilà un coup malheureux, mon papier perd la moitié de sa valeur. Me voilà obligé ou
de le brûler, ou de le donner pour rien

— Secourez votre maîtresse, dit le marquis à ses domestiques, et transportez-la au château.

— Dans sa chambre?

— Non, pas dans sa chambre, au salon, devant mon
père, il faut que tout finisse à l'instant, ou je n'aurais
plus la force de le supporter.

Béatrix ne se relevait point, elle restait à la même place, agenouillée, le regard fixe, incapable de faire un mouvement.

— Trompée! trompée! répétait-elle.

— Cet homme n'est pas mort, dit Ravière, qui depuis un instant s'ingéniait à secourir le vicomte.

— Ah! tant mieux! s'écria M. de Fouquerolles, je pourrai le tuer encore!

— Mais il lui faut des soins immédiats, un médecin, qu'on arrête le sang, ou son âme s'en ira avec. Emportons-le d'ici.

— Il n'entrera pas chez moi! je ne pourrais respirer sous le même toit que lui.

— Transportons-le à son château, à bras, nous n'en sommes pas très-éloignés, on se relaiera.

— Avec la permission de monsieur le marquis, il y a une barque sur la rivière, une barque où l'on pourrait le mettre.

— Celle sur laquelle il est venu apparemment, continua le comte.

— Otez-le de devant moi, jusqu'à ce que les forces lui soient revenues et que nous puissions nous rencontrer de nouveau.

— Appelez le batelier, qui reste-là dans son bateau sans rien faire, qu'il prépare tout pour recevoir son maître. Je le suivrai jusque chez lui.

— Non, non, monsieur de Ravière, votre présence est nécessaire ici, j'ai besoin de vous; vous êtes le

plus ancien ami, le parent de madame de Saulieu, vous devez être avec nous dans ce qui va se
passer.

— Mais monsieur...

— Un homme aussi malheureux que moi a le droit
de commander, vous ne partirez pas.

On releva Isabelle, on l'étendit sanglante sur des
branches d'arbres, coupées en brancard et on la transporta ainsi au château. Le comte d'Oston, soutenant
Béatrix, qui chancelait comme une femme ivre, mar-
chait à côté entouré des domestiques. Le marquis fermait la marche à quelque distance, ayant auprès de
lui Ravière, fort déconcerté. Pas un mot ne fut prononcé pendant la route.

On trouva M. de Fouquerolles debout à la porte du
salon; dans une agitation facile à comprendre, les gens
qui vinrent chercher du secours au château lui appri-
rent tout. Il n'avait pas voulu aller plus loin; sa présence dans une pareille scène ne lui semblait pas convenable, il attendait. Il vit s'avancer le lugubre cor-
tège: Isabelle, ensanglantée, pâle, étendue, lui apparut
d'abord.

— Elle est morte! s'écria-t-il en courant vers elle.

— Elle n'est point morte, monsieur, elle vivra; elle
vivra pour que sa punition soit plus longue et plus
rigoureuse.

— Ah! mon fils, qu'avez-vous fait!

— J'ai vengé notre honneur, mon père! nul ne peut

trouver que j'ai eu tort de le faire, et vous, moins que personne. Approchez !

Il fit, d'un geste brusque, signe aux porteurs de déposer sa femme sur un canapé, dont sa robe ensanglanta l'étoffe, et de se retirer.

Isabelle n'ouvrait pas les yeux; Béatrix revenue de sa première douleur, sentit son affection pour elle se réveiller.

— Ma sœur est morte, monsieur, ma sœur est morte, vous l'avez tuée !

— Non, répliqua-t-il avec impatience.

— Plut au ciel qu'elle le fût ! ajouta le comte, sa punition serait moins longue.

Madame d'Oston s'empressa alors auprès de la marquise, elle lui fit respirer de l'eau de la reine de Hongrie, des gouttes, elle employa enfin tous les moyens en usage alors pour la rappeler à elle. Après bien des soins elle y réussit. Le silence le plus complet avait régné dans l'appartement; jusque-là, M. de Fouquerolles, les mains jointes, contemplait ses enfants et semblait prier. Le marquis se promenait, sans jeter un coup d'œil sur la malade; son frère aidait Béatrix à la soutenir.

— Ah! dit-elle enfin, que s'est-il passé? où suis-je? Ma sœur! mon mari! Je n'ai donc pas rêvé! Du sang! Tout est vrai, tout est vrai!

Ses yeux cherchèrent autour d'elle une personne

qu'elle ne trouva pas sans doute, car elle se laissa retomber, comme découragée.

— Celui que vous désirez voir est mort, madame, dit le marquis d'un ton ironique, mort de ma main, en légitime vengeance, car je vous ai vue dans ses bras.

Isabelle leva les yeux au ciel avec un élan de reconnaissance; Jacques était sauvé sans doute.

— On l'a transporté dans ce bateau qui l'avait amené près de vous, et vous avez maintenant à répondre à vos juges, il faut que votre sort aussi se décide en même temps que le sien.

Ses perplexités recommencèrent. De quel bateau parlait-on? Le vicomte n'en avait pas; était-ce donc celui de Jacques? Jacques avait-il été surpris? Elle n'osa interroger, une parole pouvait tout perdre.

— Levez-vous, madame.

— Cela ne se peut, mon frère, elle est incapable de se tenir debout, c'est de la barbarie.

— Qu'elle reste donc où elle est alors! Mon père, c'est à vous de l'interroger, vous êtes le chef de la famille; faites justice, ce que vous déciderez sera accepté.

Le vieillard leva les yeux au ciel et des larmes tombèrent de ses yeux.

— Mes enfants, mes enfants! quelle tâche me donnez-vous aujourd'hui? Ah! mon âme est brisée. Pourquoi Dieu ne m'a-t-il pas rappelé à lui avant ce funeste jour?

— Il vous a laissé près de nous, monsieur, pour que votre main soutienne la pauvre femme, déjà si punie, pour que votre voix la défende, pour que vous la sauviez d'un avenir plus cruel encore, dit Béatrix d'un accent ferme et ému tout à la fois.

Nul ne savait jusqu'à quel point la comtesse était généreuse en parlant ainsi, nul, pas même sa sœur, qui ignorait bien des choses. Cependant le vieillard lui fit un signe d'encouragement et de bienveillance, ils s'étaient compris.

— Isabelle... ma fille... répondez-moi.

— Oui, monsieur.

A peine était-il possible de l'entendre.

— Hélas! mon enfant, vous avez donc tout oublié?

Elle garda le silence.

— Ma tendresse, celle de votre aïeule, celle de votre mari, vos promesses... le passé... tout enfin!

Le cœur de la pauvre femme était si gonflé, qu'il faillit éclater, un sanglot déchirant fut sa seule réponse.

— Vous avez pu aimer cet homme, étranger pour vous, cet homme dont le caractère...

— N'insultez pas les morts, dit-elle.

— Vous l'aimiez, Isabelle, vous l'aimiez assez pour aller ainsi le rejoindre, pour braver la colère de votre mari, vos devoirs...

— Ah! oui, j'aimais celui que j'allais rejoindre, je l'aime encore, je l'aimerai toujours!

— Toujours! interrompit son mari avec une ironie méprisante, toujours! à combien de galants avez-vous déjà fait cette promesse?

— Ah! monsieur!

Elle serra ses bras sur sa poitrine, pour en comprimer les plaintes, en baissant la tête, elle s'humilia devant celui qui voit tout.

— Vous êtes donc coupable, madame, vous l'avouez?

— Je l'avoue.

— Cet homme était là pour vous, de votre consentement?

Son regard, rapide comme l'éclair, se tourna vers sa sœur, et se reporta ensuite vers un petit crucifix, qu'elle portait au cou, et qui s'était détaché dans sa chute.

— Il était là pour moi, d'après mon consentement, reprit-elle, étouffant un soupir.

Tout le monde se regarda. Cette tranquillité, cette hardiesse, qui n'essayait même pas de se défendre, qui acceptait la faute sans rien faire pour en détourner le châtiment, leur semblait inconcevable, surtout d'après le caractère d'Isabelle, d'après sa timidité ordinaire, sa crainte excessive de se voir soupçonnée injustement. Le cœur du marquis était percé de mille flèches, sans pouvoir s'en rendre compte, il espérait encore la trouver innocente; malgré l'impossibilité, n'espère-t-on pas toujours quand on aime?

— Eh bien, monsieur! poursuivit-il, voyant que tout le monde restait atterré.

— Eh bien, mon fils, que voulez-vous faire maintenant?

— Le doute n'est plus permis, monsieur, le membre gangrené doit être rejeté de notre famille.

— Ah! monsieur! s'écria Béatrix, en l'entourant de ses bras, si tout l'abandonne, je lui resterai.

— Ma sœur!

Et toutes les deux se jetèrent dans les bras l'une de l'autre, toutes les deux, sans se l'avouer, étaient sublimes de dévouement. Béatrix sacrifiait son ressentiment, son amour blessé, son amour-propre foulé aux pieds. Isabelle sacrifiait plus encore, c'était sa vie et son bonheur qu'elle donnait à sa sœur, à son mari, à Jacques. D'un mot, elle pouvait perdre la comtesse, mais ce mot perdait aussi le marquis, en le mettant sous le coup d'une accusation capitale. Il avait tué l'amant de sa femme, nul tribunal ne pouvait l'atteindre. En frappant celui de sa belle-sœur était-il coupable, au mari seul appartenait la vengeance. Si madame de Fouquerolles lui eût révélé la vérité, pour se blanchir à ses yeux, du moins, il fallait alors perdre Jacques, avouer son séjour en France, avouer leur entrevue, avouer qu'elle l'attendait, et qu'elle voulait le dérober au vicomte; sans cela, pourquoi cet évanouissement?

— C'est assez attendre, dit impérieusement le marquis. Je ne veux plus la voir; cherchez lui une retraite, où elle expiera, où elle souffrira à son tour tout ce qu'elle m'a fait souffrir, qu'elle parte dès ce soir!

— Je partirai donc avec elle, monsieur!

— Mon fils!...

— Non, non, mon père! Songez-y, mon honneur est perdu! cette funeste histoire est connue de tous mes gens, tous savent que cette malheureuse m'a trompé; la province entière l'apprendra bientôt, la cour ensuite; si je ne punissais pas, si je gardais chez moi l'épouse adultère, je serais le jouet de tous; l'opinion est implacable en pareil cas, elle nous frappe sans merci.

— Et n'êtes-vous pas assez vengé? Voyez ce sang dont vos mains sont couvertes; n'est-ce point une expiation suffisante? Voulez-vous encore la mort de ma sœur? Voulez-vous notre désespoir à tous?

— Ah! Béatrix! Vous la défendez victorieusement, car vous la défendez contre un cœur qui plaide lui-même sa cause. Voulez-vous savoir jusqu'où vont ma folie et mon indulgence? Voulez-vous lire dans ma pensée ce que j'en effacerais avec du sang, tant la honte d'une pareille lâcheté me transporte? Lorsqu'on nous a unis, elle en aimait un autre, elle me l'a noblement avoué; depuis, j'ai cru, à force de soins, d'abnégation et d'amour, j'ai cru avoir banni ce sentiment de son âme, ou du moins j'entrevoyais le moment où elle m'aimerait peut-être, moi qui l'aimais tant! Eh bien, si c'était cet homme qu'elle eût revu, pour lequel elle m'eût trompé, si elle m'eût encore avoué sa faute, si elle eût imploré mon pardon, j'aurais été assez faible pour l'accorder, j'aurais recommencé tout ce que j'ai fait jusqu'à présent.

— Oh! mon Dieu! murmura Isabelle fondant en larmes, que dois-je faire?

— Mais la voir changer ainsi! mais lui voir trahir à la fois ses souvenirs et ses devoirs, mais lui voir manquer à ce qu'elle m'a juré comme ce qu'elle avait promis, être forcé de la mépriser à l'égal de la plus vile des créatures. Ah! voilà ce qui me brise, ce que je ne puis souffrir, ce qui me ferait la tuer certainement, si vous exigiez que je restasse avec elle!

— Pauvre frère! répliqua Béatrix en lui prenant la main, je comprends tout cela, mais regardez-la, je vous en conjure, et dites-moi si elle ne souffre pas assez.

Isabelle semblait en effet la statue du désespoir. Ses larmes ne coulaient plus qu'une à une sur ses joues, plus pâles et plus blanches que sa robe, Ses lèvres ne s'ouvraient plus, son sein battait faiblement, elle ne faisait pas un geste, elle semblait inanimée.

— Mon fils, dit le vénérable patriarche, Isabelle est la fille de ma sœur, elle est votre femme, c'est une orpheline, je ne saurais être ainsi sévère pour elle. Nous sommes tous, ce soir, sous le poids d'émotions trop vives pour que nous puissions juger sainement. Séparons-nous, demandons à la solitude les inspirations que la précipitation nous refuserait. Demain, nous prononcerons notre sentence. Souvenons-nous seulement que tous nous pouvons faillir, et que Dieu nous jugera selon que nous jugerons les autres.

Après ces mots prononcés d'une voix brisée par la douleur, mais soutenue par la certitude de la conscience, M. de Fouquerolles se retira, ses fils le suivirent, les deux sœurs restèrent seules.

XXXVI

LES DEUX SŒURS

Béatrix, une fois seule avec sa sœur, déposa le masque de courage et d'audace dont elle s'était couverte, et se laissant tomber sur un fauteuil, elle éclata en sanglots. En dépit de son héroïsme, elle était trop jeune et trop confiante pour que son secret ne lui échappât point, elle étouffait, et, malgré elle, le nom du vicomte sortit de ses lèvres.

Jusques-là, madame de Fouquerolles, tout occupée de ce qui se passait autour d'elle, occupée de défendre ceux qu'elle aimait, contre eux-mêmes et contre les indiscrétions de la vérité, avait pu se taire ; mais lorsqu'elle entendit Béatrix se plaindre, lorsqu'elle vit éclater ce désespoir généreusement, noblement contenu, elle se souvint de ce qu'*il* avait avoué, de ce qu'*il* était pour la pauvre jeune femme, et, se levant avec la

spontanéité d'un affection si tendre et si justement ap-
préciée, elle courut à sa sœur.

— Ah ! tu dois me haïr ! s'écria-t-elle.

— Non, je ne vous hais pas, répliqua Béatrix en dé-
tournant la tête, vous ne saviez peut-être rien, mais
lui !

— Mon Dieu ! elle croit que je l'aime !

Madame d'Oston la regarda étonnée, elle eut peur
qu'elle ne devint folle.

— Oui, vous croyez que je l'aime, vous devez le
croire, et pourtant !

— Ma sœur ! ma sœur ! reprit Béatrix effrayée, remettez-vous, je vous en conjure.

— Mon enfant ! ma chère enfant, pardonnez-moi la
douleur que je vous ai causée, pardonnez-moi sa mort,
hélas ! si vous saviez !

— Je saurai, je croirai tout ce que vous voudrez, reprit Béatrix, de plus en plus effrayée, mais il faut me
promettre de vous calmer, de m'écouter, de causer
tranquillement avec moi.

— Tranquillement, ma sœur !

— Oui, tranquillement, votre position est horrible
sans doute, pourtant elle n'est point désespérée. Nous
vaincrons la résistance de votre mari, nous ne serons
point séparées, nous pleurerons ensemble au moins,
et plus tard !

— Mais, Béatrix, vous ne me comprenez donc pas ?

— Je vous comprends, ma sœur, je comprends tout.

— Non, vous ne me comprenez pas, non, vous souf-frez pour moi, à cause de moi, et, que Dieu me le par-donne! J'espère que ce n'est pas un crime de me justi-fier.

— Vous pouvez vous justifier! reprit Béatrix éper-due.

— Je le puis.

— Au nom du ciel! pourquoi ne pas l'avoir fait tout à l'heure?

— J'ai été au moment de tout avouer, quand cet homme généreux... mais j'ai eu la force de me taire, il vaut mieux tout porter à moi seule.

— Hélas! pensa Béatrix, sa tête se dérange tout à fait.

— A vous, pourtant, ma sœur, à vous qui m'avez défendue en oubliant un juste ressentiment, à vous je puis dire...

— Oh! dites, dites!

— Il me faut auparavant le serment solennel et sacré que jamais le secret ne sortira de vos lèvres, il faut me le jurer par la mémoire de notre aïeule, par tout ce que vous avez de cher et de sacré en ce monde.

— Cependant si la connaissance de ce secret peut changer la résolution de votre mari.

— Vous vous tairez...

— Cela me sera difficile... impossible.

— Je ne parlerai point alors.

— Oh! parlez, je vous le demande à genoux.

— Jurez-vous ?

Eh bien, oui, je jure.

— Écoutez-moi donc alors.

Madame d'Oston se mit à ses genoux.

— Jamais le vicomte de Cabines ne m'a aimée, jamais je n'ai aimé le vicomte de Cabines. Que le ciel m'en préserve !

— Ah ! mon Dieu !

— Ce n'était pas lui que j'attendais.

— Ce n'était pas lui ?...

— Non, c'était Jacques !

— Ah ! merci, mon Dieu ! il ne m'avait pas trompée, sa révélation n'était pas une infâme excuse, il a dit vrai, murmura la jeune femme.

— Oui, Jacques, mon pauvre Jacques, revenu à travers tous les périls pour me revoir, Jacques que déjà une fois j'avais rencontré et auquel je venais dire un éternel adieu.

— Le vicomte me l'avait confié, et ce soir, d'après ces apparences menteuses, j'avais cru à un mensonge. Ah ! je l'avais accusé faussement, et il est mort, c'est horrible !

— Songez au pauvre Jacques, arrivant le cœur palpitant de joie, pour apprendre qu'on m'avait surprise dans les bras d'un autre. Jacques qui a vu transporter dans son bateau, à côté de lui, le corps de celui que mon mari avait tué pour moi, pour me punir. Jacques qui à présent me croit la plus coupable, la plus fausse

des créatures, et pourtant il a fallu que cela fût ainsi,
il l'a fallu pour lui-même, pour vous, pour mon mari.

— Comment, Isabelle, comment, ma sœur, vous êtes
ainsi sacrifiée et vous avez pensé que je le souffrirais !
Non, non, je parlerai, je dirai tout.

— Et votre serment ?

— Qu'importe, il est permis d'y manquer pour empêcher une injustice.

— Que direz-vous d'ailleurs ? Vous direz qu'au lieu
d'un amant, j'en attendais un autre, n'est-ce pas la
même chose ? un peu plus ou un peu moins d'ancien-
neté, ma liaison sera-t-elle moins coupable ? vous livre-
rez un malheureux à la vengeance du cardinal, vous
exposerez votre beau-frère à la vindicte des lois, le
monde ne m'en condamnera que davantage. Et vous...

— Moi ! je vais de ce pas trouver mon mari et lui
tout avouer. Dût-il me punir, cela m'est égal, au moins
vous ne serez pas perdue pour moi.

— Nous le serons toutes les deux, ma sœur, voilà tout
ce qui arrivera. Vous n'avez commis, j'en suis sûre, et
j'ai raison, n'est-ce pas ? vous n'avez commis qu'une
étourderie, votre ménage n'est point troublé, vous ré-
parerez vos torts, faites-le et gardez entre nous le secret
qui pouvait devenir plus grave. Quel appui me prête-
rez-vous, si vous êtes vous-même accusée ?

Béatrix sentit que c'était vrai, cependant tout ce qu'il
y avait en elle d'instincts généreux et nobles se révoltait à l'idée de voir sa sœur punie pour sa faute,

— Je n'y résisterai point, je parlerai.

— Vous ne parlerez pas, pour moi... pour M. de Fouquerolles.

— A lui du moins, je ferai connaître la vérité.

— A lui !

— N'avez-vous pas entendu ses paroles ? Il vous pardonnerait si c'était Jacques.

— Enfant ! il me pardonnerait moins encore peut-être ; cet amour qui résiste à tout est bien plus cruel pour sa jalousie qu'une passion nouvelle.

— Il ne vous mépriserait pas du moins.

— Il me mépriserait toujours. Songez donc que le marquis m'aime et que je ne l'aime point.

Isabelle, quoique bien jeune, déjà instruite par les passions et par les souffrances, devinait la vérité.

La jalousie est aveugle, l'objet qui l'inspire, quel qu'il soit, est toujours celui qu'elle hait, elle cherche, elle invente des prétextes pour le haïr plus qu'un autre, mais s'il arrivait qu'elle pût changer de but, elle trouverait les mêmes raisons envers le nouveau. Celui qui aime et qu'on n'aime point a toutes les misères, toutes les humiliations de la vie, rien ne le guérit et rien ne l'apaise.

Les deux sœurs remontèrent ensemble dans l'appartement d'Isabelle, qu'elles partagèrent pour cette nuit. Le sommeil n'approcha pas de leurs paupières et elles la passèrent tout entière à chercher un moyen de concilier les intérêts de tous. Béatrix était bien résolue, quoi qu'il arrivât, à ne pas laisser jeter sa sœur dans un cloître. Aussitôt qu'il fit jour, elle se retira dans la chapelle et y pria longuement. En sortant de cet entretien avec Dieu, elle frappa à la porte de son beau-père, le ciel l'avait inspirée, lui seul pouvait les sauver.

Le vieillard avait déjà quitté son lit où le repos ne l'avait pas visité. L'aspect de Béatrix, les yeux gros de larmes, ne le surprit pas, il s'attendait à la voir. Un sourire triste fut sa bienvenue.

— Monsieur, dit la jeune femme, d'un ton décidé, veillez, je vous prie, à ce que nous ne soyons pas interrompus. Il faut que je vous parle.

— Vous pouvez parler sans crainte, ma fille, je suis bien seul, et mes gens n'entrent pas chez moi sans être appelés.

— Mais vos fils?

— Mes fils respectent mon sommeil, d'ailleurs, pour plus de sûreté, fermez cette porte et prenez-en la clef.

Béatrix obéit. M. de Fouquerolles s'informa avec sollicitude de sa santé, de celle d'Isabelle, de l'état dans lequel elles se trouvaient toutes les deux.

— Hélas! mon enfant, c'est un grand malheur!

— Oui, monsieur, c'est un grand malheur, plus grand que vous ne le supposez, et c'est pour cela que je viens à vous.

— Qu'y a-t-il encore, mon Dieu! ma maison n'est-elle pas assez éprouvée!

— C'est à moi maintenant d'implorer votre indul-

gence, de me jeter à vos pieds, de vous dire : ayez pitié
de moi, pardonnez-moi !

— Vous, Béatrix, vous pardonner, vous qui êtes un
ange, vous à qui jamais un reproche...

— Ah ! mon père, ne prononcez pas ce mot, je suis
coupable, bien plus coupable que ma sœur, et ma sœur
est punie pour moi.

Elle lui raconta alors, au milieu des sanglots, des
gémissements et des plaintes tout ce qui s'était passé,
tout ce qu'Isabelle venait de lui dire, elle s'accusa franchement, loyalement, elle avoua le penchant invincible
qui l'entraînait vers le vicomte, auquel la coquetterie
avait donné plus de force, elle avoua leur entrevue,
dont elle était sortie pure encore, bien que ternie. Enfin
elle parla de la marquise, avec l'éloquence de son affection, elle raconta l'arrivée de Jacques, les risques qu'il
courait, s'il était découvert, la surprise d'Isabelle, sa
joie bien facile à comprendre, ses combats et l'adieu
éternel qu'elle allait dire à l'ami de son enfance.

— Vous voyez quelle fatalité dans tout ceci, mon
père, vous voyez que ma sœur est innocente et que ma
sœur est perdue, vous voyez que je suis coupable et que
si j'en fais l'aveu, j'expose notre maison à des malheurs
plus grands encore. Vous seul, monsieur, par l'autorité
de votre caractère, par vos droits, vous seul pouvez
nous sauver tous, ou du moins amortir les coups
qui nous frappent. Ah ! quelle leçon ! quelle cruelle
leçon !

II.   6.

— Chère Isabelle ! pauvre enfant ! quel courage et quelle souffrance !

— Vous m'avez donné votre parole qu'elle même ignorerait cette conversation, car elle ne me pardonnerait pas d'avoir trahi mon serment, même en en considérant le but. Il me semble cependant que mon aïeule, dont j'ai invoqué le nom, ne me punira pas de m'être parjurée. J'ai bien prié Dieu et c'est dans la prière que cette inspiration m'est venue.

— Je vous absous, je vous absous, mon enfant, maintenant laissez-moi seul. J'ai besoin de beaucoup réfléchir, je vous reverrai après que j'aurai demandé au ciel les lumières nécessaires pour être juge impartial dans la cause de mes enfants. Soyez tranquille quant au secret, j'en sens comme vous la nécessité absolue, il n'y a que trop de trouble en ce logis, sans en apporter davantage.

— Oh ! merci, merci, mon père.

— Tâchez de consoler votre sœur, de la soutenir par l'espérance. Et surtout, oh ! ma fille chérie, ne laissez plus la porte ouverte à un sentiment coupable, voyez où il vous a conduite.

Béatrix baissa humblement la tête et se retira.

En rentrant chez la marquise, elle la trouva profondément endormie. L'Indien ne dort-il pas dans l'intervalle de ses tortures ?

XXXVII

LE JUGEMENT D'UN PÈRE

Le comte d'Oston, malgré le ressentiment de son frère, qu'il avait fortement épousé, ne se montrait point cruel pour sa belle-sœur. Il vint retrouver Béatrix auprès de son lit et chercha à la soutenir par de bonnes paroles, quoiqu'il ne conservât que bien peu d'espérance. Depuis la veille, le marquis s'était enfermé chez lui en refusant d'ouvrir à personne. Avec son caractère, cette concentration n'avait rien d'étonnant.

— Lorsque mon père nous appellera tous, il viendra; mais pas avant; je le connais, la blessure qu'il a reçue saignera toute sa vie.

Isabelle voulut se lever et s'habiller de noir, pour être prête à paraître devant ses juges. Résignée et décidée à tout, convaincue d'avoir rempli le devoir de son dévouement si elle avait effleuré celui de sa foi conjugale, elle reprenait un peu de son courage. L'affection de sa sœur, à laquelle maintenant elle pouvait ouvrir son âme, la consolait de bien autre chose.

— Je ne serai pas méconnue de tous, se disait-elle, elle, au moins, me rendra justice, me plaindra et priera pour moi.

Il était plus de dix heures que M. de Fouquerolles

n'avait pas encore paru. Il envoya chez ses belles-filles les prévenir qu'il les attendait, et le comte d'Oston avec elles. Quant au marquis, il l'avait fait demander auparavant et avait eu déjà un long entretien avec lui, pour sonder ses dispositions, sans s'expliquer sur les siennes. Il trouva le jeune homme profondément abattu et désolé, indécis sur le châtiment, mais résolu à punir, résolu surtout à se séparer d'une épouse coupable, dont la vue serait pour lui un supplice. Le père ne lui répondit rien, il observait.

Bientôt les deux jeunes couples se trouvèrent réunis à ce tribunal, le plus puissant de tous, en ces temps de respect pour l'autorité paternelle. Isabelle, couverte d'un voile noir, qu'elle ne releva point, s'appuyait sur la comtesse, fière et heureuse de la soutenir. Quand le marquis l'aperçut, il se mit à trembler d'une manière effrayante, et devint d'une pâleur mortelle. M. de Fouquerolles, au contraire, lui fit un signe bienveillant, en l'engageant à s'asseoir.

— Mes enfants, dit-il, après le temps nécessaire pour se remettre, mes enfants !...

Un sanglot de Béatrix l'interrompit.

— Madame d'Oston, un peu de calme, je vous en supplie, ne m'ôtez pas mes forces, j'ai besoin de les réunir toutes en ce moment.

Quant à Isabelle, on ne s'apercevait qu'elle vécût encore, qu'au mouvement précipité de son sein. La vue de son mari lui rendait toute sa faiblesse.

— C'est à vous que je dois m'adresser, monsieur le marquis de Fouquerolles, c'est à vous de me répondre. Avez vous confiance en moi?

— Pleine et entière, monsieur.

— Croyez-vous qu'un sentiment de pitié, de tendresse, puisse me faire tergiverser avec l'honneur?

— Non, sur ma foi de gentilhomme. Je sais que vous en souffririez beaucoup, mais que ce qui devrait se faire serait fait.

— Croyez-vous que si votre mère, la sainte qui est au ciel, m'eût donné un sujet irrécusable de plainte, mon amour pour elle, cet amour qui dure encore après vingt ans, lorsque je l'ai perdue, aurait retenu ma main levée pour la punir?

— Non, mon père, vous respectez votre nom et vous ne souffririez pas qu'on le souillât.

— Vous me reconnaissez donc comme le juge le plus propre à décider ce que vous devez faire, et vous jurez de suivre en tout ce que je vous ordonnerai.

— Je le jure.

— Écoutez mes paroles alors, et gravez-les dans votre esprit. Madame la marquise de Fouquerolles, votre femme, n'a mérité de votre part qu'un secours, un appui dans la route difficile où elle marche ; de la part de sa famille, du monde, elle ne mérite que le respect.

— Mon père! mon père! pensez-vous à ce que vous dites?

— J'y pense, et j'y ai beaucoup pensé, c'est parce

que j'y ai beaucoup pensé, c'est parce que j'ai tout pesé, que j'ai réfléchi, après avoir demandé à Dieu ses lumières, que je vous parle ainsi. J'ai eu cette nuit des révélations sur cette affaire...

— Des révélations! de la marquise sans doute?

— Non, monsieur.

— Mais au moins de sa part?

— Non, monsieur, madame de Fouquerolles ignore même encore que j'aie été instruit de rien, elle l'apprend en ce moment pour la première fois.

— Monsieur, monsieur, au nom du ciel, est-elle innocente?

— Je n'ai rien à vous répondre, monsieur, il ne m'est pas permis de vous en dire davantage. Seulement, vous avez juré de vous soumettre à mon arrêt, soumettez-vous et soyez sage, bon, indulgent pour une femme modèle de dévouement et de courage; ne l'accusez point; ne croyez pas ce que vous avez vu; ne souffrez pas qu'elle s'éloigne de vous, ne souffrez pas qu'on la calomnie; vous ne savez, vous ne pouvez distinguer la vérité du mensonge. Quant à moi, je la soutiendrai hautement, je lui ouvre mes bras et ma maison, elle ne me quittera pas, je la défendrai envers et contre tous; lors même que vous l'abandonneriez, ce qu'à Dieu ne plaise! je ne l'abandonnerais pas!

— Mon père! mon père! s'écria Isabelle en se jetant à ses genoux, ce trop de bonté m'écrase, je ne le mérite point.

— Monsieur, reprit de son côté le marquis, expliquez-vous, je vous en supplie, c'est à me faire perdre la tête. Est-elle coupable? est-elle innocente? puis-je l'estimer encore?

— Vous pouvez l'estimer ainsi que vous l'avez toujours estimée, vous pouvez compter sur elle comme vous y comptiez. Sur mon honneur, elle ne vous a pas trahi; ses sentiments sont ceux que vous lui connaissez, ceux qu'elle vous a avoués elle-même. Ne m'interrogez plus, il m'est interdit de vous en dire davantage.

Le marquis se frappa le front et retomba sur son siége dans un état impossible à décrire.

— Mon père, mon oncle, dit Isabelle, qui commençait à se remettre, daignez m'écouter, je vous en prie.

— Je vous écoute, ma fille.

— Que de grâces ne vous dois-je pas! Ma vie entière ne suffirait point pour m'acquitter envers vous. Mais ce que votre générosité vous dicte, je ne puis l'accepter.

— Comment!

Quelle que soit la vérité sur ce qui s'est passé hier, le monde entier me croira coupable, le monde entier accusera mon mari d'une lâche condescendance s'il ne m'envoie pas expier ma faute loin de lui. Avant toutes choses, monsieur, je veux que mon mari soit honoré.

— Qui osera l'accuser lorsque je le soutiens? Qui osera mettre en doute soixante ans de vertus et d'hon-

neur, je puis le dire, et qui me soupçonnera de prêter
mon nom à une infamie?

— On croira que vous voulez le sauver, au contraire,
on vous accusera comme lui. La calomnie, la méchan-
ceté s'arrêtent-elles devant les cheveux blancs, devant
une vie irréprochable? Non, abandonnez-moi, laissez-
moi m'ensevelir dans un cloître, laissez-moi pleurer
seule la fatalité qui m'a entraînée, je ne demande plus
aux hommes que l'oubli, à Dieu que la mort.

— Et moi, ma sœur! dit timidement Béatrix.

— Vous, mon enfant, vous poursuivrez votre belle
carrière, bénie du ciel, honorée de tous, ce sera ma
récompense.

Le marquis était resté la tête dans ses mains, en
proie à une agitation qui tenait du délire; il faisait
mal à voir, son père en eut pitié.

— Calmez-vous, lui dit-il, envisagez les choses en
homme, en homme qui sait se dominer et dominer les
autres. Si vous le voulez, un avenir heureux peut encore luire pour vous. Il dépend de vous de vous faire
aimer d'elle,

— Aimer d'elle!... répéta-t-il avec dédain.

— Oui, et si vous obtenez cet amour, vous aurez le
premier des trésors de ce monde, croyez-moi.

Fouquerolles était jeune, et d'autant plus amoureux
de sa femme qu'elle l'aimait moins. Il en est ainsi toujours dans la vie. Les paroles de son père le boulever-
saient, il n'osait y croire, il n'osait en douter.

— Elle seule! s'écria-t-il, elle seule peut me guérir de ce supplice!

Il s'approcha d'elle, et relevant son voile par un mouvement brusque, il contempla ses traits, si changés depuis la veille, qu'elle était presque méconnaissable.

— Isabelle!... dit-il en lui prenant la main.

Elle leva les yeux sur lui.

— Monsieur!

— Répondez-moi, je vous le demande à genoux, répendez-moi comme si vous alliez mourir et que je fusse le Dieu qui vous jugera...

— Je ne le puis, monsieur.

— Pourquoi? pourquoi?

— Demandez à votre père, lui qui sait tout, il vous dira que cela m'est impossible...

— Impossible! vous voulez donc que je meure?

— Je donnerais ma vie pour sauver la vôtre, le ciel en est témoin, et ce ne serait pas un grand sacrifice.

— Vous ne vous expliquerez pas davantage?

— Non.

— Me jurerez-vous au moins que vous n'êtes pas coupable!

— De ce dont vous m'accusez, jamais!

— Répondez-moi sur votre âme et sur votre conscience. Malgré ce qui s'est passé, malgré les apparences presque irrécusables, puis-je engager mon honneur pour vous? Puis-je vous prendre par la main, tirer l'épée hors du fourreau, vous présenter au monde

entier et dire : Respectez-la, elle est ma femme, et me
voici armé pour la défendre. Puis-je dire cela?

— Sur Dieu et ma mère! vous le pouvez!

— Et bien, je ne vous en demande pas davantage, je
sais que vous n'engageriez pas mon honneur en vain,
je sais que vous rougiriez plus que moi du ridicule
versé sur mon nom et sur le vôtre. La parole de mon
père me suffit. Restez ici, madame la marquise de
Fouquerolles, et ne craignez rien, je suis là.

Isabelle éprouva dans ce moment un sentiment impossible à exprimer, c'était peut-être autant de la
douleur que de la joie; chaque action généreuse de
celui qu'elle avait offensé, la rendait plus coupable
envers lui. Écrasée de tant de noblesse, elle se sentait
impuissante à la reconnaissance, car l'amour seul
peut acquitter l'amour.

Cependant elle essaya de le remercier, l'émotion lui
coupa la parole. Béatrix tendit la main à son beau-
frère avec une telle expression que le geste seul en
disait plus que mille paroles.

— Vous aurez à répondre contre les gens du roi,
sans doute, continua M. de Fouquerolles, nous pourrons, j'espère, tout arranger. J'enverrai mon procureur
à Poitiers pour étouffer cette affaire. Cela s'obtient.

— Il faut aussi imposer silence aux domestiques,
ajouta le comte d'Oston, avec quelques pièces d'or, je
m'en charge. Mais il est un être qui ne se taira pas
peut-être, s'il en réchappe, c'est le vicomte.

— Oh! pour celui-là, je m'en charge à mon tour, mon frère, chacun les siens, répliqua le marquis.

XXXVIII

LES GENS DU ROI

Ravière était fort inquiet des suites de tout ceci : il allait sans cesse d'un château à l'autre, portant des nouvelles et voyant ses deux proies lui échapper. Le vicomte, toujours à l'agonie, râlait depuis vingt-quatre heures, quatre médecins ne le quittaient pas, ils avaient sondé sa plaie, sans essayer l'extraction de la balle, qui leur semblait trop dangereuse. Le blessé ne reprit pas connaissance, il ne donna aucun ordre. Ravière envoya un courrier à la comtesse Josseline, et la pria de venir sur l'heure, si elle désirait le trouver vivant.

— C'est une justice du ciel! Celui qui tuera par le glaive périra par le glaive, ou la poudre, c'est la même chose. Nous allons avoir une magnifique désolation et et une colère plus grande encore.

Le courrier parti, il se sentit plus tranquille; il essaya de chercher dans les papiers du malade, il n'y réussit point, toutes les serrures étaient à secret; il eût fallu briser les meubles, et il n'avait pas mission de le faire. Il attendit donc, impatiemment, l'arrivée ou la réponse de la comtesse.

Elle ne tarda point. Le soir du huitième jour, au moment où il était seul avec le vicomte, incapable encore de reconnaître personne, bien que son état eût subi une amélioration, il la vit entrer, en costume de voyage, les cheveux en désordre, dans l'équipage d'une personne qui a couru le jour et la nuit. Sans dire un mot, sans avoir l'air d'apercevoir Rivière, sans le voir, en effet, peut-être, elle marcha droit au lit, en ouvrit précipitamment les rideaux, et contempla ce visage sur lequel la mort semblait prête à descendre. Le médecin, qui l'avait suivie, restait debout à côté d'elle.

— Me voit-il, monsieur? demanda-t-elle.

— Non, madame, il ne vous voit pas.

— Espérez-vous le sauver ?

— Je n'en sais rien encore.

— Retrouvera-t-il sa connaissance et sa parole ?

— S'il doit vivre, assurément ; s'il doit mourir, ce n'est pas probable.

— N'existe-t-il aucun moyen de rappeler son âme, momentanément du moins ?

— Il en existe, mais ils sont dangereux.

— C'est bien, laissez-nous.

Voilà quel fut le premier mouvement de cette tendre mère.

— Maintenant, Rivière, parlez-moi, que signifie tout ceci ?

— Vous le voyez, parbleu bien ! Cela signifie que le vicomte se meurt.

— Pourquoi ? d'où est venue cette querelle? ce coup
d'épée? Etait-il donc sérieusement amoureux de cette
péronnelle?

— Il était amoureux du château de Saulieu, du titre
de marquis de Saulieu, il a joué gros jeu pour les obtenir, il a perdu.

— Qui l'a frappé?

— Fouquerolles.

— Il était l'amant de sa femme?

— Non, et c'est pour moi inexplicable, je crois qu'on
l'a pris pour un autre.

— N'étiez-vous donc pas présent quand cela est arrivé?

— J'étais à Malières, je jouais dans le salon avec le
mari et le beau-père, Isabelle s'échappa, sans que personne s'en aperçût. Je vis le premier qu'elle n'était
plus à sa place, j'en fis la remarque : le marquis se leva
et s'élança comme une flèche, quelques instants après,
nous entendîmes le coup de pistolet, nous y courûmes,
le vicomte était frappé.

— S'il pouvait parler seulement! si je pouvais apprendre de lui...

— Il ne vous dira rien, lors même qu'il reviendrait
à la vie. Cet être-là songeait toujours, il entassait pensées et projets, sans que jamais un mot fît soupçonner
quelles étaient ces pensées.

— Oui, à vous, mais à moi! Oh! je le vengerai.

— Cela n'est pas difficile et vous en avez les moyens

— Comment?

— Deux pour un. D'abord faire appréhender au corps le marquis, coupable d'homicide.

— Ensuite?

— Ensuite envoyer des archers chez le meunier Gibaut, arrêter de par le roi et Son Éminence, le comte de Maulevrier, qui a rompu son ban, et qui y est caché sous les habits d'un garde moulin.

— Vous en êtes sûr?

— Si sûr que je l'aurais arrêté moi-même, si je n'avais voulu vous en laisser le plaisir.

— Ah! ma nièce, ma nièce, vous qui êtes si fière, il y aura peut-être là un bâillon pour votre insolence!

— Les deux choses peuvent se faire à la fois.

— Vous en chargez-vous, Ravière? en vérité vous êtes un homme précieux.

— Vous l'apprendrez bien mieux par la suite.

— Allez, allez vite! vous me trouverez ici, je brûle du désir de savoir que mon pauvre Gabines est défait de ses ennemis.

Ravière sortit. La comtesse, demeurée seule, tira de sa poche une petite clef qu'elle essaya à toutes les serrures. Elle ne put aller à aucune. Elle s'en montra fort contrariée. C'était un spectacle horrible que celui de cette mère, assistant d'un œil sec à l'agonie de son fils et n'ayant, dans le cœur, qu'une seule idée, son intérêt.

— Si je pouvais savoir ce qu'il y a là-dedans! dit-elle, en frappant le bureau de son petit poing, cela éclaircirait singulièrement ma vie.

Le moribond fit un mouvement, elle eut peur et se rapprocha de lui.

— Vicomte! dit-elle à demi-voix.

Il n'ouvrit pas même les yeux.

— Gabines, mon fils!... répondez-moi, je vous en supplie, me reconnaissez-vous?

Même silence.

— Le sot! aller se faire tuer pour une femme qu'il n'aime pas et dont il ne pouvait pas être aimé. Avec un avenir comme le sien!

Elle s'asseit à côté du lit et se mit à réfléchir; mais bientôt elle eut peur : les mauvaises consciences sont faciles à alarmer, elle ouvrit la porte et appela.

— Que lui donne-t-on? demanda-t-elle.

— Cette potion toutes les demi-heures, madame la comtesse.

— C'est une ordonnance du médecin?

— Des médecins, M. le vicomte en a quatre.

— Cet homme que j'ai vu ne me plaît pas. Qu'on fasse monter un laquais à cheval, et qu'on m'en aille chercher un à Poitiers.

— Ah! si madame voulait, il n'y aurait pas besoin d'aller si loin.

— Comment cela?

— Mais madame ne voudra pas, les gens de qualité ne croient point à ces choses.

— Expliquez-vous, enfin.

— Pourtant, comme c'est aussi une dame de qualité, peut-être...

— Parlerez-vous !

— Eh bien, madame, il y a ici près, dans un château qu'on appelle Touffou, il y a une bonne dame, une marquise, qui guérit tout le monde.

— Son nom ?

— Madame de Sainte-Croix.

— Je ne la connais pas, cependant s'il n'y a pas d'autre moyen...

— C'est le meilleur.

— Vous dites qu'elle guérit ; comment cela ?

— Des remèdes inconnus, des simples.

— C'est un charlatan femelle, je comprends.

— Je vous assure, madame la comtesse, qu'elle a un talent merveilleux.

— Il faut beaucoup la prier, je suppose.

— Non, madame, une simple invitation de votre part, et vous la verrez arriver. Quand je dis que vous la verrez, c'est une question, car nul ne la voit.

— Elle entre donc par le trou de la serrure ?

— Elle est aveugle et ne peut supporter aucune espèce de lumière. Elle touche ses malades sans les voir, et elle sait tout de suite ce qu'il faut leur faire.

— Ah ! ah ! nous en essaierons après les Esculapes. Voilà un singulier passe-temps pour une dame de qualité, et riche, je suppose.

— A millions!

La comtesse haussa les épaules.

Elle se mit sur le champ à la tête des soins indispensables à son fils, et les gouverna avec son intelligence ordinaire. Sous sa direction, sa chambre prit un autre aspect; la maison changea de la cave au grenier. Le vicomte s'occupait peu des petites choses : elle, infatigable, trouvait le temps pour tout. Les médecins appelés déclarèrent que s'il pouvait revenir à la vie, ce serait par une attention continuelle à suivre leurs prescriptions : qu'il fallait d'abord éteindre la fièvre qui le dévorait et qui lui ôtait ses forces, qu'ensuite on s'occuperait de l'extraction de la balle, opération fort dangereuse, à laquelle il succomberait probablement, et qui ne pouvait avoir lieu avant quelques jours, s'ils osaient la risquer.

Pendant ce temps, pendant que Ravière donnait les ordres de la comtesse, l'agitation était grande au château de Malières. Isabelle, succombant à ses impressions, était sérieusement malade, et le marquis, au désespoir, s'accusait d'en être la cause. Selon son habitude, il ne se confiait à personne. N'osant se montrer dans la chambre de sa femme, à laquelle toute émotion était défendue, il errait jour et nuit, semblable à un spectre; il écoutait jusqu'au moindre bruit, et il devenait tremblant lorsqu'il voyait courir une femme de chambre.

Son père et son frère lui prodiguaient leurs soins et leurs consolations.

II.   7.

— Ah ! laissez-moi, disait-il, ou bien apprenez-moi ce que je dois craindre, ce que je dois espérer.

Ce fut au milieu de ces angoisses et de ces indécisions qu'un matin, vers dix heures, deux carosses, accompagnés de gardes, entrèrent dans la cour ; tout le château fut en rumeur ; maîtres et laquais, surpris de cette visite intempestive, s'empressaient à la recevoir. M. de Fouquerolles crut que c'était le gouverneur de la province, qui, d'ordinaire, s'arrêtait chez lui en passant ; il donnait des ordres en conséquence, lorsque, à son inexprimable frayeur, il vit sortir du carrosse principal deux ou trois gens en robes, suivis d'exempts et de recors, lesquels, en y joignant les cavaliers, se trouvaient en trop grand nombre pour que l'on pût songer à une défense sérieuse.

— Ils viennent arrêter mon fils ! s'écria-t-il, qu'on le prévienne ! qu'il se cache !

Il était trop tard. Le château était envahi et toute résistance impossible. Le procureur général lui-même, vu la qualité des personnes et la gravité du cas, se fit annoncer chez le maître du château, et y entra bientôt après, avec un de ces visages composés, qui annoncent d'avance le parti pris de rester impénétrables.

Il fit ses excuses au vieillard en fort beaux termes et avec l'hypocrisie convenable.

— *Je suis désolé d'être obligé,* etc., les phrases officielles de tous les régimes.

— Je n'ai rien à répondre, monsieur, à moins de

m'établir en révolte ouverte, et c'est ce que je ne ferai certainement jamais. Remplissez votre devoir.

— Où est monsieur votre fils?

— Dans son appartement.

— Et madame la marquise?

— Hélas! elle est fort malade et n'a pas quitté son lit depuis...

— Je comprends. Je suis assez malheureux pour avoir besoin de son témoignage, sera-t-elle en état de me le donner?

M. de Fouquerolles comprit la position atroce où se trouverait Isabelle; il lui fallait, ou accuser son mari, ou s'avouer coupable. L'un et l'autre étaient impossibles. Jamais, je crois, une malheureuse créature n'eût à choisir entre une pareille alternative.

— Monsieur, dit le vieillard, ma belle-fille est hors d'état de vous répondre.

— Nous reviendrons, alors, monsieur, nous attendrons la guérison.

— Mais si elle ne se guérit point?

— L'un de nous recevra sa déclaration *in articulo mortis.*

— C'est de la cruauté insigne, une barbarie de cannibales, vous allez la tuer!

— Monsieur votre fils en sera-t-il fort affligé?

— Il ne s'en consolera pas, monsieur, et quant à moi, je ne tarderai pas à le suivre.

— Voilà bien des regrets, après ce que rapporte le

bruit de la province, après les ordres que nous avons
reçus.

— Elle les mérite tous.

Le marquis entra. Le procureur général le salua
avec cet air de circonstance que savent prendre les
juges, les médecins et les notaires. Ils sont toujours
dans leur poche des visages de rechange, et ils les
adoptent selon *les besoins de la cause*. Il recommença
son éternel :

— *Je vous demande pardon, monsieur !*

La physionomie glaciale du marquis lui coupa la
parole, qu'il ne se fit pas prier pour retrouver néanmoins.

— Voudrez-vous bien répondre à une question,
monsieur le marquis, il se peut que je n'aie à faire ici
qu'un simple procès-verbal, de même qu'il se peut, je
ne vous le cache pas, que je sois forcé d'agir plus sé-
vèrement. Vous voyez combien l'autorité compétente
tient à vous montrer des égards, puisque je me suis
dérangé moi-même.

— C'est bien, monsieur, que me voulez-vous ! interrompit Fouquerolles, avec l'impatiente hauteur de
son caractère, je vous répondrai, interrogez-moi.

XXXIX

RÉPONDRA-T-ELLE?

— M. le vicomte de Cabines a été assassiné d'un coup
de pistolet, dans votre parc, il y a quelques jours.

— Assassiné! répéta le marquis d'un ton blessé.
Mais il reprit presque tout de suite, assez tranquillement:

— Oui, monsieur, il a été assassiné.

— Et quel est l'auteur de ce crime?

— Si tant est que ce soit un crime, je ne puis méconnaître que j'en suis l'auteur.

— L'aviez-vous prémédité?

— Non, monsieur.

— Qui donc a pu vous engager à le commettre?
Il hésita quelques secondes.

— Une erreur funeste, que je ne cesserai de déplorer.

— Vous l'avez donc pris pour un autre?

— Je l'ai pris... j'ai cru...

— Achevez.

— Monsieur, je préférerais être à la bouche d'un
canon, je n'en dirai pas davantage.

— Songez-y bien, monsieur le marquis, je ne me
contenterai pas de cela.

— Il le faudra bien pourtant, car vous n'obtiendrez

pas autre chose. On ne peut forcer un homme à se déshonorer soi-même, à déshonorer sa femme, à l'accuser... injustement sans doute.

Les traits du procureur général prirent une expression plus sombre et plus sévère.

— Vous vous êtes battu avec le vicomte?

— Non, monsieur, je n'en ai pas eu le temps.

— Il vous a attaqué sans doute?

— Non, monsieur.

— Alors vous l'avez pris en traître, vous l'avez assassiné, bien que ce mot vous ait révolté tout à l'heure.

— Je vous l'ai dit, monsieur, je l'ai assassiné.

Il tâcha de donner à sa voix, à son regard de la fer-
meté en s'accusant ainsi.

— Un seul témoignage peut établir la vérité de tout
ceci, celui de madame la marquise, il sera indispensable de l'entendre. Une autre question d'abord : vous
connaissez M. le comte de Maulevrier?

— C'est un ami, un allié de ma famille.

— Il est exilé, n'est-ce pas?

— Oui, monsieur.

— Saviez-vous qu'il a rompu son ban et qu'il est ici
caché dans vos environs depuis un mois?

— Depuis un mois, Jacques ici? ah! je comprends
tout maintenant!

— Vous l'ignoriez.

— Si je l'avais su, monsieur, je ne serais probablement pas aujourd'hui devant vous.

— Il s'est déguisé en paysan, il s'est établi comme garde moulin chez le meunier Gibaut, il est entré plusieurs fois dans votre parc.

— Il était chez le meunier Gibaut ! reprit le marquis, se rappelant ce qu'il avait vu ? ah ! je suis un homicide, j'ai tué un innocent !

Le vieillard frémit des pieds à la tête !

— Mon fils, vous ne pensez pas à ce que vous dites, insista-t-il.

— J'y pense, mon père, je rends justice à la vérité.

Le procureur général réfléchissait.

— Il faut que j'entende madame la marquise, dit-il enfin.

— Cet interrogatoire ne peut-il se remettre? Je vous l'ai dit, elle est hors d'état de vous répondre.

— J'ai amené un médecin, il va en juger sur-le champ et m'en rendre compte.

— Tout a été prévu, je le vois.

— Cependant, si je me refusais à laisser voir ma femme à un étranger ?

— Ordre du roi! monsieur le marquis, reprit le magistrat, flagrant délit de haute trahison, crime de lèse-majesté, si vous n'obéissez à l'instant.

— Monsieur, veuillez envoyer votre médecin chez ma belle-fille, se hâta de dire le vieillard, je vais l'y précéder.

Le marquis n'osa pas répliquer, le respect pour son père l'emportait sur son respect pour le roi, quelque grand qu'il fût à cette époque dans les habitudes de la nation.

M. de Fouquerolles se rendit seul chez sa belle-fille, et s'empressa de la prévenir.

— Isabelle, lui dit-il, je ne viens point ici influencer votre décision, vous en êtes et vous en demeurez maîtresse. Le ciel vous envoie une grande épreuve, il vous place entre la vie de votre mari et votre honneur, qui est le sien, il vous faut nécessairement compromettre l'une ou l'autre. Priez le ciel de vous éclairer, et quoi que vous fassiez, ma pauvre enfant, il n'existe pas un être au monde qui puisse vous blâmer.

Il finissait à peine ces mots que le médecin d'office se présenta. Il l'examina longuement, écrivit ses réponses et forma une consultation digne de figurer parmi celles que Molière prête à ses docteurs. La conclusion était que madame la marquise jouissait de toute sa raison, qu'elle pouvait être interrogée, et que ses réponses devaient être acceptées sans autre contestation que le cas où il ne lui conviendrait pas de dire la vérité. Le tout assaisonné de mots latins, dignes, je le répète, du malade imaginaire et même d'un peu de grec, afin de rendre la chose plus positive. Tel était généralement l'état de la Faculté en France à cette époque, surtout en province.

Aussitôt que le frater fut sorti, le procureur général entra. Il salua la marquise avec tout le cérémonial du temps, lui répéta qu'il *était au désespoir d'être obligé*, etc., comme aux autres, puis, il commença son interrogatoire.

Madame de Fouquerolles était dans son lit, plus pâle et plus défaite qu'une mourante, elle avait les mains jointes et les yeux fixés sur un crucifix.

— Mon Dieu! ayez pitié de moi! répétait-elle, je boirai le calice.

M. de Fouquerolles, Béatrix, M. d'Oston, le marquis, l'entouraient. Le magistrat, son greffier étaient placés un peu plus loin, le médecin restait dans la ruelle et lui tâtait le pouls de minute en minute, comme au malheureux livré à la torture. Tous les cœurs battaient à l'unisson, dans ce moment solennel.

— Monsieur le procureur général, dit la malade, avant que de répondre à une seule de vos questions, j'ai une grâce à solliciter de vous.

— J'accorderai tout ce qui ne sera pas incompatible avec les fonctions que j'ai l'honneur de remplir.

— Je vous prie de vouloir bien faire sortir M. de Fouquerolles, il me serait impossible de m'expliquer devant lui.

— Vous l'entendez, monsieur, continua le magistrat, ce que demande madame est de toute justice, consentez donc à attendre chez vous que je vous fasse appeler.

— Madame! madame! songez bien à ce que vous faites.

— J'y ai songé, monsieur, et je persiste dans mon intention.

— J'obéis, pour ne pas vous tourmenter davantage, mais je proteste d'avance contre tout sacrifice, contre toute déposition qui ne serait pas conforme à celle que j'ai faite, laquelle est la véritable.

Aussitôt que son mari l'eût quittée, la marquise respira quelques gouttes d'eau de la reine de Hongrie, et se tournant difficilement vers le magistrat :

— Je suis prête, monsieur, lui dit-elle.

— Madame, j'ai un devoir pénible à remplir, le vôtre l'est encore davantage ; seul témoin du meurtre qui a été commis, c'est à vous d'éclairer la justice sur ses causes et sur ses détails ; je n'ai pas besoin de vous représenter la gravité de cette action, vous la connaissez comme moi. Nous attendons de vous la vérité, quelque pénible qu'elle soit. Veuillez nous raconter ce qui s'est passé entre M. le vicomte de Gabines et M. le marquis de Fouquerolles.

— Rien, monsieur !

— Comment rien ?

— Non, monsieur, rien du tout.

— Cependant M. le marquis de Fouquerolles a tiré un coup de pistolet à M. le vicomte de Gabines.

— Dont celui-ci mourra certainement, interrompit le médecin d'une voix nazillarde.

— Oui, monsieur, ce que vous dites est vrai.

— Et il ne s'est rien passé ?

— Absolument rien.

— Ni querelles, ni menaces !

— Non, monsieur.

— C'est impossible.

— Cela est.

— N'avaient-ils eu aucune discussion précédente?

— Je vous demande pardon, l'année dernière, une discussion d'intérêt, mais depuis plusieurs mois tout était arrangé entre eux.

— Et, je vous demande aussi pardon, madame, mais j'y suis forcé, M. de Fouquerolles n'était-il pas jaloux de M. de Cabines?

— Je ne m'en suis jamais aperçue.

— Lorsque M. de Fouquerolles a frappé M. de Cabines, lorsqu'il est arrivé inattendu, sans doute, que disait, que faisait M. de Cabines?

— Il me vantait la puissance de l'amour, et...

— Eh bien?

La marquise devint d'une pâleur de cadavre.

— Et il me soutenait dans ses bras, monsieur.

Elle retomba défaillante sur son oreiller, on crut qu'elle allait mourir; le médecin s'empressa de lui donner des soins, partagés et corrigés par ceux de la comtesse. C'était une torture morale à faire pitié.

— Remettez-vous, madame, je vous en supplie, reprenez du courage; je sens tout ce que ces aveux ont de pénible, mais ils sont nécessaires et, d'ailleurs, cette explication forcée, cette noble franchise vous serviront d'excuse auprès de vos amis, on vous pardonnera une faute si chèrement payée.

— Dieu me voit et m'entend, monsieur, c'est en sa justice et en sa miséricorde que j'espère.

Après quelques minutes de repos, l'interrogatoire recommença.

— Quelles relations existaient entre vous et M. de Cabines?

Isabelle ne répondit pas, elle ne s'attendait point à cette question posée ainsi. Le procureur général la répéta.

— Vous pouvez les deviner, monsieur, sans qu'il soit besoin de me les faire avouer de nouveau.

— Ces relations étaient coupables?

Ici tous les regards se fixèrent sur Isabelle. Elle resta un instant les yeux fermés, comme si elle priait, puis elle répondit d'une voix éteinte.

— Oui, monsieur.

Un profond soupir sortit de la poitrine du vieillard, Béatrix s'élança vers sa sœur, qui la contint d'un geste. Un silence de mort régna sur tous ces êtres, si vivement et si diversement impressionnés. La voix du magistrat vibrait plus mordante lorsqu'il reprit :

— Selon vous, alors, M. de Fouquerolles était dans son droit de mari lorsqu'il a frappé M. de Cabines, et il ne doit point être recherché pour ce meurtre, puisqu'il y avait flagrant délit?

— Oui, monsieur.

— Ah! ma sœur! ma sœur! s'écria Béatrix en se je-

tant dans ses bras, je ne puis en entendre davantage,
vous êtes un ange et nous devons vous adorer.

— Taisez-vous, Béatrix, ne m'enlevez pas mes forces.

— Je n'ai plus rien à réclamer de vous, madame, je
me regarde comme suffisamment éclairé dans ce qui
concerne cette affaire. Il en existe maintenant une
autre, sur laquelle vous pourrez, je le suppose, nous
donner quelques lumières; d'après la manière dont
vous vous êtes conduite en cette circonstance, je ne
doute pas que vous ne mettiez la même loyauté dans
des réponses, bien moins pénibles pour vous. Vous
connaissez M. le comte de Maulevrier?

— Jacques! s'écria-t-elle, en se levant par un effort
dont on l'eût crue incapable. Qu'est-ce que Jacques a
à voir dans tout ceci? mon supplice n'est-il pas terminé?

— M. de Maulevrier n'a rien à voir dans le meurtre
de M. Cabines, mais la justice a été prévenue qu'il est
dans les environs, malgré l'ordre qui le bannit du
royaume, on sait qu'il est venu plusieurs fois en ce château, et je pensais que vous deviez savoir...

— Monsieur, je ne suis ni un espion, ni un délateur.
Vous n'obtiendrez rien de moi, à ce sujet, lors même
que j'aurais quelque chose à dire. Il me semble que j'ai
répondu à tout ce qui me concernait et que j'ai le droit
de réclamer un peu de repos.

Le procureur général était un de ces hommes pour
lesquels les petites choses sont plus respectables, plus

importantes que les grandes. Il avait peu d'esprit, mais
il croyait en avoir beaucoup, ce qui revient au même
pour celui qui se trouve dans ce cas. Il s'imagina, et
en ceci il n'avait pas tort, que madame de Fouquerolles
pourrait lui donner des renseignements précieux sur
Jacques, justement parce qu'elle refusait de lui en donner aucun.

— Un seul mot encore, madame : M. de Maulevrier
est votre parent et votre ami ; connaîtriez-vous les raisons qui l'ont décidé à exposer sa tête pour rentrer en
France, lorsque personne ne l'y attendait.

Il est un terme à toutes les souffrances, à toutes les
forces; Isabelle, hors d'état d'en entendre davantage,
s'évanouit. Le médecin déclara qu'elle ne pouvait plus
répondre, en engageant tout le monde à sortir de sa
chambre, afin qu'on lui prodiguât les secours réclamés
par sa position.

— J'en sais assez, pensa le procureur général; le
bruit public avait raison, M. de Maulevrier est un ancien
amant et M. de Gabines en est un nouveau; le mari
s'est lassé du nombre, et voilà la chose. Quoi ! si jeune
et si pervertie !

C'est presque toujours ainsi qu'on écrit l'histoire.

XL

LE DERNIER REMÈDE

Cependant l'état du vicomte était loin de s'améliorer. Les soins que lui donnait Josseline, tout intelligents qu'ils fussent, n'avaient amené aucun changement dans sa position. Une fièvre ardente le dévorait, le délire ne le quittait pas, la plaie s'envenimait de la présence de la balle, et pourtant nul n'osait en essayer l'extraction. L'inquiétude de la comtesse augmentait de jour en jour. Bien que sa tendresse ne fût pas bien vive, elle l'aimait relativement autant que son caractère le lui permettait, et, d'ailleurs, elle avait besoin de sa vie.

Un soir qu'elle avait essayé vainement plusieurs remèdes, assise auprès du lit du malade, un peu plus calme par l'excès de la fatigue, elle causait avec Ravière de la position embarrassée et du trouble que cette maladie jetait dans ses affaires.

— Tous les deux à la fois; lui ici, Son Éminence là-bas. Je devrais être à Paris, les nouvelles que je reçois sont brûlantes, cependant je ne puis le quitter.

— A moins que vous n'ayez confiance en moi, et que...

— Je n'ai pas plus confiance en vous que vous n'auriez confiance en moi, Ravière. Nous nous connaissons de longue date. Quand nos intérêts sont d'accord je puis me fier à votre prudence; mais ici, ils ne le sont point et je n'ai rien à attendre de vous.

— Cependant, comtesse...

— Pas de protestations, nous nous connaissons, vous dis-je. J'ai une autre idée, pour laquelle vous allez vous moquer de moi, mais j'en prends mon parti. Vous connaissez la marquise de Sainte-Croix?

— Non, dont bien j'enrage.

— Ah! vous voudriez la connaître?

— Cette chère femme-là m'intrigue.

— Rien n'est plus facile que de vous satisfaire. Lui porteriez-vous une lettre de moi?

— Donnez.

— Une lettre par laquelle je la supplie de venir sauver mon fils.

— Je la porterai et je pleurerai pour vous, si c'est nécessaire.

— Apprêtez-vous donc, la voilà.

— Quoi! tout écrite d'avance.

— Est-ce que je ne dispose pas toutes choses pour le moment où j'en ai besoin? Je ne sais ce qu'est cette femme, mais elle a peut-être besoin d'appui, et cela doit être, puisqu'elle s'entoure d'un mystère si profond; si elle me rend mon Cabines, je lui promets l'absolution et des récompenses, n'importe ce qu'elle ait fait.

— Eh! eh! ma chère, si le Seigneur reprenait monseigneur Armand, vous seriez peut-être bien embarrassée de trouver indulgence pour vous-même.

Ravière, dont le front ne rougissait plus, qui ne s'humiliait que devant la grandeur et la puissance, et auquel aucune démarche n'avait paru lourde dans son intérêt, Ravière demanda un cheval et se mit en route pour Touffou. En passant, il se donna la joie d'entrer chez le meunier Gibaut et de s'informer de Jacques. Il apprit, non sans déplaisir, qu'il avait disparu, le matin même; quand les archers s'étaient présentés pour l'arrêter, ils n'avaient trouvé personne.

— Ah! monsieur, qui l'eût cru, il avait l'air si honnête! Quoi! c'était un grand seigneur! un ennemi de Son Éminence! Je ne recevrai plus personne sur la mine.

— Et vous ferez bien, Gibaut. En attendant, moi qui suis un ami de monseigneur le cardinal, vous me donnerez un de vos garçons pour me passer la rivière et me conduire à Touffou.

— Ils sont tous pour vous servir, et moi-même, si j'en étais capable.

— Vous avez raison, Gibaut, venez, nous jaserons un peu chemin faisant.

Il se fit raconter l'arrivée de Jacques, ses faits et gestes pendant les quelques jours qu'il avait passés là, comment il était parti. Toutes ces circonstances devaient lui être parfaitement inutiles, il n'avait nul

II.   8

intérêt à les connaître; mais Ravière était du nombre de ces gens qui cherchent des armes contre tout le monde, et pour lesquels une mauvaise action, comme une mauvaise parole, trouve tôt ou tard l'occasion de se placer.

Il descendit à Touffou, sur une belle plage sablée, destinée à cet usage, en dehors du parc et du château. Il y laissa le meunier, et, confiant aussi ses chevaux à son laquais, il s'avança à pied vers le château. Malgré sa hardiesse, le premier pas était difficile et l'introduction aventureuse.

— Bah! dit-il, j'en ai bien vu d'autres.

Il demanda au premier domestique qu'il rencontra, quel moyen prendre pour être introduit près de la marquise.

— Cela n'est pas aisé, monsieur : cependant, en disant votre nom à la demoiselle suivante, il se peut qu'elle vous reçoive; cela dépend de sa santé.

— Annoncez M. de Ravière, ajoutez que je suis chargé d'une commission importante pour madame, de la part d'un haut personnage.

On le laissa seul quelques instants dans un vaste salon. Le luxe des tentures, de l'ameublement frappa son esprit, et lui inspira le désir le plus ardent de connaître à fond un logis dont l'apparence avait tant de richesse.

— Il doit faire bon ici, voyons venir.

Une jeune fille bien mise, fort leste et fort char-

mante, se présenta, et l'engagea à la suivre de la part
de la marquise.

— Madame vous fait toutes ses excuses, monsieur;
vous allez entrer chez une personne à qui la lumière
cause des douleurs intolérables, elle est obligée de recevoir sa compagnie à tâtons, mais elle est condamnée
à ce régime par l'ordonnance des médecins.

— Ceci est étrange, pensa-t-il, observons!

Il quitta le principal corps de logis, où se trouvait
le salon, et, suivant son guide, il prit un escalier
placé dans une tour, à l'angle. Il monta deux étages;
à sa gauche, une galerie suspendue, servait de com-
munication avec la mystérieuse tour Saint-Nicolas,
qu'il n'avait point visitée et dont il ignorait la réputation fantastique; après la galerie, il entra dans une
antichambre tendue de couleur grise, dont, par les
hautes fenêtres, on n'apercevait que le ciel. Cette pièce
était garnie de tapis épais, le bruit des pas s'amortis-
sait totalement.

La suivante alla droit vers une porte où elle frappa,
après avoir relevé la portière, et, faisant signe à Ravière d'avancer, elle ouvrit cette porte fermée avec
précaution. La chambre dans laquelle elle l'introduisit
lui parut digne d'une observation sérieuse. C'était une
sorte de carré long, dont les murs étaient couverts
de tapisserie sombre, bien que l'ameublement fût des
plus somptueux. Une immense croisée l'inondait de
lumière et formait un singulier contraste avec l'ap-

partement voisin, plongé dans des ténèbres impénétrables. Tendu de noir, le plafond noir, le parquet
noir, on aurait dit un sépulcre.

La portière relevée, le jour, venant de la fenêtre
donnait en plein sur un fauteuil, qui, par ce seul fait,
ressortait en saillie. Ravière n'en vit pas davantage,
la jeune fille le conduisit au siége inoccupé, lui fit
signe de s'y asseoir et disparut comme par enchantement. Presque à la minute, une voix lui demanda, du
coin de la cheminée, où l'obscurité était la plus profonde, s'il était bien M. de Ravière et s'il était vrai qu'il
désirât lui parler.

Ravière chercha tout autour de lui avant de répondre; il eût bien voulu entrevoir son interlocutrice; les
ténèbres où elle était plongée lui en ôtaient les moyens.
Du noir, toujours du noir, il n'apercevait que du noir;
sur les murailles, sur les meubles, partout, et roulée
dans un fauteuil une masse noire, d'où la voix semblait partir.

Avec l'instinct d'une mauvaise conscience, la su-
percherie du fauteuil éclairé le gêna bien vite. Il de-
vina une adresse subtile et essaya de se soustraire à
un nouvel examen qu'il ne pouvait pas rendre. Il recula son fauteuil, ou plutôt il fit un effort pour le reculer, et ne tarda pas à s'apercevoir que son siége
était cloué au sol.

— Bien joué! pensa-t-il; pourtant il y aura d'autres

chaises dans ce cachot, et d'ailleurs on peut se tenir debout.

Ses yeux s'accoutumaient à l'obscurité, il ne découvrait pas même un tabouret, et, lorsqu'il voulut se promener par la chambre, une forte balustrade en bois, posée dans la longueur, lui interdisait des mouvements prolongés.

— Mieux joué que je ne croyais, il faut rester sur la sellette.

— Je vous ai demandé deux fois ce qui me procurait l'honneur de votre visite, monsieur.

Ravière se sentait entièrement déconcerté, il répondit avec distraction.

— Depuis longtemps, je veux...

— Ah! oui, la curiosité, sans doute. Ce pauvre trou noir, où j'achève de mourir, en a tenté bien d'autres.

— Non, madame, non, je viens à vous, chargé d'un intérêt grave et pressant. Mon message est un message de vie ou de mort.

— Ah! oui, c'est très-sérieux alors.

— Une mère, madame, une mère au désespoir, vous implore pour son fils unique.

— Mais, monsieur, suis-je donc une sainte pour faire des miracles?

— La cure dont il s'agit n'est pas si désespérée, un jeune homme blessé... en duel...

— Oui, en duel avec la mort, je sais ce dont il s'agit, je vous attendais.

II.   8.

— Vous me confondez, madame, car il y a à peine deux heures que j'ai appris moi-même la vérité dont je vous importune.

— N'importe, la mère désire un remède prompt et efficace, n'est-ce pas? Elle n'a pas foi aux charlatans de ce pays, et elle est désespérée. Les blessures d'armes à feu sont au-dessus de leur science.

Ravière, [qui n'avait encore nommé personne, qui croyait étonner, éblouir par le nom qu'il prononcerait, par les promesses qu'il allait faire, resta en stupéfaction lorsqu'il entendit raconter avant lui l'histoire préparée.

— J'ignore s'il y aura moyen de sauver ce jeune homme, monsieur, le mal est bien avancé; cependant je connais les douleurs des mères et je m'estimerais très-heureuse de soulager celle de madame de Saulieu.

— Quoi? madame, vous devinez...

— Est-ce que je ne devine pas tout? J'ai assez grande confiance dans les propos du pays pour être très-sûre que vous vous croyez chez une sorcière.

Ravière essaya une inclination polie.

— Ne niez point, monsieur, je ne m'en défends pas. Je sais ce que bien des gens ignorent, j'ai vu ce que beaucoup ne peuvent soupçonner, et le passé comme l'avenir n'a pas de mystère pour moi.

Ravière se leva, poussé par sa conscience.

— Ce n'est pas la peine de vous déranger pour si peu de chose, monsieur, répliqua-t-elle avec ironie, j'ai du

monde, et je ne dis jamais ce qu'on ne me demande
pas.

— Madame, pardon... je vous croyais aveugle.

— Pas absolument. Je vois dans l'obscurité, et puis
je ne suis pas sourde.

— Que dirai-je à la comtesse?

— Vous lui direz d'abord que je la remercie de m'a-
voir envoyé un messager, qui m'est particulièrement
agréable, je suis fière de sa confiance et je tâcherai
d'y faire honneur, en sauvant son fils.

— Ah! madame, quelle joie pour ce cœur maternel!

— J'irai l'examiner, j'y mets pourtant une condition.

— Laquelle, madame? Elle est prête à les remplir
toutes, quelles qu'elles soient.

— Mes conditions ne lui coûteront pas cher! je suis
plus riche qu'elle, plus puissante qu'elle, plus sûre
qu'elle de conserver mon pouvoir, car je ne dépends
que de moi-même, je ne puis donc rien craindre, ni
rien espérer de sa part. Voici ce que je lui demande,
si elle y manque en quelque chose, je ne m'occupe
plus de son fils.

— J'écoute, madame.

— J'irai ce soir chez elle. Je viendrai avec mes gens
armés, dont trois m'accompagneront. C'est ma manière, je ne me présente jamais autrement chez les
personnes de qualité. J'ai connu la maréchale d'Ancre,
monsieur.

— Madame, c'est faire injure!...

— Allons donc! j'ai encore connu bien des gens que je pourrais vous nommer, et qui vous convaincraient entièrement.

— Puisque vous l'exigez, madame, il en sera ainsi.

— J'arriverai masquée et je garderai mon masque, autant que cela me sera agréable.

— Accordé.

— Nous serons absolument seules, elle et moi, dans la chambre du malade, tout le temps qu'il me conviendra d'y rester.

— Est-ce tout?

— Oui, sauf une chose et elle est fort essentielle : madame de Saulieu ne parlera à personne de cette visite.

— Le secret est promis avec le reste.

— Eh bien, monsieur, annoncez-moi pour neuf heures. Je vous demande pardon si je vous renvoie, c'est l'heure de ma prière, et je ne m'en dérangerais pas pour le roi lui-même.

Elle frappa sur un timbre, la servante parut tout à coup à côté de Ravière, sans qu'il l'eût entendue venir.

— On va vous reconduire, monsieur, dit la marquise. Logez-vous à Malières?

— Oui, madame.

— Il y est arrivé un grand malheur, la fatalité est sur cette maison, cependant, si cela peut consoler et soutenir Isabelle, dites-lui qu'elle prenne patience et que l'avenir la dédommagera du présent. Adieu, monsieur.

La suivante marchant devant lui, lui faisant signe de la suivre, il s'inclina jusqu'à terre vers la boule noire représentant la marquise, et sortit de l'appartement.

— Si je devais vivre avec cette femme-là, dit-il, lorsqu'il fut dehors, en respirant fortement, je serais fou avant deux mois, elle a une voix qui prend à la tête et qui ressemble à une crécelle. Elle n'en est pas moins aimable, mademoiselle, mais comment faites-vous pour résister à ce bruit de scie ébréchée?

La jeune fille avait sans doute l'ordre de se taire, car elle ne répondit rien.

XLI

OROMAZE ET ARIMAZE

Ces deux principes du bien et du mal, personnifiés par les Persans sous ces noms bizarres, se partagent encore aujourd'hui la terre, comme au temps de l'antiquité. Nous avons tous ce bon et ce mauvais penchant. Nous avons tous la voix qui nous entraîne, la voix qui nous retient; malheureusement, celle qui attire a bien plus de charmes, elle est plus douce et plus indulgente, elle sait mieux cacher les dangers, et les métamorphoser en joie. Il en est presque toujours ainsi, même lorsque nos deux anges se trouvent en réalité près de nous, sous la figure et sous le masque de l'amitié, ou

de l'amour. Celui qui court à notre perte est toujours
chargé de fleurs, entouré de parfums, il nous fascine,
il nous pousse malgré nous vers le gouffre béant, dont
l'ange de Dieu cherche à nous garantir. Celui-ci, au
contraire, est ordinairement souffrant et triste, il im-
pose des sacrifices, il exige du dévouement et des ab-
négations. Pour le suivre il faut être fort, et nous sommes bien faibles, pauvres mortels.

Ces réflexions se seraient naturellement présentées
à ceux qui auraient pénétré le soir de ce jour, dans la
chambre du vicomte de Cabines. Josseline qui, pour
aucune douleur, n'oubliait le soin de sa personne, était
assise au pied du lit de son fils, habillée et vêtue comme
une femme en parfait repos d'esprit. Si par hasard on
la trouvait en désordre, c'est que ce désordre était calculé, c'est qu'elle avait prévu d'avance l'effet qu'il devait produire, elle n'attendait ce soir-là aucun résultat
de son désespoir, elle se tint dans les bornes de la con-
venance. Son regard, aiguisé comme celui d'un basilic,
semblait chercher à lire jusqu'au fond de l'âme de
cette étrangère masquée; placée en face d'elle, impas-
sible dans la contemplation du malade. Certes, c'étaient
le bon et le mauvais principes, parfaitement visibles
et distincts. L'une cherchant à soulager la souffrance,
l'autre pleine de desseins pernicieux, soufflant la dis-
corde et la colère, ne vivant que du mal qu'elle faisait,
ou de celui qu'elle souhaitait faire. Dieu n'a-t-il pas
créé les serpents et les tigres?

— Eh bien, madame, dit la comtesse, lorsqu'elle eût laissé le temps d'examiner le jeune homme, quelle est votre opinion?

— Il est dangereusement atteint, madame, je ne puis rendre une décision définitive sans avoir examiné la plaie.

Josseline appela un domestique et donna ordre qu'on introduisit le chirurgien pour ôter l'appareil. Quand elle vit la blessure à nu, elle y porta intrépidement le doigt, palpa tout autour, sonda pour trouver la balle et sembla satisfaite de sa recherche.

— Cela va mieux que je ne croyais, ajouta-t-elle. J'aurai ce morceau de plomb d'ici à huit jours, et, si ce jour-là la fièvre a cédé, dans un mois il n'y paraîtra plus.

— Vous m'en répondez, madame!

— Sauf la volonté de Dieu, plus puissante que les remèdes et que la science. Approchez, monsieur, et écoutez-moi.

Elle donna ses instructions pour le pansement, au frater du village, ancien soldat, assez versé dans la guérison des plaies faites par les armes à feu. Elle lui annonça un emplâtre de sa façon et une liqueur, avec laquelle il faudrait laver les chairs.

— La balle viendra toute seule, dit-elle, vous la verrez tomber le huitième jour. J'ai déjà éprouvé souvent la force bienfaisante de ce remède et il ne m'a jamais manqué.

Le chirurgien comprit aussi bien que possible les prescriptions que la marquise s'engagea à surveiller, et dès qu'il fut sorti, la conversation s'engagea de nouveau entre les deux dames. Madame de Sainte-Croix conservait son masque, elle ne perdait pas un seul des regards investigateurs de Josseline. Soit qu'il lui convînt en ce moment de la satisfaire, soit qu'elle voulût se mettre à son aise, elle enleva les cordons et montra à la comtesse un visage de plus de quatre-vingts ans, affreusement couturé, des yeux glauques, des cheveux rares et blancs, relevés sur le sommet de la tête, à la mode de la reine Marie, et comme pour faire contraste à cette laideur repoussante un main moulée sur l'antique, un de ces chefs-d'œuvre que la nature produit de temps en temps, pour que le type n'en soit pas perdu ; jamais contraste ne fut plus frappant.

— Je suis très-fatiguée, madame ; ces sortes de visites me font beaucoup de mal et je suis forcée de me mettre à mon aise. A l'âge que j'ai maintenant !...

— Je le comprends à merveille. Une seule chose m'étonne, c'est la facilité avec laquelle vous supportez la lumière. D'après ce que j'ai entendu raconter de votre chambre obscure...

— Les bougies me fatiguent moins que le soleil, je puis les endurer quelque temps, avec de vives souffrances, il est vrai, mais pour une vie si précieuse !

— Merci mille fois !

— Ne suis-je pas mère ?

— Vous avez vu bien des choses, madame, vous avez vécu dans bien des pays, ce me semble.

— On vous l'a dit?

— Je le crois.

— Qui vous le fait supposer?

— Votre grand âge d'abord, et puis le nom de Sainte-Croix ne doit pas être un des moins illustres de la noblesse, et ni vous ni monsieur votre petit-fils...

— Nous ne sommes pas connus à la cour, n'est-ce pas? Vous avez raison, c'est qu'il ne nous a jamais convenu de nous y présenter.

— Vous fuyez le monde?

— Je ne le cherche point. J'ai voué ma vie à des études graves, à la science.

— Ah! oui, l'alchimie, la chiromancie.

— Puisque je vous rendrai votre fils par l'effet de cette science, dont vous vous moquez, madame, j'aurais droit, ce me semble, à un peu plus d'indulgence de votre part.

Le ton dont la marquise prononça ces paroles, annonçait une femme accoutumée à commander.

— Quelle peut être cette sibylle? pensa Josseline. Essayons un autre côté, elle sera plus vulnérable, j'espère.

— Je vais me retirer, madame, il en est temps, à moins que vous n'ayez encore quelque question à m'adresser. J'y répondrai avec la même naïveté que tout à l'heure.

II.   9

— Je ne me permettrais pas de vous rien demander qui vous parût le moins du monde indiscret, madame.

— M. votre fils se trouvera bien de ma visite, et vous le verrez bientôt, je reviendrai néanmoins, si vous le jugez nécessaire.

— Je serai toujours heureuse et doublement heureuse de vous recevoir, madame, pourtant, je ne voudrais pas vous arracher à vos précieuses occupations.

— Mais, M. votre fils...

— Mon fils! mon fils! reprit la comtesse impatientée de cette obstination. Ce n'est pas de mon fils qu'il s'agit, mais de mon filleul, d'un enfant confié à mes soins, auquel j'ai donné ce doux nom de fils pour tromper mon isolement.

— En vérité!

— Oui, madame, traitée injustement par ma famille, trahie par l'homme que j'aimais; j'ai dû chercher une autre affection; je l'ai fait, et mon cœur s'en est trouvé rajeuni, et il sait où se prendre maintenant!

— Ne vous a-t-on pas dit, madame, comme à tout le pays, que je suis sorcière?

— Pour vous parler franchement, madame, on me l'a dit, en effet, répliqua la comtesse, étonnée de cette étrange interpellation.

— Le croyez-vous?

— Je crois peu à ces fadaises-là.

— Il y paraît, sans cela vous n'oseriez pas mentir ainsi devant ma clairvoyance!

— Mentir!

— Je ne mesure pas mes termes, madame, lorsque je parle au nom de l'avenir, et l'avenir découvrira ce qui nous est caché, ce que je puis entrevoir seulement. Ah! vous ne croyez pas à ma science! En voulez-vous une preuve?

— De tout mon cœur.

— Faites-moi une question, interrogez-moi sur le fait de votre vie que vous croyez le plus ignoré, sur une chose que vous seule sachiez, je vous répondrai.

— Vraiment! répliqua la comtesse au comble de la surprise.

— Je suis prête.

— Je n'ai que l'embarras du choix, car je raconte peu mes pensées ou mes actions. Si je prends un fait passé depuis longtemps?...

— Cela m'est égal.

— Eh bien... que s'est-il passé la veille du jour où j'ai quitté la maison paternelle? vous savez que je l'ai quittée? Racontez-moi la dernière soirée que j'ai passée au château de Saulieu?

— Vous cherchez un des moments de votre existence les plus dangereux, madame.

— C'est possible, vous en aurez que plus de mérite. Veuillez donc me répondre, me voyez-vous?

— Oui, je vous vois.

— N'allez pas croire au moins qu'une vaine curiosité ou une superstition imbécile m'engage à vous faire cette question et celles que je pourrais vous adresser encore. Je vous ai conté, sur la rumeur générale, la vie de ce que j'ai de plus cher; c'est une épreuve, il est bien permis à une affection vive de s'inquiéter.

— Cela est plus que permis, mais ce n'est pas l'affection qui vous tourmente, Josseline de Saulieu, c'est le besoin de percer tout ce qui est inconnu, afin d'être très-certaine que vous n'avez rien à en redouter.

— Madame!...

— Oh! ne vous révoltez pas, vous en entendrez bien d'autres, ou je quitte la place sur-le-champ. Lorsqu'on m'interroge, je réponds, je dis tout ce que je sais, je lève tous les voiles.

— Eh bien, parlez! j'écouterai tout.

— Josseline, vous me demandez si je vous vois la veille du jour où vous avez quitté le château de vos pères, où vous laissiez le désordre et la honte; oui, encore une fois, je vous vois debout près d'une table en bois d'ébène, sous le toit d'une parente, d'une amie, que vous avez payée plus tard par l'ingratitude.

La comtesse fit un mouvement pour parler, mais, serrant ses lèvres, elle se tut par un effort suprême.

— Vous êtes debout près de cette table, et vous lisez une formule; un coffre est ouvert devant vous.

— Que renfermait ce coffre?

— Il renfermait quelques paquets de poudre de substances différentes et quelques herbes séchées par le temps.

La comtesse prêtait à ces paroles une attention fiévreuse, les yeux fixés sur la vieille femme, elle ne semblait pas respirer. Elle ne l'interrompit pas néanmoins.

— Cette formule, vous l'aviez trouvée dans un livre dérobé à une pauvre jeune fille, dont la recherche de la science était toute la joie ; cette cassette et son contenu, vous l'aviez enlevée chez elle, après une journée passée à l'assurer de votre amitié.

— Tout cela est vrai ! pensa Josseline, dont le cœur se serrait de plus en plus.

— Cette formule et ces poudres devaient servir au plus odieux attentat. En les mêlant, et en faisant une pâte compacte et dure, vous saviez quel effet produirait cette pâte. Vous saviez que la beauté d'une rivale aimée devait disparaître peu à peu, si vous parveniez à lui en faire prendre.

La marquise regarda Josseline et la trouva effroyablement pâle.

— Un homme entra chez vous, en ce moment. Cet homme était un instrument dont vous vous serviez, qui vous rendait des services signalés et qui venait en ce moment même vous justifier d'une mission qu'il avait accomplie.

— Comment était cet homme ? murmura Josseline, son nom ?

— Son nom, vous le savez aussi bien que moi ; quant à sa personne, c'était un animal venimeux, avec tous les vices, toutes les propriétés de sa race de reptile. Lorsqu'il entra, il vous fit tressaillir; vous levâtes les yeux sur lui, avec une sorte de honte. Cependant, vous ne tardâtes pas à vous composer le visage.

— Eh bien?

— Ce fut toute votre phrase; l'émotion vous coupait la parole, vous aviez dix-neuf ans alors, vous sentiez encore quelque chose. Il vous tendit la main, vous montra une boucle de cheveux très-blonds, en ajoutant :

— Voilà tout ce qu'il en reste!

— Vous eûtes un frisson involontaire, et vous étendites la main vers ces pauvres petits cheveux de soie sans oser les toucher, et vous demandâtes :

» — Pourquoi avoir coupé cela?

» — Pour elle, ce sera une bonne introduction.

» — Fou! elle ne se contentera pas de cela.

» — Elle s'en contentera.

— Continuez, continuez votre histoire, madame, reprit la comtesse avec le plus agréable et le plus dégagé sourire, elle m'amuse infiniment et vous la contez à merveille.

La vieille femme ne sembla pas l'avoir entendue, elle regardait devant elle, sans que son œil se fixât sur un seul objet, et semblait la proie d'un demi-sommeil. Il y avait dans cet état quelque chose d'étrange, presque de surnaturel.

— Cette petite boucle de cheveux, poursuivit-elle, qu'elle était belle et soyeuse! Sur quelle tête char-

mante, elle avait été coupée! Vous ne la touchâtes
point, l'homme la renferma dans un morceau de papier
blanc et la mit dans sa poche.

» — Et vous? demanda-t-il ensuite.

» — Vous le voyez, j'ai tout ce qu'il faut.

» — Et pour l'employer?

» — Cette nuit, je ferai le mélange, demain il faudra qu'elle le prenne. En plaignant son affliction, elle
aura confiance et se décidera, ainsi une de *ces choses*
sert l'autre.

» Ce mot frappa votre complice, il eut une pensée
sur vous, que vous n'avez point connue. Il se dit que
vous seriez un jour une grande criminelle, vous qui
parliez si légèrement de *ces choses* auxquelles il osait
à peine penser.

La comtesse rougit encore plus de colère que de
honte.

» — Nous n'avons plus maintenant qu'à préparer la
fuite. Est-il prêt?

» — Il est prêt et il vous attend.

» — C'est bien. Je ne reverrai personne au logis,
ma mère m'a déjà presque maudite et il est inutile
de m'attendrir.

» — Vous attendrir! répéta l'homme avec un sourire
ironique, vous n'êtes pas sujette à ce mal-là.

» — Mais si l'autre veut nous suivre, si nous ne
parvenons pas à lui faire entendre ce qui est indispensable? s'il menace de nous trahir?

» — Alors ce ne sera pas notre faute, il nous contraindra à nous décider.

» Le frisson vous reprit, je dois vous rendre la justice de dire que vous essayâtes même quelques paroles de paix.

» — Quoi! cela encore! Il faudrait chercher un autre moyen, nous ne pouvons nous charger de ce poids.

» — Je m'en charge!

» — Oh! vous ne le prendrez pas tout entier! Et la nuit, et les rêves! et les fantômes qui vont nous hanter!

» Il se mit à rire.

» — Des fantômes! oui, ceux que vous créerez. Voulez-vous réussir? Prenez-en les moyens, et ne vous arrêtez pas à la première difficulté. Je conviens qu'elle est un peu lourde, mais il est impossible de la tourner, il faut qu'elle saute.

— Ou Ravière a parlé, ou cette femme a les secrets du diable, pensa la comtesse. J'ai presque peur d'elle.

— Celui dont il était question, pauvre gouverneur donné à votre frère, vous trouva belle, et vous, à qui il fallait un agent de bonne foi, vous l'acceptâtes. Il crut à votre résolution de fuir avec lui et pensa en devenir fou de joie. Ce jour-là, il apprit à vous connaître, à vous mépriser, et lorsqu'il eût refusé obstinément ce que vous attendiez de lui... Demandez à la rivière qui coule sous les tours de mon château ce qu'il est devenu.

La comtesse livide, se leva furieuse.

— Assez! assez! dit-elle, vous m'insultez chez moi, madame, vous me calomniez étrangement, vous m'accusez d'infamie...

— Vous m'avez demandé de vous dire une chose ignorée de tous, je l'ai fait, madame, reprit l'étrange femme, qui commençait à revenir à elle, vous êtes maintenant très-rassurée sur ma science et sur la vie de cet enfant. Je puis rentrer tranquille, vous ne douterez plus et vous ferez exécuter mes ordonnances.

Josseline n'avait pas été maîtresse d'un premier mouvement, qu'elle eût bien voulu retenir, elle se sentait mal à l'aise sous ce regard sans rayons, qui figeait son sang dans ses veines. Elle laissa la marquise remettre son masque, sans lui adresser une parole, seulement, lorsqu'elle la vit s'approcher du malade, elle avança le bras comme pour l'en empêcher. La vieille femme se mit à rire.

— De la crainte! c'est plus qu'on n'aurait pu attendre de vous! Comtesse Josseline, vous vous souviendrez de moi maintenant.

XLII

LES AVEUX

Revenons au château de Malières.

Le procureur général fut reconduit jusqu'à la porte,

avec les égards rendus alors à la haute magistrature.
MM. de Fouquerolles l'accompagnèrent tous les trois.
Au moment de se séparer d'eux, il se tourna vers
le marquis :

— Monsieur, lui dit-il, vous pouvez dormir tranquille, nous sommes édifiés sur l'affaire, grâce aux
aveux de madame la marquise, et vous ne serez plus
inquiété. Peut-être paraîtrez-vous pour la forme devant
le parlement ; mais si l'on peut vous épargner ce souci,
on n'y manquera pas.

Les deux carrosses et tous les hommes noirs se mirent en route ; on ferma les grilles, le père et les fils
restèrent seuls.

— Vous étiez prêt à vous trahir, mon fils, dit le
vieillard, vous rendiez inutile le sacrifice de cette
pauvre femme, qui se dévoue avec tant d'abnégation.

— Monsieur, répliqua le marquis, je me suis imposé
la loi de me taire, avant d'être parfaitement instruit
de ce qui s'est passé dans la chambre de la marquise ;
vous allez, s'il vous plaît, me le confier incontinent et
je verrai ensuite, avec ma conscience et mon devoir,
ce que je déciderai.

M. de Fouquerolles était l'homme du monde le plus
probe et le plus honorable ; il avait sur l'honneur de
sa maison les idées généralement répandues alors. Cependant, en cette circonstance, sa tendresse pour son
fils l'emporta sur sa sévérité de principes. Dans la po-

sition des choses, il ne voyait de toutes parts que des
dangers et des déceptions ; il savait sa belle-fille coupable, non d'un oubli complet de ses devoirs, mais au
moins d'un amour défendu. L'instruction d'un procès,
si elle avait lieu, devait nécessairement amener la découverte de ces détails et compromettre son nom, plus
encore qu'il ne l'était par le scandale déjà accompli.
Dans cette perplexité, il se décida à rester neutre, à
n'influencer en rien les dispositions de personne. Il
n'avait que le choix des maux ; il ne voulut point l'accepter ; il attendit que la Providence les lui envoyât
selon sa colère.

Lorsqu'il entendit son fils demander à être instruit
de ce qui s'était passé, il ne crut pas devoir, par le
même système, lui refuser cette connaissance. Il lui
raconta l'interrogatoire, les réponses d'Isabelle et les
insistances du magistrat. Le marquis ne répondit point,
il écouta jusqu'à la fin, calme et recueilli.

— Madame de Fouquerolles a donc avoué de nouveau qu'elle était coupable ?

— Oui.

— Elle n'a point varié dans ses réponses ?

— Non.

— Et cependant, mon père, vous m'avez ordonné de
la soutenir, de la conserver près de moi ; vous avez
prétendu connaître ce funeste événement, et vous
m'avez assuré qu'elle méritait toujours mon estime.
Et cependant M. de Maulevrier est ici, et elle l'aimait,

elle semble l'aimer encore. Comment tout cela peut-il
s'accorder?

Le vieillard garda le silence.

— Mon père, si ma femme est innocente et que vous
lui permettiez de s'accuser pour sauver ma tête, c'est
un sacrilège et une forfaiture! Je préférerais mourir
mille fois plutôt que d'en être le complice. Il faut que
vous vous expliquiez, ou, si vous ne le faites pas, je
partirai tout à l'heure pour Poitiers, j'irai me livrer
aux gens du roi, en m'avouant coupable de meurtre!

— Mon fils, je ne puis, je ne dois rien dire de plus.

— Qui me tirera de cet état d'incertitude mille fois
pire que la mort! Jacques caché chez le meunier Gibaut, y était-il pour elle? Est-ce le vicomte? Qui aura
pitié de mes angoisses? N'ai-je pas assez souffert?
Mon père! mon frère! ne me laissez pas ainsi, au nom
de tout ce qui vous est cher.

— Dieu m'est témoin, reprit le comte d'Oston, que
si je savais un mot de plus que vous, je vous l'appren-
drais à l'instant.

— Et vous, monsieur?

— Moi je suis lié par une parole sacrée; ce que j'ai
entendu m'a été confié sous le sceau d'un secret éternel, à moins que la personne qui l'a exigée ne me
rende cette parole, je suis hors d'état de vous satisfaire.

— Reprenez-la donc, monsieur, dit Béatrix en ouvrant la porte, je vois que j'arrive à temps.

Elle était pâle, défaite, presque mourante d'émotion et de frayeur, un tremblement convulsif agitait ses membres, son mari s'avança pour la soutenir, elle le repoussa doucement.

— Mon Dieu ! s'écria vivement le marquis, d'où vient cette émotion? Isabelle est-elle plus malade? est-elle...

— Isabelle est telle que vous l'avez laissée, dans une faiblesse qui la met hors d'état de rien voir et de rien comprendre, son énergie est usée, elle a trop souffert, ma pauvre sœur !

M. de Fouquerolles lui prit la main.

— Vous aussi, il vous faut du repos, Béatrix.

— Monsieur, ce qu'il me faut, c'est de me débarrasser d'un poids qui me tue, c'est de vous parler à tous franchement et sans détour, vous avez jugé ma sœur, jugez-moi maintenant, c'est moi qui vais m'accuser.

— Ma fille ! ma fille !

— Monsieur, assez longtemps j'ai été lâche, je ne le serai plus. J'ai laissé accabler Isabelle, j'ai souffert qu'on la méprisât, qu'on la calomniât, qu'on l'accablât de toutes les humiliations, et de tous les reproches. Cela ne sera plus ! monsieur de Fouquerolles, vous avez dit en notre présence que si votre femme n'avait aimé, n'avait vu que Jacques de Maulevrier, vous lui eussiez pardonné encore, pardonnez-lui donc, car c'est Jacques de Maulevrier qu'elle attendait, pour lui dire un éternel adieu, car elle est encore aussi pure que le jour où vous l'avez reçue des mains de notre aïeule. C'est tou-

jours la noble, la loyale épouse qui vous a juré la fidé-
lité qu'elle vous a gardée.

— J'avais donc deviné, mon Dieu !

— Cela est vrai, je le jure sur la mémoire vénérée
de mon père, sur l'honneur de notre maison.

— Mais le vicomte alors?...

— Le vicomte!...

Elle s'arrêta et porta la main sur son cœur, dont les
battements l'étouffaient.

— Le vicomte, reprit-elle..... il venait pour moi...
il m'attendait...

— Il était votre amant, madame! s'écria le comte
d'Oston, en levant le bras sur elle.

— Non, monsieur, répliqua-t-elle vivement, agenouillée devant lui, mais tuez-moi, car il allait le
devenir.

Un silence glacé se répandit sur ces quatre personnes, dont la position devenait à chaque instant plus
critique. Le comte d'Oston frappé par ce coup inattendu, n'avait plus ni parole ni pensée, pour ainsi dire.
Tout son être se révoltait à cette idée, d'être trompé
par cette jeune fille, qu'il avait épousée si naïve, qu'il
aimait tant et qu'il voyait perdue. Il était bien jeune
aussi, sa douleur prit le caractère du désespoir, non
de la fureur. Il ne s'emporta pas, il se mit à pleurer,
c'était tout son cœur qui se brisait. Il se jeta dans les
bras du vieillard en s'écriant :

— Mon père! mon père !

Béatrix restait toujours à genoux, le marquis ne la relevait point, lui aussi il songeait et il se consultait dans sa conscience.

Depuis un moment un bruit de chevaux et de carrosses se faisait entendre dans la cour, sans que personne y prît garde; cette scène leur ôtait toute idée étrangère. Des voix élevées discutaient dans d'antichambre, on eût dit une foule qui se pressait en sens contraire. Tout à coup la porte s'ouvrit avec fracas, plusieurs hommes entrèrent à la fois, conduits par un exempt, l'épée à la main, et que suivaient tous les domestiques.

— Je vous dis qu'il y est, s'écria l'exempt, et la preuve, c'est que le voici. Monsieur le marquis de Fouquerolles, je vous arrête au nom du roi et sur l'ordre de messieurs du parlement de Poitiers.

XLIII

DEUX PRISONNIERS

Ces paroles, prononcées par le représentant de l'autorité parlementaire, glacèrent de stupeur toutes les personnes présentes.

— Mais, exempt, s'écria M. de Fouquerolles; M. le procureur-général est venu, il était ici il y a deux heures à peine, il nous a assuré que mon fils n'avait rien à craindre.

— M. le procureur-général a rencontré près de ce château une personne qui lui a procuré de nouvelles lumières sur cette cause, et d'après la déposition de laquelle il a cru devoir changer ses dispositions. Je suis chargé d'emmener M. le marquis à l'instant même.

— Monsieur...

— Assez, assez, mon père. Cet ordre ne fait que me prévenir, mon dessein était d'aller ce soir me constituer prisonnier. Je demande seulement la permission d'emporter quelques effets et de faire mes adieux à la marquise.

— Ceci ne peut vous être refusé, monsieur, j'ai ordre d'agir avec tous les égards. Seulement, comme vos papiers doivent être à la disposition de la justice, je vous demanderai la permission de vous suivre.

— Vous ne me suivrez pas chez la marquise, je suppose, elle est au lit et hors d'état de recevoir personne.

— Encore une fois, pardon, monsieur, tels sont mes ordres.

— Et si je vous donne ma parole d'honneur de ne toucher à aucuns papiers, de n'en emporter aucuns?

— J'en suis fâché, je ne pourrais l'accepter.

— Ah! l'on se défie de la parole d'un gentilhomme, sous le règne bienheureux de M. le cardinal! Enfin, puisque je ne puis obtenir ce que l'on ne refuse pas même à un criminel, venez, monsieur, vous serez témoin d'un acte de justice. Je ne crains pas de le montrer à personne.

M. de Fouquerolles monta l'escalier, suivi de l'exempt et de ses archers, qui s'arrêtèrent dans le corridor, il s'informa si Isabelle pouvait le recevoir, une de ses femmes lui ouvrit la porte.

Aussitôt qu'il fut entré il lui baisa la main.

— Madame, dit-il, il n'est plus temps de feindre, je sais votre généreux mensonge, je sais votre dévouement et je ne me souviens que de cela. Je vous supplie de me pardonner, c'est moi dont l'aveugle précipitation, dont la jalousie stupide a causé vos maux et les miens, je ne puis accuser que moi.

— Mais, monsieur, balbutia la comtesse, vous ne savez pas tout... il est impossible que vous sachiez tout, sans cela...

— Je n'ignore plus rien de ce qui s'est passé, et je vous le répète, je ne me souviens que de votre dévouement admirable. Vous vouliez racheter ma vie par votre honneur, je vous restituerai hautement ce que vous étiez résignée à perdre, madame, justice sera rendue.

— Ah! monsieur, que comptez-vous faire?

— Mon devoir, celui d'un honnête homme et d'un bon mari.

— Où allez-vous donc ainsi accompagné?

— A Poitiers; m'expliquer avec messieurs du parlement, soyez tranquille, je reviendrai bientôt.

— Bientôt, n'est-ce pas?

— Sans doute.

— Mais vous réfléchirez, je l'espère; vous ne démen-
tirez pas mes aveux, mes aveux véritables, pour quelques billevesées que vous aura contées ma sœur. Elle
seule a pu vous amener à ces nouvelles idées. J'ai
besoin de votre pardon, de votre indulgence, monsieur, j'en ai besoin plus que vous ne sauriez le
croire...

— Il suffit, Isabelle, je sais ce que j'ai à faire. Soignez-vous bien, qu'à mon retour je vous trouve gué-
rie, je vous trouve gaie, disposée à prendre votre part
de l'heureux avenir que le bon Dieu nous donne. Ne
voulez-vous pas m'embrasser!

— Ah! monsieur, répliqua-t-elle, en baissant la
tête, je devrais être à vos genoux.

Il la prit dans ses bras et l'embrassa à plusieurs re-
prises.

— Ma bien-aimée, mon Isabelle, lui dit-il tout bas,
pourquoi avoir manqué de confiance? pourquoi m'avoir
méconnu? Je ne saurais vous faire d'autre reproche;
malheureusement celui-là est la base de tout le reste.
Après l'avoir revu une première fois, contre votre volonté, sans l'avoir prémédité, j'en suis sûr, pourquoi
m'avoir caché cet entretien? Pourquoi ne m'avoir point
ouvert votre cœur? Cet aveu vous eût donné des forces contre vous-même, contre tous; vous n'eussiez
point commis une imprudence nouvelle, et nous eus-

sions encore passé cet orage sous le même abri; au lieu qu'à présent!...

— Ah! monsieur, que de bonté! que de bonté toujours renaissante, j'en suis indigne; je ne la mérite pas. Comment expier?...

— Vous avez reçu du ciel toutes les expiations nécessaires. Bien coupable serait celui qui vous en désirerait d'autres. Adieu, adieu, ma chère, ma parfaite amie, ou plutôt : au revoir! à bientôt! que Dieu vous garde!

— Et vous aussi; qu'il vous entoure de ses biens!

— Du courage surtout; ne vous laissez pas abattre, ayez confiance en Dieu et en moi.

Il l'embrassa encore, et s'arracha avec effort de ses bras, très-convaincu qu'il ne la reverrait jamais.

Le nouveau coup, qui venait d'atteindre cette famille dans un moment déjà si cruel, eut peut-être pour résultat d'amortir la douleur et la colère du comte d'Oston en les divisant. L'arrestation intempestive de son frère rendait son intervention nécessaire. Il fallait le suivre à Poitiers pour solliciter ses juges, pour détourner la foudre qui pouvait le frapper lui-même. En se séparant de son père, il lui glissa quelques paroles d'indulgence pour Béatrix, envers laquelle il s'était montré presque dur. Il le supplia d'en avoir pitié, et de ne point la livrer au désespoir.

— Je ne puis oublier que je l'ai aimée, après tout, dit-il, et si je ne veux pas lui avouer cette faiblesse,

pour l'empêcher de s'en prévaloir, au moins je ne veux
pas vous la laisser ignorer, à vous, mon père; vous
en ferez l'usage convenable, je n'en doute pas. Adieu;
veillez sur elle et sur sa pauvre sœur. Je vous tiendrai
au courant des nouvelles.

Les deux jeunes gens montèrent dans leur carrosse,
où l'exempt prit place, après toutes sorte de cérémonies. Le père, demeuré seul, les regarda s'éloigner,
tristement et le cœur brisé.

— Ah! mon Dieu! dit-il, aurais-je cru vivre assez
pour assister à la ruine de ma maison, avec deux fils
de si grande espérance!

Un sanglot étouffé, qui se fit entendre derrière lui,
prouva qu'une autre personne sentait comme lui sa
douleur. Il se retourna et il vit Béatrix, le visage bai-
gné de larmes.

— Mon père, ne nous maudissez pas, dit-elle.

— Venez, ma fille, retournons près de votre sœur,
et cachons-lui nos craintes. Dans l'état où elle se
trouve, il y aurait de quoi la tuer peut-être, et c'est
bien assez de malheurs pour une journée. Que Dieu
soit béni, pourtant! S'il nous éprouve, il nous envoie
la force, il faut le remercier de tout.

M. de Fouquerolles était l'expression vivante de la
bonté sur la terre; jamais cœur plus dévoué, jamais
âme plus noble ne battit dans la poitrine d'un homme.
Toujours prêt à s'oublier pour les autres, il faisait volontiers le sacrifice de lui-même, pourvu que ceux

qu'il aimait fussent heureux. En cette circonstance,
où la vie tout entière de ses enfants était en question,
où, peut-être, son fils aîné allait perdre la tête sur
l'échafaud, où l'honneur de sa famille périrait de plus
d'une manière, il se réfugia dans sa pitié angélique,
dans sa tendresse même, et se résigna d'avance à pan-
ser toutes ces plaies, quelque douloureuses qu'elles
soient, au lieu de les aggraver par ses justes reproches.
Il se rendit donc chez ses belles filles, avec lesquelles
il attendit les ordres de la Providence, la tête baissée
et les mains jointes, sans se plaindre ni murmurer.

Les jeunes messieurs de Fouquerolles poursuivaient,
pendant ce temps, leur route vers Poitiers; ils y arrivèrent dans la nuit, l'état des chemins d'alors ne per-
mettant pas les voyages précipités. On conduisit sur-
le-champ le marquis à sa prison, et le comte se rendit
à une ancienne maison où il descendait, ainsi que sa
famille, depuis fort longtemps : à l'auberge des *Trois-
Piliers*. Le nom d'hôtel ne s'accordait qu'aux habita-
tions des grands seigneurs.

Cette maison, qui existe encore et qui porte encore
la même enseigne (et ici, soit dit en passant, je vous
engage à vous y arrêter, si vous visitez la ville des
Pictes, vous y trouverez un hôte excellent, un cuisi-
nier parfait, et tout ce qui vous sera agréable, en ce
pays de bonne chair), cette maison, donc, à cette époque, offrait une singularité remarquable. La moitié de
la cour et des bâtiments qui l'entouraient étaient de

la paroisse Saint-Hilaire, par conséquent soumis à la
juridiction de MM. les chanoines de ce chapitre, juridiction assez dure, à ce qu'il paraît; l'autre moitié, au
contraire, appartenait à la paroisse de Saint-Porchaire,
où les vassaux de l'église vivaient infiniment plus tranquilles. Dans la muraille, à droite, on voyait et l'on
voit encore une petite statue du saint patron de la
ville; dans la muraille, à gauche, on voyait et l'on
voit toujours une grande image de Saint-Porchaire,
placés là tous les deux comme pour défendre leurs
droits. Lorsqu'une personne agonisait du côté de Saint-
Hilaire, vite on la transportait chez Saint-Porchaire,
afin qu'elle y mourût et qu'on pût éviter les droits
exorbitants de messieurs les chanoines.

Cette singularité remarquable m'a semblé valoir la
peine d'être racontée, les vieilles traditions se per-
dent; et ceux qui les aiment ne sauraient trop les ra-
masser lorsqu'ils les rencontrent.

Le marquis, installé dans une de ces fortes geôles
que renfermaient les vieilles murailles du palais de
justice, reçut tous les soins compatibles avec son état
de prisonnier et la prévention qui pesait sur lui. Un
ennemi secret avait dû le desservir évidemment; mais,
d'après la résolution qu'il avait prise, il ne songea
point à percer ce mystère; on n'avait que devancé de
quelques heures la démarche qu'il comptait faire lui-
même.

Tranquille désormais sur ce qui le touchait le plus,

sur Isabelle et ses sentiments, il faisait sans peine le
sacrifice de sa vie.

— Si l'on me tue, pensait-il, eh bien, elle sera libre
et pourra suivre le vœu de son amour.

Tout l'héroïsme de la tendresse n'empêchait pas la
jalousie de lui mordre le cœur. Il écarta ses idées, se
recommanda à Dieu et s'endormit profondément.

Le lendemain, le geôlier entra dans sa chambre afin
de prendre avec lui des arrangements relatifs à son
séjour dans ses domaines. Il lui offrit ses services,
moyennant finance, bien entendu, comme les geôliers
de tous les temps; il lui vanta l'agrément de sa rési-
dence, les distractions qu'il lui offrirait.

—Nous avons un préau fort agréable, nous avons
pour les jours de mauvais temps la salle des pas perdus,
presque aussi grande que celle de Paris. J'y conduis
mes pensionnaires, quand elle est fermée au public ;
ils peuvent y prendre de l'exercice, y jouer à la paume
et à tout ce qui leur convient, je ne m'y oppose pas.

— C'est bien ! c'est bien ! traitez-moi pour le mieux ;
je paierai.

— Je puis même procurer, à monsieur, puisqu'il
est de si bonne composition, il y a plaisir à traiter avec
les gentilshommes, on tombe toujours d'accord ; je
puis, si cela vous est agréable vous procurer pour ce
soir une société.

— Oui, quelque mendiant, ou quelque voleur.

— Non pas, non pas, monsieur, un gentilhomme,

un seigneur comme vous, accusé d'un plus beau crime que vous encore, si ce n'est pas vous offenser, il est ici pour haute trahison et rupture de ban, M. le comte de Maulevrier.

— M. de Maulevrier est ici !

Le marquis crut recevoir un coup de poignard en pleine poitrine.

— Oui, le pauvre seigneur ! il n'y est pas pour long-temps, il ne faudra pas vous y attacher, son affaire sera bientôt faite. Le temps d'un courrier envoyé à Paris, voilà tout, et la place du pilori le verra passer.

— Il est ici répéta-t-il, sous le même toit que moi et il va mourir !

— Monsieur veut-il que je le lui amène ce soir ?

— Laissez-moi, mon ami, interrompit M. de Fou-querolles, j'ai besoin de penser à mes affaires, nous parlerons de cela plus tard. Si mon frère vient, hâtez-vous de l'introduire.

Resté seul, le marquis, donna carrière à ses ré-flexions, à ses sentiments. Il songea à cette femme qu'ils aimaient l'un et l'autre et à laquelle leur mort allait ôter toute affection, toute espérance sur la terre. Il songea à la douleur qui la frapperait lorsqu'elle les verrait monter sur cet échafaud terrible, où leur amour les conduisait également. Sans cet amour, il n'eût pas commis le meurtre qu'il allait expier, sans cet amour, Jacques eût attendu sur la terre étrangère la mort de ses ennemis, Ils vivraient de longues an-

nées riches, heureux, considérés. Isabelle ne manque-
rait pas de se dire la même chose et d'en augmenter
sa douleur.

— Pauvre, pauvre Isabelle! répétait-il.

Comme il disait ces mots le geôlier rentra avec force
révérences.

— Monsieur, je demande bien pardon à monsieur
le marquis, mais je suis le père de mes pensionnaires.
J'ai fait part à M. le comte de Maulevrier de l'arrivée
de monsieur, et tout de suite il m'a supplié, supplié
en noble gentilhomme, de lui procurer une entrevue
avec M. le marquis. Je suis venu savoir si monsieur
l'accepte et s'il permet que ce soir les deux chambres
n'en fussent qu'une, ce sera à la volonté de monsieur,
mais M. le comte le désire bien,

— Il veut me voir?

— Il le veut de toute son âme et de toute sa bourse,
poursuivit-il mentalement.

— Me voir! et pourquoi? Qu'a-t-il à m'apprendre?
Je ne sais... et pourtant!... Eh bien, tu pourras l'a-
mener ici pour cette fois, entends-tu! mais ordinairement je prétends rester seul.

— Aux ordres de monsieur le marquis!

Il sortit en fermant doucement la porte, pour dissimuler le bruit des verrous, c'était une des attentions
les plus hautement côtées sur son tarif.

II.   10

XLIV

DEUX NOBLES RIVAUX

Le marquis n'eut pas plutôt donné cette parole, qu'il s'en repentit. Il ressentait un éloignement invincible pour un homme qui lui enlevait tout son bonheur sur la terre, en lui ravissant le cœur d'Isabelle; cependant une irrésistible curiosité le poussait à savoir pour quelle raison il lui demandait une entrevue, quelle lumière il pourrait tirer de lui, ou peut-être, qui sait? le cœur humain est si étrange! peut-être lui chercher une bonne querelle, où sa rage trouverait à s'assouvir.

— Enfin si ce n'est rien de tout cela, Isabelle recevra une grande consolation en apprenant que nous nous sommes réconciliés avant de mourir, et qu'elle peut unir nos souvenirs dans sa pensée, sans crainte de blesser notre mémoire. J'ai bien fait d'accepter.

M. d'Oston vint chez son frère, qui lui cacha ce rendez-vous, il y vint accompagné de quelques-uns de leurs parents et des amis de leur famille, tous riches et puissants, ils offraient leur crédit.

— Vous ne devez pas être condamné si l'on y met de la justice, car le flagrant délit...

— Il n'y a point de flagrant délit, la comtesse est pure comme un ange. C'est une funeste erreur, voilà tout.

— Alors la chose devient beaucoup plus dangereuse reprenaient-ils, et je ne sais plus que vous en dire, d'autant qu'il règne une mauvaise influence dans tout cela. Vous avez quelque ennemi, quelque ennemi puissant.

— Il n'est pas besoin de chercher bien loin, la comtesse Josseline de Saulieu est chez le vicomte de Cabines, le vicomte de Cabines passe pour son fils, il est du moins élevé par elle avec sollicitude et c'est chez elle que M. le procureur général est allé hier en nous quittant, répliqua le comte d'Oston, de cette manière tout s'explique.

— Le vicomte va infiniment mieux, ajouta un troisième, il a repris sa connaissance et commence à parler un peu. C'est l'effet des remèdes appliqués par la marquise de Sainte-Croix, votre mystérieuse voisine.

Les deux frères se regardèrent. Si Cabines pouvait parler, qu'allait-il dire? Béatrix ne courait-elle pas elle-même autant de risques que sa sœur? Le nom de leurs maris n'allait-il pas être livré à la dérision, aux moqueries du public.

— Ah! si cet homme parle, s'écria le comte, je lui ferai sortir son âme pour tout de bon, cette fois, j'en jure par mon salut éternel.

Les frères congédièrent peu à peu leurs visiteurs et calculèrent, avec le plus de sang-froid possible, les chances de leur position presque désespérée.

— Je l'ai dit hier, je ne vois de tous les côtés que

précipices et périls, nous ne nous retirons des uns que
pour retomber dans les autres. Il faut toujours que
notre honneur reçoive un échec.

— Et que ma vie y succombe, répliqua le marquis.

— Je n'en vais pas moins visiter nos amis, leur confier nos angoisses, je n'avouerai jamais les légèretés
de Béatrix. plaise à Dieu, qu'il n'y ait que cela! Mais
les regrets de votre femme! ce qui s'est passé à notre
mariage! toutes choses enfin que je ne voudrais pas
en temps ordinaire, confier à mon ombre. Je crois que
j'aimerais mieux me faire sauter la cervelle.

— Si monseigneur le cardinal, au lieu de haïr la
noblesse, la traitait en père, le meilleur de tous les
moyens serait d'implorer sa médiation. Il pourrait,
lui, le tout-puissant, il pourrait arrêter la procédure
et sauver notre maison de cette cruelle alternative, le
feu roi l'eût fait. Louis XIII n'est pas un Henri IV,
hélas!

Après deux heures de conversation, ils se séparèrent
mécontents, fatigués, osant à peine se serrer la main
et se regarder, car ils avaient une arrière-pensée,
qu'ils ne s'avouaient point, une ombre de discussion
entre eux, si unis jusques là. Le comte songeait que
si son frère eût été moins prompt, ils ne seraient pas
aujourd'hui exposés à ces tortures, le marquis se disait
que si Béatrix n'eût point encouragé le vicomte, sa
tête serait en sûreté sur ses épaules. A quoi bon tout
cela? Le résultat terrible était presque inévitable.

La journée de M. de Fouquerolles devait se terminer par un entretien plus pénible encore que les autres. Il ne l'avait pas perdu de vue depuis le matin, et son cœur battait rien qu'en y songeant. Le soir venu, le geôlier, fidèle à sa promesse, lui demanda si son bon plaisir était de voir M. le comte.

— Amenez-le, puisqu'il le faut, répliqua-t-il en soupirant.

— Je puis vons fournir des cartes et des dés, messieurs, il ne vous en coûtera pas un sou de plus pour cela, sauf le prix des choses, bien entendu, vous ne voudriez pas que je vous les donnasse pour rien. Je puis aussi vous apporter un vin exquis, très-bon marché, un vin qui vient de la Gascogne, et qui aura sa réputation quelque jour. Cela est-il de votre goût? Il ne faut pas se laisser aller au chagrin, il ne le faut pas, cela ne remédie point et cela ôte les forces.

— Non, non, dit le marquis impatienté, va chercher le comte et laisse-nous!

— Oui dà, monsieur! Et que ferez-vous donc si vous ne voulez ni jouer, ni boire? Retenez ceci : il n'y a pas d'évasion possible dans cette excellente maison, qui m'est confiée, les murs en sont épais, les croisées élevées et les barreaux solides, ne vous amusez donc pas à former des plans inutiles, entendez-vous?

La patience était près d'échapper au jeune homme, il allait pousser le geôlier par les épaules, lorsque celui-ci se décida à le laisser tranquille et à se retirer.

II.   10.

Il revint cinq minutes après, ouvrant avec affectation les portes toutes grandes.

— Amusez-vous bien, mes bijoux, dit-il entre ses dents, gazouillez dans votre cage, mais ne pensez pas à en sortir, tant que le vieux Carlouet en tiendra les clefs.

Les prisonniers restés en face l'un de l'autre se saluèrent avec cérémonie sans se parler tant que le bruit des pas de Carlouet retentit dans le corridor. Ils jetèrent l'un sur l'autre un coup d'œil furtif, ils étaient sans armes, par conséquent sans aucun moyen honorable de terminer leur querelle, si l'entretien prenait cette tournure, et chacun d'eux sentait que cela était très-possible.

Le comte embarrassé, car sa position était difficile, ignorait jusqu'à quel point M. de Fouquerolles connaissait ses relations avec sa femme, et il ne voulait parler que selon la nécessité indispensable. Voyant qu'il se taisait, le marquis lui dit, avec une politesse glaciale :

— Vous avez désiré m'entretenir, monsieur le comte, puis-je savoir quelle en est la raison?

— La plus simple de toutes, monsieur; j'ai passé toute mon enfance avec mesdemoiselles de Saulieu, j'ai été pour elles comme un frère, il est probable qu'il me reste bien peu de temps à vivre, je voulais vous parler d'elles, vous en entendre parler, avant de subir la condamnation qui m'attend.

— Vous savez, sans doute, quels événements ont eu lieu dans notre famille, monsieur; quelles circonstances m'ont amené ici?

— Je les sais.

— Vous n'ignorez pas non plus combien la santé de madame de Fouquerolles en a souffert.

— Pouvait-il en être autrement, hélas!

— Madame de Fouquerolles est dans une position bien cruelle, bien douloureuse, monsieur; si, au lieu d'être ici vous étiez en position de la voir, d'adoucir ses chagrins, ce serait une œuvre digne de votre ancienne amitié.

Jacques baissa la tête sans répondre.

— Pour des raisons sans doute puissantes, vous avez rompu votre ban, vous avez joué votre tête. Le coup était hardi, vous l'avez perdu et il est probable que vous le paierez.

— J'y suis tout résigné, monsieur. Vous m'avez sauvé une fois la vie au péril de la vôtre, cette vie que vous m'aviez conservée m'était devenue si à charge, que je l'ai risquée sur un coup de dé, vous l'avez dit.

— Et n'existe-t-il personne à qui votre existence soit précieuse et utile? N'êtes-vous pas aimé d'un seul cœur, vous, si jeune encore; vous avez une mère au moins?

— Oui, j'ai une mère, une pauvre mère, dont la vie fut semée de douleurs, qui me pleure dans un cloître, depuis le commencement de mon exil, et à qui ma mort apportera à peine une douleur de plus.

— N'avez-vous donc qu'elle? insista le marquis d'une voix tremblante.

— Oui, monsieur, elle seule! mes autres affections sont éteintes, ou dans la tombe, ou dans l'oubli.

— Je vous plains, oui, je vous plains et plus que vous ne pourriez le croire, je sais ce que sont les découragements du cœur.

— Mais vous, monsieur le marquis, vous qui avez versé le sang d'un misérable, ce dont Dieu vous absoudra, si les hommes vous condamnent, quelles sont vos espérances, quels sont vos projets? J'ai entendu dire, sans y ajouter foi, qu'Isa... que madame de Fouquerolles avait avoué ses relations avec cet homme.

— Elle les a avouées.

— Et vous avez pu y croire! et vous avez pu supposer un instant qu'elle fût capable... Ah! monsieur ; j'espère que vous n'avez point méconnu a ce point le dévouement de ce cœur d'élite, j'espère que vous l'avez soutenue contre elle-même, en avouant l'erreur dont vous étiez victime, c'est pour cela que vous êtes ici.

— Ah! se dit le marquis, il ne l'a pas accusée, lui! il était si sûr d'elle!

Cette pensée rida son front et faillit le faire sortir de son rôle. Il eut besoin d'un instant pour se remettre.

— En effet, monsieur, madame de Fouquerolles a été admirable.

— Merci, merci, monsieur le marquis, dit le jeune homme avec vivacité, merci vous ne l'avez pas soupçonnée! C'est que je la connais, moi, votre Isabelle. Bien que vous soyez son parent de très-près, le genre de vie de M. votre père, sa retraite habituelle vous ont tenu éloigné d'elle, moi, je ne l'ai pas quittée depuis sa naissance, j'ai suivi ses progrès, j'ai apprécié son caractère, je sais quels principes sont les siens. Non, non, Isabelle n'a pas été et ne sera pas une épouse coupable, quelque sentiment qui l'entraînât, elle est restée fidèle à ses serments. Si elle a aimé, ce dont elle ne doit compte qu'à Dieu et à sa conscience, cet amour est resté pur, du jour où elle a accepté votre nom, où elle a promis de le conserver intact de toute souillure, elle l'a tenu, elle le tiendra.

Ces mots prononcés avec la chaleur d'une conviction profonde, d'une tendresse sans bornes, émurent généreusement le marquis, il sentit qu'un pareil rival, défendant si énergiquement la vertu de sa maîtresse, en faisant la plus belle fleur de sa couronne, ne l'entraînerait point au delà du devoir. Poussé par un mouvement irrésistible, il lui tendit la main.

— Je vous remercie, monsieur de Maulevrier, de défendre ainsi votre ancienne amie, j'en suis touché jusqu'au fond du cœur, c'est bien, c'est très-bien, et si j'avais eu le malheur d'oublier ce que je sais comme vous, vous me rappelleriez à moi-même, à la dignité de mes sentiments et des siens.

— J'étais là, monsieur, au moment où, je ne sais pour quelle cause, probablement une cause juste, vous avez envoyé à Satan ce qui lui appartenait, c'est dans mon bateau qu'on a déposé ce corps, véritable insigne de son âme. Je l'ai conduit, je l'ai déposé dans sa maison et je suis rentré au moulin sans qu'une pensée injurieuse à madame de Fouquerolles ait effleuré mon imagination. Je suis mille fois heureux d'apprendre que vous ne l'avez pas crue, même lorsqu'elle s'est accusée. Et maintenant, monsieur, puisque vous accueillez si bien mes paroles, vous m'enhardissez à vous en adresser d'autres, qui sont, je vous le répète, un testament de mort, daignerez-vous les entendre encore?

— Parlez, monsieur.

— Vous vivrez, vous! Vous vivrez longtemps, grâce à Dieu! c'est à vous que sera confié le bonheur d'Isabelle, de ma sœur, qu'elle vous soit toujours chère, qu'elle rencontre en vous l'ami, le guide, le protecteur qu'elle mérite. Elle vous aime, je le sais, elle doit vous aimer, elle vous aimera davantage encore. Oh! que cet amour trouve toujours votre cœur disposé à l'accueillir. Elle ne se plaindrait pas, voyez-vous, mais elle mourrait de chagrin, petit à petit, vous la verriez dépérir sous vos yeux et s'éteindre, sans qu'un reproche soit sorti de ses lèvres.

Le marquis retenait à grand'peine une larme.

— Pauvre Isabelle! murmura-t-il, elle nous perdra tous les deux!

— Non, non, vous lui resterez; non, vous serez pour
elle plus que tout ce qui lui a été enlevé, vous serez
son mari, son amant, son ami, tout ce qu'une créature
si adorable peut attendre d'un homme, tel que le marquis de Fouquerolles. Je meurs tranquille maintenant,
je ne laisse pas un regret derrière moi, le bon Dieu
peut me prendre.

Le marquis fut plusieurs fois sur le point d'avouer
à Jacques qu'il savait tout, de lui recommander à son
tour sa femme, qu'ils aimaient également, mais une
sorte de respect humain le retint.

— C'est ma femme après tout, et je ne puis convenir
qu'elle en aime un autre. Monsieur, reprit-il, quand il
eut assez rappelé ses esprits pour parler d'une manière assurée, monsieur, je suis bien aise de vous avoir
vu; je suis bien aise que vous soyez ce que vous êtes
et j'espère que ce n'est pas un péché de vous proposer
une chose. Nous sommes ici tous les deux en grand
danger, il se peut que nous mourions tous les deux,
il se peut qu'un de nous ne succombe pas. Tous les
deux, à des titres différents, tous les deux d'une manière différente, nous aimons la pauvre Isabelle, ju-
rons-nous donc ici que celui qui survivra à l'autre
mettra tous ses soins à la consoler, à la soutenir. Ju-
rons donc sur notre honneur que nous oublierons tout
ressentiment, tout soupçon, toute colère passée, pour
ne nous occuper que d'elle et de son bonheur. Le voulez-vous?

— Si je le veux! Ah! monsieur, c'est mon plus cher désir.

Leurs mains se croisèrent, leurs yeux se rencontrèrent, leurs cœurs loyaux et braves palpitèrent à l'unisson.

— Il comprendra que je la lui lègue, s'il me survit pensa M. de Fouquerolles.

— Il ne doutera plus d'elle, si je dois mourir, pensa Jacques.

— Dès demain elle sera instruite de ce pacte, monsieur, et j'espère que je vous reverrai quelquefois.

— Oui, jusqu'au moment!...

— Espérez mieux. Il peut arriver tant de choses en peu de jours !

Le geôlier, comme s'il eût deviné qu'ils n'avaient plus rien à se dire, vint chercher Jacques.

— A demain, monsieur le comte.

— A demain, monsieur le marquis.

— Ah! vous y prenez goût, poursuivit le cerbère, c'est bon à savoir, on vous le fera payer plus cher.

XLV

A MALIÈRES

Isabelle comptait les heures depuis le départ de son mari; elle ne se doutait pas que sa sœur se fût accu-

sée, surtout en présence de M. d'Oston. Par un accord
tacite, le vieillard et la comtesse ne l'instruisirent point.
Ils cherchèrent de vagues raisons pour la tranquilliser,
mais une peine secrète, dont elle n'eut osé avouer le
motif à personne la déchirait. Jacques! où était Jacques?
qu'en avaient-ils fait? s'était-il échappé? l'avait-on arrêté? avait-il pu se soustraire à son sort? cette inquiétude la dominait par-dessus toutes choses.

— S'ils le prennent, il est perdu; rien ne l'arrachera
à la mort. Et, si je montrais ce que j'éprouve en un pareil moment, mon père et ma sœur s'en affligeraient. Ah!
pour eux, taisons-nous et souffrons.

Trois jours se passèrent ainsi, trois mortels jours,
pendant lesquels le château, séjour ordinaire de la quié-
tude et de la gaieté, n'offrait que l'image du désespoir.
Les domestiques eux-mêmes participaient à la tristesse
de leurs maîtres. Le comte avait écrit; les nouvelles
n'étaient pas rassurantes; on les cachait à Isabelle, et
elle demandait sans cesse s'il n'y avait point de courrier, si l'on n'entendait pas parler des voyageurs.

— Que font-ils, mon père?

— Ils reviendront bientôt, ma fille.

— Ah! que Dieu les ramène, et qu'ils ne nous quittent
plus.

On envoyait chaque matin du château de Touffou
s'informer de leurs nouvelles; le jeune marquis s'était
présenté plusieurs fois, sans qu'on l'eût voulu recevoir.

— Non, non, disait Béatrix.

II.   11

— Pauvre enfant! lui, si bon, il paye pour les autres.
Il en est toujours ainsi dans la vie.

Enfin, une lettre de Poitiers arriva; cette lettre annoncée dans la prison à Jacques, et retardée par de minimes circonstances. Il est nécessaire que nous la citions, sinon entièrement, du moins dans ses passages les plus frappants.

« J'ai vu le comte de Maulevrier! Ne vous en tourmentez pas, ma bien-aimée; je l'ai vu, non pas en rival, non pas en ennemi, mais en homme qui vous aime de toutes les forces de son âme, et qui voudrait vous réunir le plus d'amis possible. Nous nous sommes rencontrés dans la même maison, et nous avons parlé de vous, chacun comme nous devions le faire. J'ai été parfaitement content de lui; c'est un homme de cœur et d'honneur, un homme digne d'être aimé. Je le lui ai dit, et il est bien certain, dans ma pensée, que, si Dieu me rappelait à lui avant vous, c'est entre de pareilles mains que je voudrais vous laisser. Je sais, je suis sûr que vous m'avez dit toute la vérité en ce qui concerne vos relations, je serais prêt à le jurer, à l'attester sur mon honneur, et je ne craindrais le démenti de personne.

» Soignez-vous, mon Isabelle, que je vous retrouve belle et fraîche. Vous êtes la joie de ma vie; je veux vous faire oublier à tout prix le chagrin que je vous cause; il faut que vous me pardonniez si vous désirez que je vive. »

Cette lettre calma tout à fait les inquiétudes de la marquise. Bien qu'elle ne comprît pas trop comment et pourquoi, Jacques était en sûreté, Jacques se montrait ouvertement. Peut-être avait-il obtenu sa grâce, peut-être le roi ou le cardinal avaient-ils commué sa peine. Elle demanda à sa sœur quelques renseignements à ce sujet, Béatrix n'en savait pas davantage, disait-elle, elle ne pouvait s'en rapporter qu'au marquis.

Pauvre Béatrix ! ses joues se flétrissaient, ses jours et ses nuits se passaient dans les larmes, elle ne recevait pas une ligne du comte, dans ses lettres à son père, il ne la nommait même pas, il évitait toute allusion à ce qui la concernait.

— Je l'ai mérité, je ne puis me plaindre ?

Tel était son refrain lorsque le vieillard cherchait à adoucir cette rigueur. Le repentir le plus sincère remplissait son âme. L'espèce de fascination diabolique qui l'entraînait vers le vicomte cessait depuis qu'elle ne le voyait plus, elle le trouvait tel qu'il était en effet, et ses remords en redoublaient. Ces deux jeunes femmes, qui s'aimaient depuis l'enfance d'une affection si immense, qui ne s'étaient jamais rien caché, se taisaient un secret et se ménageaient mutuellement; elles souriaient le cœur navré, elles attendaient et ne montraient point d'impatience. Ce supplice ne pouvait durer, une explosion devait y mettre fin.

Un soir, Isabelle, plus malade, se remit dans son lit de bonne heure, on attendait vainement des nouvelles,

même les nouvelles *corrigées* à l'usage de la malade,
rien n'était venu. Le bruit d'un carosse retentit dans
la cour. Les domestiques parlaient haut et ouvraient
les portes.

— Ce sont eux! dit Isabelle.

Béatrix n'eut pas la force de se lever, la présence de
son mari, jadis si désirée, la glaçait d'effroi. Une des
femmes de madame de Fouquerolles parut.

— Madame la marquise veut-elle recevoir une visite?

— A cette heure! et quelle visite?

— Madame la marquise de Sainte-Croix?

— Vous vous trompez, mademoiselle, la marquise
ne court pas les chemins à cette heure, elle qui sort à
peine en plein midi.

— C'est elle, cependant, et qui insiste pour parler à
madame sur-le-champ.

— C'est son petit-fils, c'est le marquis.

— Non, non, madame, je l'ai vue, c'est une vieille
dame, en coiffes noires, en masque et avec des cheveux
blancs comme neige, à travers tout cela.

— La marquise! répétait Isabelle, profondément étonnée. Que peut-elle me vouloir? Je ne l'ai aperçue qu'une
fois en ma vie.

— Décidez-vous, ma sœur, il est malhonnête de faire
attendre ainsi une femme de son âge. Et, puis, cela a
l'air bourgeois; on croirait que vous faites votre toilette pour la recevoir.

— Eh bien, qu'elle entre! et que nous sachions ce qu'elle désire.

La marquise fut introduite, toujours dans le même costume, toujours masquée et mystérieuse. Elle s'appuyait sur le bras d'une suivante, et semblait trouver difficilement sa route à travers les fauteuils et les meubles dont une chambre de malade est souvent encombrée.

— Je viens bien tard, madame, mais il fallait venir, dit-elle en entrant. Pardon de vous amener cette lourdaude, elle disparaîtra dès que je serai assise, mon petit-fils voulait prendre cet office, mais je l'ai remercié : il n'est pas convenable que j'aie l'air de le conduire chez vous.

Elle s'installa à son aise sur un siége, placé près du lit de la malade, et regardant Béatrix :

— Comment va-t-elle?

— Elle va mieux, madame, quoiquoi bien faible encore.

— N'importe; elle entendra ce que j'ai à lui dire. Le temps est trop précieux pour le perdre en soins et en drogueries, je lui apprendrai la vérité; il y va de votre destinée à tous.

— Grand Dieu! madame, expliquez-vous.

— Je ne me dérange point à cette heure de mon cabinet, cette heure la plus favorable pour mes études, sans de puissantes raisons. Je suis votre amie, bien que

vous ne vous en doutiez pas, et votre amie très-an-
cienne, très-dévouée.

— Vous, madame?

— Oui, moi! vous ne savez pas tout sur la pauvre
vieille femme. Mais ce n'est pas de moi qu'il s'agit. On
vous trompe, madame de Fouquerolles.

— On me trompe! et qui?

— Tout le monde. Pour vous éviter une douleur, on
vous expose à de plus grandes, on vous expose à ne
vous consoler jamais.

— Et pourquoi, madame?

— Pourquoi? Parce que votre mari va périr, parce
que Jacques de Maulevrier va périr aussi, et que vous
pouvez les sauver.

— Mais, madame, c'est vous qui vous trompez? Ils
sont libres! M. de Fouquerolles a écrit, ils se voient;
mon mari va revenir.

— Ils se voient : oui, en prison, où ils sont enfermés
ensemble. Votre mari va revenir : oui, si, après sa mort
on lui accorde la sépulture de ses ancêtres.

— Mon Dieu! Et vous dites que je puis les sauver?

— Vous le pouvez, vous le pouvez seule.

— Comment? dois-je encore aller mentir? m'accuser?
faut-il dire plus que je n'ai dit? je suis prête. Que le
ciel me donne seulement la force d'arriver jusque-là.

— Ce n'est point tout cela; votre antique nom ne doit
plus reparaître devant ces juges, à qui rien n'est sacré,
devant ces robes noires qui, sans en convenir jamais,

se réjouissent des malheurs arrivés à la noblesse, de sa dégradation, parce que la noblesse les écrase. — Vous arrêterez cette procédure.

— Et par quel moyen? par quel pouvoir?

— Celui qui les a sauvés, celui qui peut en France, et il faut se hâter, car bientôt il ne pourra plus rien.

— Le cardinal?

— Oui, le cardinal, qui, sur une lettre de vous, a abjuré sa vengeance, et qui, lorsque vous vous jetterez à ses genoux, l'abjurera de nouveau, je vous en réponds.

— Je vais partir, arriverai-je à temps?

— Oui, vous arriverez à temps, si vous partez demain matin à l'aurore, et si vous faites diligence. N'écoutez personne, ne consultez personne, si l'on cherche à vous arrêter; partez malgré tout, ayez confiance et vous réussirez.

— Madame, que de bontés! à quoi dois-je un intérêt si vif?

— A vos souffrances, à votre courage, à votre dévouement, au nom que vous portez aussi; depuis longtemps, bien avant votre naissance, je suis l'amie de votre famille. Vous m'avez oubliée! qui ne m'a pas oubliée en ce monde! voilà pourquoi je ne le vois plus.

— Comment arriver au cardinal, malade; vous venez de le dire? Sous quelles auspices?

— Sous les vôtres, et aussi un peu sous les miennes.

— Vous me recommanderez donc à Son Éminence par quelque lettre?

— Non, voici ce que je vous donnerai et cela sera suffisant.

Elle sortit de son sein un petit sachet noir, soigneusement fermé.

— Vous lui direz, en lui montrant ceci, que la personne qui vous l'a remis, et que je vous défends expressément de nommer, viendra près de lui quand il en aura besoin. Retenez mes paroles et vous serez bien reçue.

— J'obéirai donc, madame, car je ne puis croire que vous veuillez me tromper.

— Ce n'est pas tout, vous devez connaître parfaitement ce qui s'est passé ici, pour répondre à toutes choses, je vais vous en instruire.

— Rien ne vous est donc caché madame?

— Est-ce que je ne suis pas sorcière? répliqua-t-elle avec un sourire triste, est-ce que je ne lis pas dans l'avenir, demandez à votre sœur!

— Ah! c'est vrai, interrompit Béatrix, je l'avais oublié. « *Défiez-vous de l'ange et du démon!* » ce démon, cet homme, il va mourir, et il deviendra un démon tout à fait.

— Il ne mourra point.

— Qui l'a guéri?

— Moi!

— Vous, madame! et comment avez-vous dérobé au tombeau une si riche et si heureuse proie?

— Patience! patience! Dieu a ses desseins et je les sers. Il est guéri, mais il est guéri de façon à ce que ce remède soit pire que le mal. C'est lui qui a fait arrêter votre mari, par sa déposition.

— Je m'en doutais.

— C'est lui et sa noble mère, votre tante, qui ont médité et presque accompli ce nouveau meurtre, ce sont eux qui veulent tuer aussi Jacques de Maulevrier, et cela sans autre raison que la haine du méchant contre le bon.

— Quels infâmes!

— Ce vicomte de Cabines a mal parlé de vous, ma pauvre Béatrix, tout en justifiant votre sœur, apparemment parce qu'elle n'a rien fait pour lui, l'ingratitude de cette race masculine n'a point de bornes! Ils ont entraîné presque tout le parlement à l'abri de leur faveur près du cardinal, et votre intervention seule peut balancer leur pouvoir. Elle sera d'autant plus puissante, qu'elle ne sera pas contrecarrée par eux, ils ne quitteront pas le Poitou en ce moment.

— Qui vous l'a dit?

— Celui qui me dit tout et que vous n'avez nul besoin de connaître. Partez en secret, que chacun vous croie encore chez vous, sans cela vous serez devancée et votre voyage deviendra inutile.

— Mais, mon père, cependant...

— Votre père vous laissera partir, il connaît le danger, lui!

II.   11.

— Ma sœur...

— Votre sœur demeurera ici, vous irez seule.

— Seule? ah! madame, seule! j'ai peur.

— Vous avez peur lorsqu'il s'agit d'obtenir la vie de Jacques, celle de votre mari, toutes les deux risquées pour vous! ah! je ne vous reconnais pas là, Isabelle.

— Merci de me rappeler à moi-même madame ; j'irai.

— Maintenant donc, adieu. N'ayez ni craintes, ni hésitation, marchez avec confiance. Dieu vous protége, vous réussirez. Il est possible que vous me voyez avant de revenir. Peut-être irai-je où mon destin m'attire, peut-être la voix qui me commande m'aura-t-elle parlé d'ici là. Je le crois et j'attends.

— Et le marquis?

— Mon enfant! ah ! mon pauvre enfant, reprit-elle avec mélancolie, mon pauvre enfant, son sort est fixé, quoique je fasse! le malheur le suit. Il vous aime Béatrix, il a mis en vous toute la tendresse que Dieu a prêtée à son âme, qui doit bientôt remonter au ciel. Si vous étiez libre, si vous pouviez lui appartenir, je le sauverais peut-être. C'est une chimère que mon imagination me présente quelquefois, pour augmenter mes douleurs. Rien ne peut le conserver à ce monde, pour lequel il n'a pas été créé.

— Vous l'aimez bien, madame, et vous devez l'aimer!

— Oui, je l'aime, et il ne me rend point ce que je lui donne. Assez sur ce sujet, qui me ronge le cœur. Un dernier avis. Cette province est infestée de plusieurs partis protestans, derniers débris des défenseurs de la Rochelle; ils sont devenus féroces parce qu'on les a traqués; évitez-les. Ne voyagez qu'en compagnie et ne soyez pas la nuit sur les chemins. Ils auront bientôt une vengeance, celle à laquelle ils aspirent, mais cela ne vous concerne point, fuyez des gens au désespoir, ils ne font quartier à personne.

— Je m'en souviendrai.

— Ne perdez pas surtout le talisman que je vous ai donné, gardez-le sur vous, il vous préservera, car il agit avec intelligence, selon l'intention que j'y attache. Adieu, et pour cette fois, la dernière. Vous avez vu ce soir un vieux visage que vous ne connaissiez pas, vous avez entendu une voix qui fait trembler bien des consciences. Je ne suis pas aveugle pour tout le monde; il est vrai cependant que mes yeux, fatigués de travaux et de larmes, ne peuvent supporter la lumière et la fuyent. Maintenant, j'ai parlé vrai, je remets mon masque et je mentirai au monde, comme le monde m'a menti toute ma vie.

Cette femme extraordinaire se leva, s'approcha tout à fait du lit d'Isabelle et lui remit une petite fiole, contenant une liqueur rouge.

— Buvez-en un peu chaque matin et vous aurez promptement repris vos forces.

Puis, lisant la défiance dans les yeux de Béatrix et l'hésitation dans ceux de la marquise.

— Vous vous effrayez de mon remède, peureuses. Tenez, s'il doit être du poison, j'y serai prise la première.

Et versant un demi-verre de sa mixture dans un vase placé près d'Isabelle, elle l'avala tout d'un trait.

— Allons! ajouta-t-elle en riant, grâce à cette tasse de Jouvence, j'irai ce soir même lever l'appareil du vicomte, il se peut que la balle soit partie.

Madame de Sainte-Croix quitta la chambre, Béatrix l'accompagna jusqu'à son carrosse, digne du temps du roi Guillemot. Elle l'y vit monter et crier à son cocher de sa voix stridente.

— Chez le vicomte de Cabines, et ne me verses pas.

XLVI

LA CONTRE-PARTIE

Malgré les mauvais chemins et les difficultés de la route, la marquise arriva vers onze heures du soir à la maison de son malade; on était loin de l'attendre. Josseline et Ravière avaient soupé tête à tête, et se farcissaient l'imagination de projets presque inexécutables, et tous tendant au même but : la fortune et les honneurs. Ils entendirent le fracas de gens que la marquise menait toujours avec elle, et reconnurent son arrivée.

— Voici la vieille *médecine*, dit-elle d'un ton de mépris.

— Une *médecine* qui vous a rendu votre fils devrait être traitée par vous avec plus d'empressement et de distinction, madame.

— Elle m'ennuie!

— Il est certain qu'elle est ennuyeuse, mais elle pourra être utile plus tard; elle possède certains secrets...

— Vous vous effrayez de tout, Ravière.

— Et vous ne vous effrayez de rien?

— A vous deux vous feriez un homme sage, dit une voix retentissant tout à coup.

C'était la marquise; son aspect les interdit; ils craignaient d'avoir été entendus.

— Rassurez-vous, continua-t-elle en souriant, si vous dites du mal de moi, je n'ai pas besoin de l'entendre; je le sais déjà; d'ailleurs, j'en pense bien plus que vous n'en dites. Comment est notre malade?

— Il dort.

— Ah! tant mieux!

— Vous venez tard, madame la marquise.

— J'aurais dû ne venir que demain, mais je ne résiste pas au désir de lever cet appareil, l'heure est plus favorable.

— Allons donc! pourtant ce sera dommage de le réveiller.

— Il ne se réveillera point tant que je ne le permettrai pas, soyez tranquille. J'ai préparé le sommeil depuis plus d'une heure, il a dû commencer alors.

— Oui, à peu près.

— Je ne m'étais pas trompée; je me trompe rarement.

Ils entraient alors dans la chambre du vicomte, ils se turent unanimement; la marquise seule approcha du lit et fit signe à Ravière de sortir.

— Seule avec madame, toujours.

Dès qu'il eut fermé la porte, elle ôta son masque.

— Je ne puis opérer sans cela, mes pauvres yeux me refusent ce service; ils sont si vieux!

Elle commença alors à défaire les bandelettes qu'elle avait cousues autour du corps inanimé du vicomte; lorsqu'elle les eut coupées les unes après les autres, elle souleva d'un main tremblante l'appareil miraculeux. Ses doigts se promenèrent aussi doucement que possible sur la charpie et les compresses.

— Je la tiens! dit-elle avec une tranquillité parfaite; la voilà!

— Quoi! réellement, véritablement, voilà cette balle?

— Appelez tous les médecins de l'Europe, et dites-leur de la trouver dans la blessure; appelez tous les médecins du monde, et défiez-les d'en faire autant. Ce n'est pas un petit bonheur pour vous que de m'avoir trouvée en ce pays.

— Aussi, madame, notre reconnaissance...

— Et je n'en ai que faire! Vous chantiez l'autre jour d'un autre ton, lorsque j'ai eu le malheur de déchirer le rideau trop brusquement.

— Ah! ne parlons plus de cela, je vous en conjure, parlons du vicomte.

— A dater de demain, il entre en pleine convalescence. Avant un mois il sera libre de retourner à Paris.

— Pas plus tôt que cela? Il ne pourra pas faire un petit voyage, en litière même?

— Non.

— Et si c'est nécessaire?

— La nécessité attendra.

— Il sera vivement contrarié.

— Je le crois. Les juges comptent sur lui, et sa déposition est importante. Sur un mot de sa bouche, on enverra le voisin de l'autre côté.

— Ce n'est pas la question, madame.

— Vous oubliez toujours qu'on ne me cèle rien.

— C'est vrai! murmura-t-elle d'un ton d'impatience. A présent, que prescrivez-vous?

— D'abord, laissez-le dormir tant qu'il lui plaira, ce sera un repos profitable pour les sujets du roi et pour ce royaume.

— Ensuite?

— Demain il s'éveillera avec une faim à manger un bœuf; ne lui donnez que quelques cuillerées de bouillon, jusqu'à ce que vous le voyez tomber en faiblesse de besoin. C'est la fin de la crise.

— Après?

— Après vous m'enverrez un bulletin de son état, j'aviserai.

Madame de Sainte-Croix, qui connaissait cet homme et cette femme, qui savait de quoi ils étaient capables, se préparait chaque jour une nouvelle excuse pour surveiller son malade elle-même. Elle refusa de coucher chez le vicomte et demanda son carrosse, et retourna à Touffou, où ses occupations, dit-elle, la réclamaient.

— Surtout pas de voyages, pas d'occupations, pas d'ennui, soignez-le, ne le quittez pas, de là dépend son avenir, c'est-à-dire sa vie et sa santé. Vous savez à présent la chose aussi bien que moi, conduisez-vous en conséquence.

Ravière et la comtesse regardaient cette voiture qui s'éloignaient; ils restèrent debout sur le perron jusqu'à ce qu'elle ait disparu.

— Je donnerais bien des choses pour savoir quelle est cette femme, dit Josseline. Le soin avec lequel elle se cache de vous, tout en se montrant à moi, la manière dont elle reçoit les gens chez elle, cette voix qui n'a pas sa pareille au monde certainement, tout cela m'intrigue à un point inouï. Et vous?

— Moi, je ne me préoccupe guère, j'agis, je cherche à deviner.

— Et tout ce qu'elle m'a dit! Où a-t-elle appris ces choses secrètes? Serait-elle véritablement sorcière? Y aurait-il des êtres doués de ces facultés exceptionnelles, qui lisent dans la pensée, qui lisent dans l'avenir?

— Quant à cela, j'en suis sûr. Une autre femme m'a

déjà révélé des faits tout aussi étrange, une créature mystérieuse; mais elle ne ressemblait point à celle-ci, elle était moins grande, plus jeune; elle avait la démarche vive et hardie d'un lansquenet en goguette. Elle m'a tellement étonné, stupéfié, que je me suis jeté hors de chez elle, à travers la pluie et l'orage. Le vicomte a pu vous raconter cette scène-là.

— Mais comment a-t-elle pu apprendre que Giorgio?...

— Il faut que le diable le lui ait soufflé.

— Et l'enfant?

— Tout cela vient de la même source. A propos d'enfant, comment faire pour le procès? Le vicomte ne peut s'y rendre.

— J'irai.

— Cela ne sera pas la même chose.

— Non, à l'audience, où son témoignage est indispensable; mais dans le cabinet des juges, je ferai mieux que Cabines.

— Vous ne retournerez pas de sitôt à Paris.

— Hélas! non, et pourtant!...

— Le cardinal va mieux.

— Sans doute, autrement rien ne me retiendrait. Il y a le domaine de Saulieu... Si le marquis est condamné et il faudra qu'il le soit, on aura bon marché des petites-filles.

— Le vicomte a déclaré qu'il n'était point l'amant de l'aînée.

— Il a écrit à monsieur le procureur général la lettre que celui-ci lui a dictée, c'est-à-dire m'a dictée pour lui. Il jure positivement qu'il a été assassiné de sang-froid, avec préméditation, par M. de Fouquerolles, parce qu'il était aimé de sa belle-sœur. C'était une vengeance exécutée pour son frère. M. d'Oston était complice, il écartait les curieux pendant ce temps en les retenant au salon. Vous paraîtrez à propos.

— Cela ne me plaît guère, on m'accusera d'oublier les *bienfaits* de cette famille. Ils n'ont que cela à la bouche, les bienfaits! comme si je n'en avais pas rendu autant qu'on en a donné, en consentant à m'ennuyer quarante ans en leur compagnie. Isabelle, quel rôle lui fait-on jouer? Est-il question de Maulevrier?

— Pas du tout. Isabelle est une sainte, une idole. Il ne faut pas tout accuser, on ne nous croirait point. C'est sur elle que se reporte l'intérêt. Elle s'est dévouée pour son mari, qui l'a souffert, qui a préféré son honneur à sa vie. Un gentilhomme de ce rang! Il serait acquitté, que cette tache lui resterait toujours. Nous avons eu le bonheur de trouver un procureur-général à peindre, qui a tout pris, tout accepté avec reconnaissance, en criant à l'infamie, à la noirceur. Nous l'eussions payé bien fort pour jouer ce rôle-là qu'il n'y eût pas aussi bien réussi. Ces *compères* innocents sont ce qu'il y a de mieux en intrigues, croyez-moi. Un honnête homme convaincu vaut dix coquins jouant la comédie.

— De sorte que le résultat de ceci...

— Le résultat de ceci est facile à prévoir pour moi. D'abord je me venge de ma chère famille, qui m'a repoussée par trois fois, lorsque je lui ai fait l'honneur de m'humilier devant elle. Je me venge de ces Fouquerolles, principales causes de l'obscurité où je vis; c'est le père de ce jeune insensé qui m'a forcée de m'enterrer chez moi sous peine du couvent le plus humble. Je me venge de mes nièces, que je hais, parce qu'elles se donnent les airs d'être jeunes et belles quand je ne le suis plus. Et la fin de l'œuvre se devine aussi. Le marquis mort sur l'échafaud, Jacques mort sur l'échafaud, du caractère où elle est, Isabelle entrera en religion, vous le verrez. Béatrix déshonorée, rejetée par son mari, n'aura d'autre refuge que d'accompagner sa sœur, sa seule parente, sa seule amie; de cette manière, on ne me disputera plus la terre, avec un peu d'aide, et le cardinal est là, je la reprendrai pour fort peu de chose; je la donne au vicomte, le titre de marquis de Saulieu est ressuscité pour lui, je vis, je meurs tranquille et vengée. Qu'en dites-vous?

— Je dis que c'est superbe; mais que je ne vendrai pas mon papier, pensa-t-il.

— Quant à vous, mon cher Ravière, vous savez que vous aurez toujours votre place au coin du feu et à table, que votre pension vous sera conservée, et que vous resterez le plus précieux de nos amis.

— Je l'espère bien. Sans cela....

— Ah! cher Ravière, vous ne m'effrayez pas. Ce que vous savez, je le sais comme vous, et si vous parliez, je parlerais en même temps. Dieu! quel affreux bavardage cela ferait!

— Vous voulez rire, chère cousine.

Il prit sa main, qu'il baisa.

— Ah! cette main est toujours belle!

— Et toujours sûre de son coup. Ses griffes sont longues, je vous en réponds.

— Vous partirez pour Poitiers?

— Lorsque ce cher enfant, là-haut, sera remis en santé; je ne le quitterai point sans être tranquille.

XLVII

E VOYAGE

Aussitôt que madame de Sainte-Croix les eut quittées, les deux sœurs firent prier M. de Fouquerolles de vouloir bien se rendre près d'elles. Il arriva sur-le-champ. A l'aspect de leurs yeux rouges, de leurs visages tristes, il leur demanda si elles avaient reçu quelques mauvaises nouvelles.

— Les plus mauvaises de toutes, monsieur; mon mari sera condamné, Jacques va périr. Tout cela vous le saviez, et on me l'avait caché, à moi.

— Qui vous l'a dit?

— Une personne qui ne trompe point, qui m'a en même temps donné le remède, que j'emploierai si vous y consentez.

— Quel est ce remède?

— Celui qui m'a déjà réussi une première fois, une requête au cardinal.

— C'est bien difficile, répondit-il en secouant la tête, car il y a récidive. D'ailleurs, arrivera-t-elle à temps?

— Certes. Le procès n'est pas commencé, et puis, je compte faire davantage encore, je la porterai moi-même.

— Vous! mon enfant. Je vous accompagnerai, alors.

— Non, j'irai seule, j'irai sans que nul puisse rien soupçonner; autrement nous avons des ennemis puissants, je serais prévenue, et mon voyage deviendrait inutile.

— Qui vous a donné de semblables idées, ma fille? qui vous a si bien instruite? Cette madame de Sainte-Croix, qui sort d'ici?

— Elle-même, et elle sait tout.

M. de Fourquerolles sourit d'un air d'incrédulité.

— C'est une folle!

— Folle ou non, monsieur, je suis décidée à lui obéir. C'est peut-être la seule voie ouverte pour réussir, je me reprocherais toute ma vie de n'avoir pas essayé.

— Votre sœur au moins vous suivra,

— Non, ma sœur doit rester, pour faire croire à ma présence. Je serai malade, dans mon lit, hors d'état de me lever, nul ne me verra. Je partirai avant le jour, avec ma première femme, sur laquelle je puis compter, je ferai diligence, et dans une semaine j'aurai supplié le cardinal.

— Et votre santé, ma fille?

— Dieu m'aidera, mon père! Donnez-moi de l'argent, beaucoup d'argent; il faut en semer pour réussir. Je vendrai Saulieu, s'il est nécessaire, afin que ce calice s'éloigne de nous.

M. de Fouquerolles éleva encore nombre de difficultés, elle les leva l'une après l'autre, elle se montra résolue, courageuse, et jura devant Dieu de tout faire pour sauver son mari.

— Soyez tranquille, monsieur, je suis jeune, mais je suis forte, mais je veux fortement, et avec la volonté on arrive au but.

Les préparatifs du départ se firent avec une célérité incroyable, et sans qu'Isabelle s'en mêlât; elle dormit quelques bonnes heures, s'éveilla restaurée avant l'aurore, s'habilla à la hâte dans ses vêtements les plus simples, et, après avoir tendrement embrassé son père et sa sœur, elle partit à pied, pour gagner Chauvigny, où elle se disposait à prendre une chaise, afin de ne pas attirer l'attention. Joséphine, sa femme de chambre, se chargea des préparatifs, elle ne parut point, nul ne la reconnut, avant six heures du matin elle était en route, lorsque chacun la croyait bien endormie dans son lit.

— Merci, mon Dieu! dit-elle, c'est de bon augure, l'entreprise commence bien.

Elle suivit de point en point les instructions de la marquise, elle marcha à journées forcées, s'arrêtant dans les grandes villes et dans les hôtelleries les moins en évidence, évitant de faire connaître même le nom d'emprunt qu'elle avait pris, se tenant, autant que possible, sur la réserve. Elle arriva le huitième jour, sans accident et sans encombre. Elle descendit à une auberge inconnue, et, dès le lendemain, commença à s'ingénier pour obtenir une audience du cardinal; elle craignait de compromettre le succès de sa cause en la divulguant.

Les renseignements n'étaient point satisfaisants. Son Éminence, extrêmement malade, ne recevait personne, excepté les dignitaires de l'État et les gens qui ayant affaire à lui en ce qui concernait le roi ou son gouvernement. Ceci ne découragea pas la pauvre solliciteuse. Le hasard la mit à même, d'ailleurs, d'arriver à son but plus facilement qu'elle ne l'avait pensé. Le fils de son hôtesse connaissait Bernin, lui avait rendu quelques services, et en obtenait facilement de petites faveurs. Il s'offrit à parler pour elle; dans ce cas, Bernin était une puissance.

La marquise voulut le voir, elle voulut lui parler elle-même; son hôte la conduisit au Palais-Cardinal et l'introduisit dans l'appartement particulier du valet de chambre, après lui en avoir demandé la permission toutefois.

Combien elle tremblait! car de là peut-être dépendait la réussite. Bernin daigna la recevoir gracieusement. Il s'informa de son nom, de sa position, de ce qu'elle désirait.

— Monseigneur le cardinal est bien malade, madame, je ne sais s'il sera possible de lui en parler; mais dites toujours, j'essaierai.

— Monsieur, je ne dois révéler tout ceci qu'à monseigneur le cardinal lui-même.

— Alors, madame, n'en parlons plus, monseigneur ne vous recevra pas si je ne lui dis d'avance ce qui pourra l'y décider.

— Il s'agit de la vie ou de la mort, monsieur.

— Eh! madame, cela nous arrive sans cesse, et nous n'en finirions pas si nous nous arrêtions à ces bagatelles.

— Mon Dieu! il y a donc bien des bourreaux en France!

— Et bien des coupables!

Le jeune homme comprit qu'il la gênait, il fit un geste pour se retirer.

— Vous avez raison, monsieur, laissez-nous, j'aurai plus de courage pour parler à M. Bernin.

Lorsqu'ils furent seuls :

— Eh bien, madame, mes moments sont comptés. J'écoute.

— Monsieur Bernin, on ne vous a pas dit mon véritable nom.

— Je m'en doute, madame.

— Je suis la marquise de Fouquerolles, et j'ai déjà
obtenu une faveur de Son Éminence.

Bernin s'inclina.

— Je sais.... Je me souviens. Monseigneur ne l'aura
pas oublié. Et il s'agit, dites-vous?...

— Il s'agit de la vie de mon mari, monsieur Bernin.

— C'est grave, c'est grave sans doute. Vous voulez
demander sa grâce?

— Non pas sa grâce, il n'est pas condamné, mais il
ne faut pas que le procès ait lieu.

— Hélas! madame, Son Éminence n'arrêtera pas le
cours de la justice. Est-ce un crime de haute trahison?

— Non, non, monsieur Bernin, c'est une affaire pri-
vée, un malheureux coup de pistolet.

— Un duel?

— Non!

— Tant mieux, on est inexorable sur les duels. Si le
mort est de peu d'importance, peut-être...

— Le mort est guéri et n'en mourra pas.

— Tant mieux encore. Comment s'appelle-t-il?

— Le vicomte de Cabines.

— Le vicomte de Cabines, madame; pensez-vous à ce
que vous dites?

II.   12

— Oui, monsieur, et je ne dis que la vérité.

Bernin resta quelques minutes sans répondre.

— Il se pourrait, reprit-il enfin entre ses dents, que justement à cause de cela... Attendez ici un instant, madame, Son Éminence doit être seule, s'il est possible de vous introduire, vous la verrez tout de suite. Vous m'intéressez beaucoup par votre âge et votre pâleur, et puis je veux être agréable à votre guide il m'a rendu service, c'est une manière de m'acquitter.

Isabelle attendit, et attendit longtemps même, si longtemps qu'elle crut être oubliée. Elle passa ainsi par toutes les périodes de ce supplice affreux qu'on nomme l'incertitude. Enfin la porte s'ouvrit, Bernin lui fit signe.

— Venez vite, vite, madame, monseigneur le cardinal peut vous donner un quart d'heure.

Isabelle ne se le fit pas répéter, elle suivit le valet de chambre, il la guida vers les couloirs intérieurs et l'introduisit par cette même porte secrète où nous avons rencontré Josseline et Ryna. Le cardinal, étendu sur un lit de repos, toujours revêtu de son habit de pourpre, conservait jusqu'à la fin, malgré ses souffrances, le décorum de son rang. Son visage pâle, hâve, semblait plus pâle encore sous le reflet rouge de sa robe; on eût dit un spectre revenant se parer des hochets de sa vie. Son œil seul, brillant d'un éclat fiévreux, étincelait encore au milieu de la mort qui l'envahissait peu à peu; il le leva et le fixa sur la marquise pendant qu'elle lui faisait ses révérences, et, satisfait sans doute de son examen, il lui fit un geste d'encouragement.

— Vous êtes bien madame de Fouquerolles, la petite-fille de madame de Saulieu, n'est-ce pas?

— Oui, monseigneur.

— Je vous ai accordé une chose dangereuse, j'ai eu tort, ce qui se passe me le prouve. M. de Maulevrier a rompu son ban, et votre mari a blessé à mort un des sujets les plus dévoués de Sa Majesté, le vicomte de Ca-bines.

— Non pas à mort, monseigneur; il est sauvé.

— En êtes-vous sûre?

— Positivement.

— Ah! ah! la chose est différente. Vous venez ici sans doute avec la résolution de m'éclairer pour faire grâce ou justice?

— Oui, oh! oui, monseigneur.

— Vous m'intéressez, et votre vue me rappelle ma jeunesse; j'ai connu votre famille, votre beau-père; j'ai passé de beaux jours dans votre pays. Si près du départ, on aime à se reporter en imagination vers l'arrivée. Je vous écouterai donc, et avec prévention même. Soyez franche, dites tout, ne me cachez rien, et ne me faites pas un long récit, je le retiendrai mieux.

Madame de Fouquerolles prit courage en voyant le ministre si bien disposé; il lui avait fait donner un siége, elle avait peine à se soutenir. Néanmoins, elle lui raconta, avec conscience et clarté, ce qui s'était passé à Malières. Elle se confessa au prêtre enfin, le repentir dans le cœur et les larmes dans les yeux. Le cardinal l'écouta sans l'interrompre.

— Voilà, jeunes femmes, où mènent vos légèretés ; vous devriez y penser d'avance et ne pas nous laisser des fautes si graves à réparer trop tard. Vous êtes coupable, votre sœur est coupable : toutes vous avez des torts, et ces torts sont à vous, solidairement et en particulier. Je ne sais ce que je pourrai faire.

— Monseigneur, songez-y bien : si ce misérable procès a lieu, ma sœur et moi nous sommes perdues : les vieux noms de Saulieu et de Fouquerolles seront déshonorés ; mon mari... je ne puis y songer sans frémir, mon mari...

— Je verrai... je comprends tout cela ; j'en parlerai au roi.

— Et... et M. de Maulevrier... monseigneur?...

— M. de Maulevrier a mérité la mort et doit s'y soumettre, madame.

— Monseigneur...

— Puisqu'il vous aimait assez pour rompre son ban et risquer sa vie, il devait savoir que je la prendrais, moi qu'il offensait, moi qui lui avais déjà fait grâce, et dont il avait méconnu la bonté. Ne m'en parlez pas ; pour lui il n'y a rien à dire, rien à entendre.

Madame de Fouquerolles avait trop d'esprit pour ne

pas reconnaître une décision prise, et pour insister davantage.

— Il mourra donc pour moi? dit-elle.

— Il mourra pour vous sans doute, comme Chalais mourut pour madame de Chevreuse, comme d'autres jeunes fous, en ce siècle et par mon ordre, sont morts pour avoir servi des femmes aux dépens de la royauté. La royauté, cette arche sainte à laquelle nul ne doit mettre la main, et à laquelle nul ne touchera, tant que je vivrai du moins. Ils ont porté la peine de leurs folies, Maulevrier la subira comme eux...

Il y eut quelques instants de silence. La marquise attendait son congé; Richelieu lui fit de la tête un salut plein de promesses, et lui dit :

— Nous nous reverrons, madame, ne parlez pas.

La malheureuse femme, accablée sous le poids de sa douleur, avait à peine la force de se lever, elle s'y décidait cependant, lorsque, comme un rayon d'en haut, le souvenir de la marquise de Sainte-Croix lui arriva.

— Ah! pardon, monseigneur, je dois remettre à Votre Éminence un petit paquet dont je suis chargée pour elle.

— Un paquet pour moi! De la part de qui?

— Je l'ignore, il m'a été confié par une personne qui m'a prié de dire à Son Éminence qu'elle la verrait le jour où elle aurait besoin d'elle.

Le cardinal ouvrit le sachet et n'y trouva qu'une carte, un neuf de pique, absolument semblable à celui

II.   12.

qu'il avait reçu déjà d'une manière si étrange. Il devint pâle et se tut.

— Vous connaissez la main qui m'adresse ceci, madame ?

— Non, monseigneur.

— Vous devez la connaître, vous dis-je.

— J'ignorais même ce que ce paquet pouvait contenir.

— Peut-être, mais vous savez qui vous l'a donné, et il faut que vous me le disiez.

— Monseigneur, je serai franche, ainsi que je l'ai été tout à l'heure, je le sais certainement, mais j'ai juré sur l'honneur de ne point le révéler à Votre Éminence.

— Je vous remercie de votre confiance, cependant elle ne vous exemptera pas de parler. Je veux que vous parliez.

— Et moi, monseigneur, je ne veux pas me parjurer, je ne veux pas trahir la personne généreuse à laquelle je dois avoir le bonheur de vous avoir vu. J'ignore pour quelle raison vous désirez la connaître, peut-être est-ce pour la punir, peut-être avez-vous aussi une vengeance à exercer contre elle, je ne la livrerai pas.

— Bien ! bon et noble caractère ! Fidèle à sa parole en dépit de tout, et auquel on peut se fier. Je ne veux aucun mal à cette femme, car c'est une femme, je le sais ; seulement j'ai besoin de la voir, de la voir promptement, de l'appeler tout auprès de moi.

— Elle viendra, monseigneur, comptez sur elle, elle viendra, je vous l'ai dit.

— Elle me devinera donc ?

— Sans doute. Ne devine-t-elle pas toutes choses?

— C'est elle ! dit-il avec une mouvement de joie. Oh qu'elle vienne ! qu'elle vienne ! je n'ai pas longtemps à rester sur la terre, j'ai soif de la revoir. Elle a assez souffert !

Ce mouvement de sensibilité dans un homme accusé de tant d'arrêts de mort étonna singulièrement la marquise. Elle n'en pouvait croire ses oreilles, et il lui vint l'inspiration d'en profiter, sûre de ne pas être démentie par la marquise.

— Monseigneur, cette personne, dont le souvenir vous frappe si vivement, elle aime... elle s'intéresse à Jacques de Maulevrier.

Le cardinal sourit finement.

— Je comprends, madame. Me parlez-vous de sa part? Êtes-vous autorisée à me demander en son nom ce que vous sollicitez au vôtre? Répondez-moi aussi franchement que tout à l'heure, ne songez pas à me tromper, je le saurais et vous seriez cruellement punie...

— Je ne vous trompe point, monseigneur. C'est elle qui m'a envoyée vers vous, elle m'a assuré que je réussirais. Elle m'a donné cette carte, comme un talisman, et m'a fait jurer que son nom ne sortirait point de mes lèvres.

— Eh bien, reprit le ministre après un instant de réflexion, je veux faire quelque chose pour elle et pour vous. Je vous accorderai une des deux vies, une seulement ; c'est à vous de choisir. Souvenez-vous que ce choix sera irrévocable et que rien ne me fera changer.

— Ah ! monseigneur, vous ne serez point assez barbare pour me mettre à une pareille épreuve ; vous ne condamnerez point une pauvre femme à choisir entre deux malheurs, aussi horribles l'un que l'autre, à prononcer la mort de son époux ou de celui qui lui a dû l'être ! Non, non, je ne le ferai jamais, j'aime mieux mourir.

— Encore un coup, madame, choisissez, vous êtes maîtresse, je vous en donne ma foi de chrétien !

— Mon Dieu ! mon Dieu ! suis-je donc encore forcée d'obéir ? cette terrible épreuve ne peut-elle s'éloigner de moi ? N'aurez-vous point pitié ?...

— J'attends, madame.

Madame de Fouquerolles se jeta aux genoux du cardinal, elle étouffait.

— Monseigneur, vous êtes prêtre, vous pouvez recevoir ma confession, je vous la ferai, et je vous prie de demander pardon à Dieu pour moi. Dès que j'aurai prononcé la terrible parole que vous exigez, je me brise la tête par cette fenêtre !...

Elle montrait une grande croisée ouverte au premier étage, sur le jardin du palais.

— Vous ne commettrez pas ce crime, madame, car vous êtes chrétienne, vous allez m'obéir.

Elle se recueillit un instant encore, la tête cachée dans ses mains, sanglotant à fendre le cœur.

— Ne croyez pas que j'hésite un instant, monseigneur, ne croyez pas que mon amour l'emporte sur ce que je dois à l'homme généreux dont je porte le nom, mais songez à l'effort terrible qu'il me faudra faire pour prononcer la mort de Jacques ; songez que je vais être son bourreau, et je vous l'ai dit, monseigneur, je n'y survivrai pas. Donnez-moi la vie du marquis de Fouquerolles, et prenez en échange la mienne et celle de M. de Maulevrier.

— Je vous les donne toutes les deux, madame, votre vertu les a rachetées. J'ai voulu savoir jusqu'où iraient les forces de votre cœur ; pardonnez-le-moi, c'est une épreuve barbare peut-être, elle était nécessaire. Je sais maintenant combien vous méritez ma clémence, je sais que vous êtes une honnête et noble femme, qui ne me fera plus repentir de l'avoir sauvée.

— Ah ! monseigneur !

Le passage subit de l'excès du désespoir à l'excès de la joie lui ôta l'usage de ses sens, elle retomba inanimée sur son fauteuil. Le cardinal n'appela personne ; expert dans les péripéties du cœur, il savait que cette syncope ne serait pas de longue durée ; en effet, elle revint à elle peu après.

— Maintenant que vous êtes contente, vous ferez bien quelque chose pour moi, n'est-ce pas?

— Ah! monseigneur, ma vie entière...

— Je ne vous demande pas tant. Puisque vous savez où est celle qui m'a donné cette carte, écrivez-lui de suite de ma part; dites-lui que ma fin approche et que je voudrais la revoir avant ce moment que j'appelle de tous mes vœux; dites-lui que Richelieu, si dur, si cruel, si calomnié peut-être, s'est laissé toucher par vos larmes; dites-lui, et pensez vous-même, qu'en dehors de la grande œuvre qui m'a toujours conduit, je ne verserais pas une goutte de sang inutile. Je vais mourir, je n'ai pas un remords, les fantômes de mes victimes ne tourmentent pas mes nuits, je les regarderai sans crainte lorsque nous nous retrouverons là-bas, car je viendrai armé de ma volonté, car je montrerai ce que cette volonté a produit, et Dieu tendra la main vers moi et il me dira: « Tu es un bon ouvrier, tu as soutenu la gloire de mon image sur la terre. J'ai voulu qu'il y eût des rois, que ces rois commandassent à leurs sujets et que les sujets obéissent, comme moi je commande au monde et comme le monde m'obéit. Tous ceux qui résistent à ma puissance suprême, je les brise, ceux qui résistent à la puissance des rois doivent être brisés. » Dites-lui cela pour moi, madame, qu'elle me sauve des influences mauvaises dont mon lit de mort s'entourera; dites-lui que je veux fermer mes yeux auprès d'elle, et que veux sa prière pour moi. Allez! nous serons quittes.

— Monseigneur, par quelles expressions pourrai-je?.....

— Aucunes. Votre tranquillité, votre bonheur... Je n'ai pas l'habitude des émotions douces, le manœuvre de la Providence a dû endormir son cœur, mais s'il s'est endormi, il n'est pas mort. Soyez heureuse, soyez sage et bénissez Dieu, il vous a bien protégée.

Isabelle se leva, fit une révérence sans étiquette, son regard l'expliquait de reste, et après avoir baisé l'anneau pastoral de Son Éminence, elle sortit de son appartement.

XLVIII

LE RETOUR

Madame de Fouquerolles confia le même jour à la marquise ce qui s'était passé, sa joie, son triomphe, ce que le cardinal l'avait chargé de lui dire; comme quoi elle n'avait point parlé de la comtesse, afin de n'avoir pas l'air instruite des événements passés.

« J'ai fait de mon mieux, madame, j'ai réussi et c'est à vous que je dois. Ce matin, M. le cardinal a envoyé chez moi son valet de chambre pour me rassurer encore sur les influences contraires et pour me prier de hâter la lettre que je vous enverrais. Je vous ai rapporté ses propres paroles, à vous de voir si la personne qu'il demande peut arriver. L'ordre d'élargissement de M. de Fouquerolles et de l'autre prisonnier est parti ce matin. »

Une fois sûre de ce qu'elle désirait, Isabelle n'avait plus besoin de rester à Paris, il lui tardait de revoir sa sœur et son père, d'assister à l'arrivée de son mari, de rentrer dans sa vie tranquille et d'oublier le monde, dont les échos ne lui apportaient que des regrets. Elle se remit donc en route comme elle était venue, décidée à tenir secret son voyage, à taire aux amis comme aux ennemis l'audience qu'elle avait obtenue. Elle remonta dans sa chaise avec Joséphine, l'esprit libre, le cœur dégagé, bien que triste encore, et arriva comme était partie, à pied, pendant la nuit, au château de Malières, dont le marquis et Béatrix lui ouvrirent l'entrée. Après les premiers embrassements, il fallut tout raconter, il fallut répéter jusqu'à la dernière parole de Son Éminence, et ne pas omettre un regard. Ensuite elle interrogea à son tour. La marquise de Sainte-Croix était-elle partie ?

— On ne le croyait pas.

— La comtesse Josseline et le vicomte ?

— Ils étaient à Poitiers et ne se doutaient de rien, le vicomte s'y était fait transporter.

— On ne parlait dans toute la province que du procès, chacun se passionnait pour ou contre, on débitait les mensonges les plus absurdes, qui, à force d'extravagances, préparaient la saine opinion publique en leur faveur.

Tout allait pour le mieux enfin.

— Le ciel en soit loué ! dit la jeune femme. Maintenant, je réclame un peu de repos, et je demande à pouvoir être malade à mon aise.

On la laissa libre de se coucher, elle dormit pour la première fois, depuis ces tristes événements. Elle repassa son imagination sur des images consolantes et effaça dans son cœur les regrets.

Isabelle et M. de Fouquerolles espéraient le même jour l'annonce de l'arrivée du marquis, le courrier expédié exprès avait dû lui faire rendre sa liberté. Richelieu n'obligeait pas à demi : les grands génies sont ainsi, ou ils descendent jusqu'aux petites choses, ou ils dédaignent même les grandes.

Le lendemain elle ne voulut pas reparaître. Une lettre de son mari devait venir, peut-être son mari lui-même. Les événements qui venaient de s'enchaîner dans leur vie, l'avaient attachée à lui d'une manière bien plus tendre qu'elle ne l'eût cru possible. Ce que l'on craint de perdre nous devient plus cher.

Béatrix, revenue de toutes légèretés, de tout égarement d'esprit, jurait de réparer ses fautes et de vivre d'une façon exemplaire. Tout présageait à ces quatre jeunes cœurs un bonheur qu'ils n'avaient pas connu encore.

— Jacques partira, disait Isabelle, je ne le reverrai plus et je l'oublierai.

— Croyez-vous que vous l'oublierez, ma sœur ?

— Oui, j'en ai la confiance, Dieu me fera cette grâce. Ou plutôt je ne l'oublierai pas, je l'aimerai autrement, je l'aimerai comme un frère, comme un ami, qui sera aussi celui de mon époux, car ils se voient, vous le savez. Mon Dieu! ma mère! qui êtes dans le ciel près de lui, permettrez-vous que nous soyons enfin heureux!...

Hélas! où est le bonheur en ce monde? Lorsqu'on croit le tenir il nous échappe, lorsqu'on croit en suivre la route, on s'aperçoit qu'elle mène au précipice.

Le jour même du retour de la marquise, M. de Ravière arriva. Sa présence n'était point désirée; souvent, pendant ce voyage secret, il avait embarrassé la bonne foi et la loyauté du vieillard. Ses questions réitérées, questions dont le but n'était que trop visible, inspiraient à ces âmes droites une crainte qu'elles dissimulaient à peine. Il avait conçu quelques soupçons; du moins, la fréquence et la spontanéité de ses visites le faisaient supposer. Son premier mot était pour madame de Fouquerolles; il recevait toujours la même réponse :

— Elle est hors d'état de voir personne.

Ce jour-là, il se présenta plus tôt que de coutume. Il s'empressa, comme à l'ordinaire, au sujet d'Isabelle, et M. de Fouquerolles put forcer sa physionomie à mentir.

— Elle ne se lève pas, et personne n'entre chez elle.

— Je vous trouve bien triste, bien chagrin; ne savez-vous donc pas la nouvelle?

— Non.

— J'arrive pour vous l'apprendre, supposant que vos

amis de Paris n'ont point eu le temps de le faire, et voulant être le premier à vous complimenter...

— Qu'y a-t-il donc encore?

— M. de Fouquerolles doit être mis en liberté à l'heure qu'il est, le tribunal a rendu une ordonnance de non-lieu, on a fait des fêtes de joie, hier, devant le palais de justice, votre famille est si aimée! enfin M. votre fils sera sans doute ici demain matin.

— *Nunc dimittis!...* s'écria le vieillard.

— Merci à Dieu! répliqua Béatrix.

— Et voilà toute votre joie! des lambeaux de psaumes, des prières!...

— Que voulez-vous de plus, monsieur? Remercier celui qui nous sauve, n'est-ce pas notre premier devoir?

— Et cette pauvre marquise, n'allez-vous pas lui annoncer cette heureuse nouvelle? Ne vous hâtez-vous pas, comtesse?

— Non, monsieur, ma sœur a failli mourir de chagrin et je n'ai pas envie de la tuer de joie. Il faudra la prévenir doucement.

— Voulez-vous que je m'en charge?

— Vous! et pourquoi nous ôter ce bonheur?

— Pour le hâter, elle l'attend sans doute?

— Non, monsieur, elle attend, sans désirer être instruite, car elle n'attend que le malheur.

— Je vous en supplie! permettez-moi de la voir...

— Cela ne se peut.

— Vraiment?

— Absolument.

— Eh bien, je m'en doutais.

— Pourquoi?

— Parce qu'elle n'est pas ici.

— Isabelle n'est pas ici, la pauvre enfant!

— Non, quelqu'un l'a rencontrée à Paris, et c'est elle qui a obtenu la grâce, que dis-je? la grâce! les grâces, car M. de Maulevrier est libre aussi. Libre sans conditions, sans exil, par un effet de la clémence du roi. Je ne sais comment la comtesse Josseline n'est pas morte de ces deux coups.

— Si vous voulez voir ma sœur, monsieur, et comme je tiens à vous convaincre, vous pouvez me suivre. Son visage vous en dira plus que mes paroles.

Ravière ne voulut pas pousser plus loin l'épreuve, il demanda pardon de sa curiosité, la rejeta sur une plaisanterie; mais en passant devant la chambre d'Isabelle, dont la porte était entr'ouverte à demi, il n'en jeta pas moins un coup d'œil investigateur au fond de l'alcôve. La tête pâle de la marquise lui apparût comme une vision funèbre sur son oreiller de batiste.

— Ah! la pauvre femme! pensa-t-il, ce n'est pas elle qu'il faut accuser, elle n'aurait pas eu la force d'aller seulement jusqu'au bout de la cour. Qui donc alors?

Lorsque les grâces arrivèrent à Poitiers la veille de ce jour, le vicomte, encore sur son lit de souffrance, bien qu'il eût voulu être transporté près des juges, la comtesse et Ravière s'occupaient à examiner un Mémoire, soumis aux juges et distribué dans le public. Jamais la calomnie ne distilla un fiel plus perfide et plus élégant. Le vicomte l'avait dicté tout entier, on y reconnaissait son esprit incisif, son talent de style et surtout le tour particulier qu'il donnait aux meilleures choses pour les transformer totalement.

— Je suis enchantée de cette pièce, dit Josseline, à eux tous je les défie de répondre à cela!

— Ils n'y essayeront point tant les arguments sont renversés d'avance, je me fais une arme de leur bouclier. Ah! mon Dieu! que je souffre!

— Toujours, vicomte.

— Des tortures. Mais parlons de l'essentiel. Vous avez vu le président, les conseillers?

— J'ai tout vu, jusqu'aux assesseurs. J'ai fait sonner le nom du cardinal comme la cloche à la prière. Ils m'ont compris, et je me crois sûre du succès.

— Dieu soit loué, madame! donnez-moi donc un miroir.

— Pourquoi faire?

— Je veux me voir, je dois être affreux, si la peau de mon visage ressemble à celle de mes mains.

— Avez-vous besoin d'être beau?

— J'en *aurais* besoin, si cela se pouvait, moi plus qu'un autre. Cependant si cela est impossible...

— Vous serez magnifique lorsque vous aurez le titre et le château de Saulieu, vous trouverez des femmes par centaines.

Un domestique entra et vint remettre à la comtesse un grand paquet cacheté, de la part de M. le premier président. Un courrier venant de Paris l'apportait à l'instant même.

— Le sceau du cardinal! et par estafette, encore. Qu'y a-t-il de si pressant?

Elle se hâta de rompre le sceau et de briser le fil.

— C'est de l'écriture de Son Éminence.

A mesure qu'elle avançait dans sa lecture, son visage pâlissait, ses traits prenaient une expression de rage féroce; elle frappa du poing fortement sur la table.

— Ah! dit-elle, je me vengerai.

— Qu'est-ce donc, madame? demanda le vicomte, qui souffrait mille douleurs et qui ne voulait pas le montrer. Qu'est-ce donc?

— Ni plus, ni moins, qu'une ordonnance de non-lieu signée du cardinal, pour le procès de Fouquerolles, et l'ordre d'élargir le comte de Maulevrier, sans autre explication que sa parole de ne plus conspirer contre l'État.

— Mon Dieu!

— Ce n'est pas tout; il s'y joint une petite lettre adressée à la comtesse Josseline de Saulieu, *notre amie*, dont je désire vous faire la lecture.

— Nous écoutons, madame.

« Comtesse Josseline, nous vous regardons comme notre amie la plus fidèle et dévouée, et il nous en coûte beaucoup de vous annoncer, par cette lettre, que nous serons encore privé du bonheur de votre présence, pendant six mois; l'air de Poitiers vous est parfaitement convenable; cependant celui des environs, même les plus proches, est entièrement défendu à votre santé. Nous espérons que vous vous conformerez à nos conseils sans nous donner la peine de les répéter d'une manière moins agréable, et bien douloureuse pour nous, qui serions forcé de l'employer.

» Sur ce, comtesse Josseline, vous connaissez tous les sentiments que nous vous portons.

« RICHELIEU.

» Si le comte de Cabines se trouve auprès de vous, qu'il use de la même ordonnance; s'il se trouve loin, faites la lui parvenir. »

Une stupeur complète suivit cette lecture. Ravière avança la main pour voir ce parchemin sacré.

— Lisez vous-même, si vous ne me croyez pas.

— Nous sommes perdus à notre tour, exilés, ruinés; il ne me reste qu'à me faire soldat ou garde-chasse, et vous, madame, à vous faire tourière d'un couvent.

— Mais qui donc a pu, en si peu de temps...

— Il ne faut qu'une nuit de réflexion, un confesseur maussade, que sais-je?

— Ravière, ce n'est pas le moment de plaisanter;

vous feriez mieux de chercher avec moi la cause de ce funeste événement et le remède à y apporter.

— La cause ! c'est un caprice, dirigé par quelqu'un ; ce quelqu'un, quel est-il ? Voilà ce qu'il faut apprendre à tout prix. Cette fois-ci ce n'est plus un jeu d'enfant, c'est un obstacle sérieux à briser. Il y a guerre à mort, sans quartier ni merci ; le plus fort dévorera l'autre. Quant au remède, c'est une autre question, plus compliquée encore, et plus essentielle en ce moment.

— Cet acte inique ne s'accomplira pas.

— Inique ! je le crois bien ! Deux hommes qu'on délivre, deux orphelins qu'on protége ; si le ministre se mêle des œuvres pies, il faudrait envoyer les capucins à la caserne.

— Ce paquet est-il le seul arrivé de la cour ?

— Pourquoi cette question ?

— La réponse tranchera le nœud gordien, continua le vicomte ; s'il n'y en a pas de double, nous n'avons qu'à brûler celui-ci, et les choses reprennent leur cours.

— Oui, sans doute. . mais s'il en vient après ?

— On leur fera le même tour de gibecière jusqu'à ce que vous ayez vu le cardinal et qu'il se soit expliqué avec vous.

— Je sais d'avance son explication. Il n'en donnera pas et dira : Je le veux ! Si vous saviez combien il est secret !

— Alors, je ne vois plus...

— Laissez! je saurai peut-être.

— Ravière, si vous nous tirez de ce gouffre, vous êtes un habile homme.

— En doutez-vous?

— J'en douterai moins après l'entrevue accomplie.

— D'abord j'irai demain visiter le camp ennemi, c'est de bonne guerre, on démasque ses batteries.

— Vous vous rendrez suspect.

— Jamais! Ces gens-là sont trop droits pour supposer qu'on les trompe.

Ils restèrent toute la nuit ensemble, à comploter, à se désespérer, à passer en revue toutes les pièces de leur imagination. Rien ne pouvait se décider avant le retour de l'espion, il y eut trêve jusque-là.

— Ou je me trompe, où la marquise de Sainte-Croix est pour beaucoup dans cette aventure...

— Vous cherchiez bien loin ce qui vous touche. Isabelle a tout fait; elle n'est point malade, elle n'est point dans son appartement : elle est à Paris, aux genoux de Son Éminence, qu'elle assiége de placets.

— Quelle folie!

— Ce n'est point une folie, c'est malheureusement une vérité. Je l'ai vue, moi, dans un moment difficile, je sais combien elle est irrésistible. Le cardinal s'affaiblit, il n'avait pas son Égérie, son énergique soutien; il a succombé.

— Combien vous vous trompez sur cet homme, vi-

II.   13.

comte ! Vous croyez qu'il a un cœur ! Vous croyez
qu'on le touche! On le convainct quelquefois, lorsque
la facette de son esprit, qui se trouve en face de vous,
reflète votre pensée: il s'en empare et il la déclare vraie;
Son intelligence est sujette au mirage, il adopte ce qu'il
rêve, et il l'oublie avec la même facilité.

— Je le sais.

— Il a en ce moment un autre joujou, et il m'oublie;
il me redoute, je le gêne. Il n'ose pas tout à fait se débarrasser de moi, parce qu'il craint ma mémoire; mais
s'il pouvait me faire taire aussi facilement que sa conscience, quelle joie ! et comme depuis longtemps je serais loin de lui !... Eh bien, malgré son ordre, malgré
grilles et verrous, je partirai! Nous verrons s'il me résistera en face.

— Vous n'arriverez point.

— J'arriverai; j'arriverai aussi bien que vous. Je puis
voir les pieuses dames comme il le fait souvent, et
m'introduire par elles. Inutile de me donner des instructions, je sais mieux que vous ce que tous ces jou-
joux catholiques rapportent, et la manière de s'en débarrasser heureusement.

— Mon Dieu ! que je souffre! interrompit le vicomte;
il est impossible que je n'en meure pas.

— Non, merbleu ! et mille fois non! Nous laisserons-
nous jouer par des imbéciles? J'irai à Malières demain,
j'irai à Touffou, j'irai partout où je pourrai obtenir la
vérité, et je vous la rapporte. Allons à nos affaires au-

jourd'hui, et tachez de ne plus vous souvenir de ce qui vous tourmente avant d'y porter remède ; c'est le meilleur secret de la philosophie.

XLIX

LE LIMIER

Ravière, par ambition, par avarice, par amour-propre, avait banni jusqu'au moindre sentiment d'honneur. Il se vendait avec un cynisme qui faisait souvent rougir de l'acheter. En cette circonstance, il servait Josseline par amour du mal et par vengeance ; mais en se rendant de Poitiers à Mallières, il se prit à penser que si les cousines étaient réellement aussi en faveur qu'elles semblaient l'être, son intérêt exigeait qu'il adoptât leur cause, et qu'il abandonnât Josseline à son malheureux sort.

— Il y a aussi cette marquise de Sainte-Croix et tous ses millions. Voilà où il faudrait arriver, et le chemin en est peut-être plus facile que je ne crois. Nous allons voir.

Il fit sa visite à Mallières, ainsi que nous l'avons décrite ; il se crut certain de l'innocence d'Isabelle ; il interrogea, il chercha, et ne put rien découvrir. Aussitôt après le dîner, le lendemain, il prétexta la nécessité d'une visite à Touffou, et demanda la permission de la faire; elle lui fut accordée à l'unanimité.

— Ma grand'mère aimait cet homme, dit Béatrix, après qu'il fût parti; je ne sais comment elle pouvait avoir confiance en sa face hypocrite, je suis sûre qu'il l'a bien trompée.

Ravière arriva à Touffou, et demanda la marquise.

— Partie, monsieur.

— C'est elle, pensa-t-il. Partie! et pour quel pays?

— Pour l'Italie.

— Et quand revient-elle?

— Dans deux mois.

— Depuis combien de temps est-elle partie?

— Depuis hier.

— Monsieur, si vous demandez de plus amples renseignements sur ma grand'mère, dit le marquis paraissant tout à coup, ils sont à votre disposition.

Ravière s'inclina jusqu'à terre, fit des excuses, assura qu'il n'était ni curieux ni indiscret, mais bien empressé de savoir quand il pourrait présenter ses devoirs à madame la marquise, ainsi que les remercîments de madame de Saulieu et du vicomte.

— Je viens de leur part, ajouta-t-il.

— Oui, je m'en doute bien.

— Si je le faisais causer! Il ne doit pas se méfier, et s'il sait quelque chose, je l'aurai bientôt appris.

Il commença donc à établir le pauvre jeune homme sur une sorte de sellette morale, à lui tirer ses pensées et ses paroles une par une, avec une adresse digne d'un diplomate. Le marquis, heureusement, avait été prévenu, et se tenait sur ses gardes. Il éluda, il répondit par énigmes, et lorsque son adversaire crut l'avoir acculé près de la difficulté dernière, il en reçut pour réponse, une question sur le temps de la veille.

— Ah! ah! dit-il, le marmouset est plus solide qu'il n'en a l'air.

Il ne voulut pas être en reste, et, pour lui répondre en même monnaie, il lui demanda avec le plus grand sang-froid s'il était très-sûr qu'Henri IV fût mort.

— Hélas! monsieur, je n'en puis douter, en voyant ce qui se passe ; il ne l'eût certainement pas souffert.

— Je vous croyais ami de M. le cardinal, monsieur?

— A pendre et à dépendre.

— Cependant...

— Cependant, vous supposez que j'en dis du mal et que je blâme ses œuvres. Non, monsieur, mais je puis bien avoir une opinion en dehors de mon attachement. Cette opinion, je l'ai, je la conserve, et rien ne m'en fera dévier jusqu'à ce que j'aie cessé de la croire juste.

— Il serait indiscret de vous demander laquelle?

— Ce ne serait peut-être pas indiscret, mais ce serait inutile, je ne la dirai point.

— Ne trouvez-vous pas, monsieur, que c'est pourtant là une belle action qu'a faite Son Éminence, de sauver la famille de Fouquerolle ?

— Son Éminence est très-capable d'en faire de pareilles, monsieur ; il en a plus d'une dans son histoire ; mais, vous le savez, le bien se passe volontiers sous silence.

— Et ce pauvre M. de Maulevrier, le voilà forcé de devenir cardinaliste.

— Ou du moins de ne plus être l'ennemi de celui qui l'a délivré ; pour un cœur reconnaissant, ce n'est pas une grande tâche.

— Je voudrais savoir ce que va dire Monsieur de tout ceci, il ne s'en est pas mêlé. Voilà le premier de ses amis qui se sauve, et ce n'est certainement pas par son intervention.

— Monsieur est fort à plaindre ; point de mire de tous les partis, dans l'attente probable d'une régence où il aura un grand rôle à jouer, il est espionné même de ses serviteurs les plus intimes, il est vendu, acheté, trahi vingt fois par heure. Malheureusement la versatilité de son caractère donne beau jeu à ceux qui lui nuisent. Il est vrai aussi que cette même versatilité met souvent en déroute les plans de ses adversaires. Tout est pour le mieux.

— En vérité, monsieur, vous raisonnez admirablement pour votre âge ; on dirait que vous connaissez la cour.

— J'en entends parler, et cela suffit.

— Cela ne suffit pas à tout le monde. Où diable l'ai-je

vu? se demanda-t-il, ou quelle tête de ressemblance a-t-il?

Après trois heures passées en conversation de ce genre, M. de Ravière se retira aussi avancé qu'auparavant.

— Le petit drôle! il est gardé partout. C'est égal! l'aïeule est partie, et ce pourrait bien être elle...

Il en conclut de ne se brouiller avec personne, d'adopter purement la défensive, de ne pas trop s'avancer dans la voie de la comtesse, afin de reculer au besoin et de mesurer ses pas avec circonspection. Il y avait dans la nature de cet homme la flexibilité et la bassesse du reptile. Il savait se redresser, ou passer inaperçu mieux qu'aucun des courtisans les plus déliés. Il trompa quarante années la marquise de Saulieu, qui avait en lui toute confiance, et qu'il abusait sans cesse par des confidences imaginaires, dans lesquelles il se donnait pour le champion de sa cause chérie. Il voilait sous le prétexte de son zèle à la défendre, ces courses interminables que nécessitait son métier d'espion, ou ses débauches. Madame de Saulieu lui confiait tout, et il abusait de tout. Jamais elle ne soupçonna la part active qu'il avait eue à l'enlèvement de sa fille, jamais elle ne se douta un instant des crimes dont Ravière et elle s'étaient rendus coupables; et elle en serait morte de honte et de désespoir.

En quittant Touffou, il retourna à Malières pour y étudier encore les visages. Il ne put rien lire sur ces

figures calmes et honnêtes; elles étaient heureuses,
mais de ce bonheur que voile encore un reflet de douleur. Nulle pensée d'intrigue, nulle arrière-pensée ne
s'y laissait deviner. Les jeunes femmes attendaient
leurs maris, le vieillard attendait ses fils, ils se réjouis-
saient de cette réunion. Isabelle donnait un regret à
celui qu'elle ne devait plus revoir, Béatrix pleurait
amèrement la faute qui la déshéritait momentanément
du cœur de son époux. M. de Fouquerolles bénissait
Dieu.

— Allons! ceux-ci seront heureux, et ils auront la
terre sans que je m'en mêle. Décidément la fortune de
Josseline baisse, son étoile pâlit; je ne me hâterai pas
de partir, elle peut m'attendre; et si pendant ce temps
le cardinal vient à mourir, tout sera dit pour elle
et pour son fils; je ne donnerais pas d'eux un fétu de
paille.

Un jour se passa sans nouvelles, le lendemain de
même, le jour suivant la même chose. On commença à
être inquiet à Malières. Pourquoi n'écrivaient-ils pas
au moins, si des formalités indispensables les arrêtaient
encore? Ravière offrit d'aller aux nouvelles, on l'accepta
avec reconnaissance, il fut comblé de bénédictions et
de prières. Bien que les jeunes filles ne l'eussent jamais
aimé, elles se laissèrent aller à leur inquiétude en cette
circonstance, et il leur parut un sauveur.

— Cela va bien, se dit-il en montant à cheval, manière de voyager habituelle à tous les hommes de ce

temps; me voici le messager des deux partis. Je suis parfaitement certain d'être bien informé, j'agirai en conséquence.

L

LE DIABLE NE LACHE PAS SA PROIE

Les choses ne se passaient pas à Poitiers aussi facilement qu'on aurait dû s'y attendre. L'ordre donné de relâcher les prisonniers trouva plus d'une contradiction. Une fois que la justice a mis sa griffe quelque part, elle y tient et ne s'amuse pas à abandonner ses victimes. La comtesse remua ciel et terre pour allumer ce feu, déjà tout prêt à flamber.

— Il n'est pas possible que cela soit. M. le cardinal a été induit en erreur; j'ai reçu, moi, des lettres toutes contraires; attendez une seconde signification, je me fais fort de l'obtenir conforme à la justice. Rendre à la liberté ces deux hommes, ce serait encourager le meurtre et le crime de haute trahison.

Les juges hésitaient, l'intendant, consulté, n'hésitait pas : il fallait obéir. Dans tout ce conflit, et, pour plus de sûreté, on avait mis les prisonniers au secret le plus absolu. Le compâtissant geôlier ne pouvait exercer son petit commerce, ce dont il maugréait fort. Ils ignoraient donc la nouvelle favorable et se croyaient, au

contraire, bien près d'un dénoûment fâcheux, en face
de cette sévérité redoublée. Ils avaient la permission
d'écrire, mais non pas de dissimuler leurs lettres et
encore moins de les envoyer. Le pauvre Jacques, surtout s'abandonnait parfois à la désolation. Il attirait sur
sa bien-aimée des malheurs incalculables; s'il fût resté
en exil, elle eût vécu tranquille, sinon heureuse, elle
l'aurait oublié peut-être.

— Ah! oui, qu'elle m'oublie, car je suis seul l'obstacle à son repos. Maintenant, Dieu m'en est témoin,
si je pouvais donner ma vie pour celle de son mari, et
les laisser ensemble, avec un avenir calme à jamais,
je m'estimerais plus heureux que je ne l'ai été de tout
autre bonheur. Pauvre, pauvre Isabelle !... Ah! nous
avons déjà bien souffert, et le ciel nous doit la paix
enfin !....

Le comte d'Oston faisait rage des difficultés appor-
tées à la libération de son frère, et d'être privé de leurs
entretiens journaliers.

Il apprit par une voie sûre le Mémoire diffamant que
l'on se proposait de lancer contre eux; bouillant de
colère, il ne voulait cependant s'engager dans aucune
démarche, sans en avoir d'abord conféré avec M. de
Fouquerolles; il le respectait en qualité d'aîné, ce qui
fera sourire la génération présente, mais qui n'en était
pas moins alors un principe sacré et respecté de tous.
Ce droit d'aînesse, tant attaqué, est néanmoins la con-
servation des familles et des fortunes. Depuis qu'il est

hors de nos lois, nous voyons tomber une à une les grandes maisons et nous les voyons se disperser, nous voyons se perdre l'union des frères et sœurs, nous voyons anéantir le respect du nom, dont chacun était solidaire.

Autrefois, le père, le chef ne mourait jamais : il était représenté par cet aîné, auquel les biens appartenaient, avec l'obligation de les transmettre à la génération suivante, et d'aider ses frères, s'ils en avaient besoin. Sa maison, sa table, étaient la leur ; il était tenu et forcé même, par l'opinion publique, de les soutenir, de les protéger, de les appuyer envers et contre tous. Si un membre de la famille, si un homme ou une femme de leur nom tombait ou devenait malheureux, sa famille entière s'interposait pour lui, vingt signatures étaient à sa disposition et le tiraient d'une position mauvaise. Le tronc existait toujours, les branches s'y rattachaient.

Aujourd'hui, à la mort du père, chacun tire de son côté, les arrière-cousins se seront généralement étrangers. On pense à soi et à ses enfants, on ne se soucie pas du reste. Si le nom est souillé, tant pis pour celui qui le souille. Si un individu est malheureux : il a mangé ou il a perdu sa part, je garde la mienne. Avec quoi, en effet, le nourrirait-on ? Le luxe augmente à mesure que la richesse diminue. Dans cinquante ans, il ne pourra plus y avoir un château en France, comment l'habiter ? comment l'entretenir ? L'aisance est plus

générale, mais il arrivera un moment où à force de
s'étendre elle n'existera plus. On ne trouvera plus de
quoi payer les peintres, les sculpteurs, les artistes, et
les arts tomberont en décadence. Cette sage loi du droit
d'aînesse, qui ressemble à une injustice, lorsqu'on ne
l'approfondit pas, et qui a ses abus comme toute chose,
cette loi donc n'existait que pour les classes privilé-
giées, que pour celles chargées de conserver, comme
un palladium, la richesse de la patrie et sa splendeur.
La prospérité de l'Angleterre résistant à tous les orages,
grâce au boulevart sacré de son aristocratie, est le
meilleur argument en faveur de ce que j'avance. Tant
qu'on ne touchera pas au majorat, tant qu'on ne dé-
truira pas le rocher sur lequel repose l'État tout entier,
les flots pourront le battre en vain et les tempêtes l'as-
saillir, il restera inébranlable.

Voilà une digression bien longue peut-être et bien
antipathique aux idées du jours. Mais les excursions
habituelles dans les siècles passés amènent les compa-
raisons et le désir de les discuter. Chaque jour la dé-
mocratie cherche à dépouiller le passé de son prisme
et de ses souvenirs, on nous répète à satiété que nos
pères, que les héros dont la France s'honore, ne furent
que des barbares et des imbéciles, que nous n'avons
commencé à exister que depuis 89, la terreur comprise, bien entendu, et les horreurs de 93 devenues un
mal nécessaire. Il doit donc être permis aussi à l'écri-
vain, dont les convictions sont arriérées, je ne le con-

teste pas, mais sont au moins sincères, de les défendre et de les expliquer, lorsque l'occasion s'en présente. L'autorité, l'autorité concentrée entre les mains d'un seul, dans la famille comme dans l'État, c'est l'unique principe qui puisse régir le monde. Si les hommes étaient parfaits, l'on pourrait songer peut-être à un autre mode de gouvernement; malheureusement ils ne le sont point, et, sans cette autorité unique et concentrée en une seule personne, chacun de nous a été à même de voir ce que la France peut espérer de bonheur.

Ces indécisions du sort des prisonniers devaient avoir un terme, néanmoins, il était impossible de méconnaître plus longtemps les ordres de Son Éminence, et, le bruit de la disgrâce de la comtesse ayant éclaté, les magistrats n'hésitèrent plus. Il faut rendre justice à l'esprit parlementaire, il était généralement d'une grande légalité et d'une grande indépendance. La crainte d'avoir été trompé, lorsque le crime paraissait évident, puisqu'il était avoué des criminels eux-mêmes, pouvait seule empêcher la fin de cette procédure, ou plutôt sa nullité. Mais en cela était la difficulté principale. Cet ordre de suspendre une instruction dont il s'était emparé semblait au parlement de Poitiers un acte d'arbitraire auquel il lui répugnait de se soumettre. Le roi même n'en avait pas le droit.

Josseline fit habilement valoir les raisons, elle les répéta avec son adresse ordinaire aux conseillers in-

fluents, elle en bourra toutes les têtes et les excita à
la résistance.

— Cela ne peut être ainsi, messieurs, leur disait-elle;
c'est un abus de pouvoir; le cardinal vous fait une in-
sulte sanglante !...

Un des avocats généraux, homme de beaucoup d'esprit, mais turbulent, se mit en cervelle de l'empêcher.

— Ne cédons pas, messieurs, continuons notre instruction et envoyons nos remontrances au roi, on en
a fait pour des sujets moindres. La magistrature tout
entière est humiliée en nous.

— Oui, ne cédons point, c'est vrai! répétèrent plusieurs voix.

La résistance prit feu comme une traînée de poudre;
en quelques heures le parlement tout entier fut convaincu et les remontrances décidées. L'usage des remontrances, dont le parlement de Paris usait à son
aise, n'était guère habituel à ceux de province, cependant ils le prenaient quelquefois. Ces graves perru-
ques s'échauffaient toujours par vanité, signe distinc-
tif des parlementaires, et aussi en haine de la noblesse
d'épée, qui les payait de la même monnaie, malgré les
fréquentes alliances existant entre eux.

Le vicomte et son illustre mère ne se sentaient pas
d'aise, ils employaient tous les moyens imaginables,
en attendant Ravière avec impatience. Selon ses nouvelles, on partirait ou on agirait.

— Je suis cloué sur ce lit par cette ridicule blessure,

comme une poupée, disait-il, sans cela j'irais droit au
cardinal, il me doit une récompense, en outre des liens
qui nous attachent. Je l'ai servi, et je l'ai servi en dépit
de tout. Je me suis fait espion pour lui; je lui ai découvert les mille intrigues dont ses rivaux l'entouraient. Grâce à moi, il connaît Ravière, il sait quelle
confiance il peut lui accorder; grâce à moi, il connaît
la contre-police organisée chez Monsieur par Puylau-
rens, et il a pu acheter celui-ci à un prix raisonnable.
Je me suis fait le complice et le délateur de son pouvoir. Je n'assurerai pas que ce fût précisément par tendresse ; l'intérêt me guidait d'abord; mais cet intérêt
vaut sa récompense, et j'espère qu'on me la donnera,
morbleu! ou je vends la mèche au parti opposé.

— Mon fils, on ne dit pas ces choses-là.

— Ma mère, j'ai une façon contraire aux autres, je
ne cache rien, j'affiche; on croit que je mens, car personne n'a le courage de sa conduite, et on me juge tout
à l'opposé du vrai. Croyez-moi, c'est la plus sûre finesse.

Un pareil cacul dans un jeune homme de vingt ans
promettait un bel avenir.

En ce moment-là même Ravière parut. On l'accabla
de questions, auxquelles il répondit toujours par le
même mot :

— Rien !

— Quoi! vous n'avez rien appris!

— Non.

— Vous ignorez d'où vient le coup?

— Absolument.

— La marquise n'a rien laissé percer, ni l'étourdie Béatrix?

— Pas la moindre chose.

— Ah! si je m'en étais doutée, je serais partie depuis longtemps. Réparons au moins le temps perdu : mettous-nous en chemin.

— Ma mère... je vous suivrai bientôt, dès que mes forces seront un peu revenues et malgré cette douleur qui ne me quitte point.

— Moi, madame je vous accompagne.

— Comment, Ravière? vous abandonnez le champ de bataille?

— Le principal théâtre est au Palais-Cardinal; d'ailleurs, il peut se faire que vous ayez besoin d'un ami.

— Venez donc, puisque vous le voulez, vous me divertirez par la route.

Le lendemain, en effet, ils montèrent en carrosse, se proposant d'avancer à marche forcée, car il était essentiel d'arriver.

— Tout dépendra du premier coup d'œil, dit la marquise, si Armand ne me chasse pas sur-le-champ, j'ai ville gagnée!...

LI

GIORGIO

Il est un personnage de notre histoire qui n'a paru qu'une fois sur la scène et dont le rôle néanmoins est important pour tous nos personnages, sinon dans le présent, au moins dans le passé et dans l'avenir. Le lecteur se rappelle sans doute le vieillard que nous avons vu dans la cabane de Ryna, cet homme vigoureux aux muscles d'acier ne cédant à aucune surprise, à aucune crainte. Le moment est venu pour nous de le retrouver et de ne plus guère le perdre de vue jusqu'à la fin de notre récit. Cet ancien ami de Ryna, dont la vie avait été traversée par tant de douleurs et tant d'événements, se trouvait mêlé à toutes les intrigues de l'époque, moins par intérêt ou par ambition que pour y chercher une vengeance qu'il ne cessait pas de poursuivre. Entièrement lié, en apparence, avec M. de Fontrailles, il l'avait poussé et secondé dans la fameuse affaire des mulets, à laquelle il ne put assister, une nécéssité impérieuse le retenant alors au Poitou, où il organisait une bande, malgré le sort fatal de M. de Montmorency. Ryna lui servait souvent d'intermédiaire; avec l'adresse qui la caractérisait, et surtout la faculté étrange dont elle était douée, elle se trompait rarement.

II.   14

Cet homme était huguenot; il avait pris part à toutes les conspirations ourdies contre le cardinal, il en inventait et en préparait souvent de nouvelles qui échouaient, parce que tout le monde n'avait pas le même courage et la même haine que lui contre cet homme, auquel il cherchait partout des ennemis; il en eût fait surgir de la terre même, s'il n'en eût pas rencontré ailleurs.

Nous le retrouvons à peu près à l'époque où nous sommes parvenus, au milieu d'une forêt, sur la route de Lyon à Paris. Le cardinal venait d'y rentrer après son voyage du Roussillon, triomphant de la mort de l'infortuné Cinq-Mars et de M. de Thou. C'était juste en ce moment qu'Isabelle l'avait revu mourant au Palais-Cardinal. Giorgio fit partie de cette conspiration, cette fois, comme les autres, il échappa aux recherches. Établi avec trois hommes dévoués, dans une chaumière de bûcheron, la rage dans le cœur, ils avaient tendu une embuscade à leur ennemi sur le chemin, et, par suite de sa prudence habituelle, ils ne purent l'atteindre.

— L'étoile de cet homme est plus forte que tout, disait un des conjurés, nous ne le vaincrons pas, il y faut renoncer. Ah! si Ryna vivait encore!

— Ryna ne peut pas être morte, répondit un autre, Ryna ne mourra jamais, elle me l'a dit, elle est dans quelque coin de la terre, et plût à Dieu que nous sachions lequel!

— Ryna n'est plus au monde, poursuivit Giorgio, nous avons perdu une bonne amie et un puissant secours, mais que voulez-vous? Malgré toute sa science, elle n'était point immortelle. La douleur l'a tuée, la perte de ce pauvre enfant, si traîtreusement assassiné; tout cela se paiera.

— Je commence à croire que non.

— Si, si, cela se paiera, le compte est ouvert, la balance est pleine et la noble Ryna sera vengée. Je l'aimais tendrement, comme une sœur. Cependant je lui reprochais ses irrésolutions perpétuelles, quelquefois elle était plus ardente que moi à la vengeance, en d'autres moments, arrêtée par d'anciens souvenirs, son cœur se reprenait à la tendresse, à la pitié, que de fois elle m'a gêné! Nous eussions réussi depuis longtemps sans elle et ses prophéties, qui lui tournaient la tête. C'est qu'elle y croyait!

— Et moi aussi, j'y croyais, répliqua le premier homme qui avait parlé, un gentilhomme poitevin, nommé de Mulot.

— Ah! oui, je me souviens, vous veniez à sa maison de bois au bord de la Vive, étudier avec elle.

— Avant qu'on ne m'eût pris ma maison à moi, par un arrêt inique, sous prétexte de ma religion, avant que j'en fusse réduit à chercher un abri dans les forêts, à me faire vagabond, à abandonner ma famille, que je ne pouvais pas nourrir.

— Et vous en avez rapporté ce roquet d'Asmodée, à

moitié sorcier, qui nous suit comme s'il avait vingt
jambes à son service.

— Pauvre bête, répliqua Mulot, en caressant notre
ancienne connaissance, Asmodée, gravement assis sur
ses pattes de derrière, pauvre bête ! Sa maîtresse l'avait
abandonné et moi je l'ai pris, c'est un ami fidèle, pour
lequel j'aurai toujours un morceau de pain.

— Ah ! çà, maintenant qu'allons-nous faire ? Le tigre
est dans son antre et n'en sortira plus. Il a peu de
temps à vivre, mais quelque peu que ce soit, il a toujours la griffe assez longue pour nous atteindre. Rentrer
dans le monde est impossible, nous n'y avons plus de
place. Où aller, car il faut vivre. Quelle est votre opinion ?

— La mienne est que nous nous séparions et que
nous tâchions de nous tirer d'affaire, chacun pour
notre compte.

— La mienne est fort opposée, reprit Mulot, et si
vous voulez m'en croire, il nous reste un moyen de re-
devenir puissants.

— Lequel ?

— Il existe en Aunis, en Poitou et dans tout ce côté
de la France, des bandes de bons garçons religionnaires,
comme nous, qui font respecter les grands chemins du
roi, qui ont maille à partir avec les archers et qui se
font craindre à vingt lieues à la ronde. Leurs retraites
sont inaccessibles, nous y serions bien reçus et nous
pourrions y donner de la besogne au Richelieu sur son
lit de mort.

— Fi donc! de conspirateurs devenir voleurs de route! s'écria Giorgio.

— Ne te révolte pas, Giorgio, c'est à peu près le même métier, c'est une confusion du tien et du mien, dans les deux cas; si tu le veux, avec ton esprit entreprenant, tu auras bientôt là un royaume et tu deviendras formidable.

— Eh! c'est à considérer!

— Ils te prendront pour chef, tu les conduiras comme ils ne l'ont jamais été et tu t'établiras leur maître, je connais ces gens-là. Ce ne sont ni des fanatiques, ni des enragés, ils cherchent à reprendre ce qu'on leur a pris, et n'est-ce pas bien juste?

— Qu'en dites-vous, vous autres?

— Si Mulot ne se trompe point, c'est le meilleur parti à prendre, dans tous les cas, allons-y voir, on ne nous retiendra pas de force.

— Allons-y voir.

— C'est chose convenue, nous nous mettrons en route à l'aurore, d'ici là dormons. Notre camarade Asmodée est le meilleur factionnaire que nous puissions avoir, il ne nous laissera pas surprendre. A demain, messieurs, et soyons forts et préparés à tout. J'ai bon espoir, nous ne pouvons pas périr ainsi, ou Dieu ne serait pas juste.

Un quart d'heure après on n'entendait plus dans la chaumière que les ronflements sonores des dormeurs, et les sifflements du vent dans les branches. Le silence

II.   14.

de la nature et le silence des passions de l'homme, en-
dormis pendant ces quelques heures, s'harmonisaient
ensemble. Giorgio se réveilla plusieurs fois, il souffrait
dans le tréfonds de son âme. Sa vengeance était toute
sa vie depuis tant d'années ! Aussitôt qu'il fit jour il se
leva et appela ses compagnons.

— Une visite à la gourde et en route !

— Suivrons-nous le grand chemin ?

— Y penses-tu, Mulot ? Est-ce que le grand chemin
est à nous le jour. Ah ! cet homme ! cet homme !

— En vérité, Giorgio, je ne sais pas comment tu peux
vivre avec une haine semblable dans le cœur ; à ta
place depuis longtemps, j'en serais quitte, je lui aurais
donné un bon coup de poignard en risquant mon cou,
et tout serait dit.

— Oh ! je voulais mieux ! et je n'ai pas perdu l'espérance de l'avoir, on dit que le roi commence à s'en
lasser.

— Tu ne nous diras donc jamais ce qu'il t'a fait ?

— Je vous le dirai le jour où j'aurai pu rendre à chacun selon ses œuvres. J'ai été patient ; mais mon tour
viendra.

Ils marchèrent ainsi plusieurs jours de suite. Tantôt
la nuit, tantôt après le lever du soleil, selon les renseignements qui leur parvenaient, et qu'ils prenaient avec
la circonspection la plus grande. Mulot était le guide
de la troupe, il choisissait avec une sagacité merveilleuse les endroits favorables pour une halte, il savait

demander les vivres sans exciter les soupçons de personne, il savait se faire renseigner sur toutes choses
en en montrant pas la moindre envie de les savoir. Ils
arrivèrent de la sorte jusqu'aux limites de la Touraine,
dans les environs de Saint-Maure près d'un bois consi-
dérable, et, d'après le conseil de Mulot, ils allèrent
camper au beau milieu, sans chercher à se cacher, s'en-
tretenant très-haut de leur projet de se réunir aux che-
valiers de la nuit.

— Il se peut qu'il n'y en ait point ici, mais il y en a
eu, c'est certain. S'ils nous répondent, notre pacte sera
bientôt conclu.

Ils allumèrent donc un grand feu dans une clairière,
établirent leur souper, buvant gaiement et avec de
joyeux propos à donner envie de rire avec eux.

— Ma foi! dit Giorgio, ce lieu me plaît tout à fait, il
y fait un temps délicieux et les senteurs de ces arbres
embaument. J'en veux finir à jamais avec les cours et
m'y établir.

— Il s'agit d'abord de savoir si on vous le permettra,
dit une voix sortant du fond du taillis.

— Je suis justement venu vous en demander la permission.

— Vraiment?

— Tout de bon. Montrez-vous donc, venez ici boire
une bonne bouteille, et nous réglerons les conditions
du marché.

Deux hommes forts et vigoureux parurent au bord

de la clairière, bien armés de sabres et de fusils, qu'ils couchèrent en joue.

— Nous n'avons pas d'armes, dit Giorgio, vous pou-pouvez vous en rapporter à moi.

— Nous connaissons les ruses de l'ennemi, et nous n'approchons qu'à bonne enseigne.

La tenue insouciante des aventuriers, la manière dont ils envisageaient les mousquets braqués sur eux, inspirèrent de la confiance aux nouveaux venus; ils approchèrent peu à peu, mais toujours dans la même attitude. Lorsqu'ils furent près les uns des autres, ils se mirent à se regarder :

— Nous sommes des frères de l'église persécutée, dit Giorgio.

— Ah! c'est déjà quelque chose.

— Nous sommes sans feu, sans lieu, sans famille, dé-pouillés de tout par le grand ennemi d'Israël.

— De mieux en mieux.

— Nous venons à vous du fond de la Bourgogne, où nous avions dressé notre vengeance, qui nous a, hélas! échappé; les précautions étaient trop bien prises.

— Dieu ne le veut pas, apparemment.

Divers renseignements furent donnés et reçus, di-verses questions furent adressées, diverses épreuves ordonnées; toutes ces choses se passèrent à la satisfac-tion des parties. Giorgio surtout, racontant sa vie aven-tureuse à un cercle qui s'était considérablement agran-

di, développant ses plans et ses projets, rendit l'espérance à tous les déshérités, leurs fit entrevoir de
meilleurs jours, s'ils avaient la constance de se défendre et de ne pas céder à l'oppression.

— Après cet homme, et ses jours sont comptés, nous
aurons pour maîtres un enfant et une femme; nous
aurons un être qui, pour n'être ni l'un ni l'autre, n'en
est pas plus un homme pour cela. Cet être, ce Gaston,
je le connais, je l'ai vu à l'œuvre, je lui ai rendu des
services; il me doit peut-être la vie, car si je l'avais
trahi, il eût porté sa tête sur l'échafaud, où il fût mort
obscurément dans un cachot de la Bastille. Eh bien,
laissez venir le temps, combattez avec courage, ou, du
moins, résistez si l'on vous attaque; le jour arrivera
où nous pourrons réclamer nos maisons, nos fortunes,
où je pourrai, moi, jouir enfin de cette vengeance tant
souhaitée, tant caressée, dont le motif reste un secret
entre Dieu et moi. Suivez-moi, si vous le voulez; ayez
confiance en moi, je vous mènerai dans le chemin de
la fortune et de la liberté.

Ce discours produisit un effet magique : ces gens,
fort nombreux et qui n'avaient positivement point de
chef, se rallièrent ouvertement à cet homme, qui leur
ouvrait une nouvelle carrière et leur faisait de si belles
promesses. Ils lui jurèrent de le suivre à la vie et à la
mort, de se laisser guider par ses conseils et de n'avoir
d'autre volonté que la sienne.

Ce fut un beau moment pour Giorgio, il reçut un

serment et un hommage, comme un homme qui s'en
croyait digne, et qui voulait les mériter.

— Soyez tranquilles maintenant, leur dit-il, nous
sommes forts, et l'on compte avec nous. Il y a, je le
sais, plusieurs bandes de nos frères errants, il faut les
rejoindre et prouver que nous sommes puissants encore. L'Éternel est avec nous et ne nous abandonnera
jamais, car il est le Dieu juste, le Dieu fort; il protége
les faibles et humilie les puissants du siècle.

Un hourra général répondit à ces paroles, et les échos
en retentirent longtemps.

C'étaient là les bandes protestantes dont la marquise
avait parlé à Isabelle.

LII

UN MALADE

Les jours fuyaient, l'été avait fait place à l'automne, l'hiver approchait à grands pas, et la santé du
cardinal déclinait visiblement. Les médecins les plus
flatteurs ne lui donnaient que quelques mois de vie, les
véridiques disaient des semaines, des jours, et même
des heures. Quant au cardinal lui-même, il s'inquiétait
peu. Ce génie immense dominait la mort, il la regardait du haut de son âme immortelle; et il la trouvait

bien petite, lui qui contemplait la postérité et suivait son essor, répété par elle d'âge en âge.

La nuit du 25 novembre 1642, il était seul dans sa chambre avec Bernin, qui ne le quittait pas une minute; ses souffrances l'empêchaient de dormir. Il avait l'agitation perpétuelle d'un homme qui va mourir jeune, et dont les forces luttent avec le trépas. Richelieu était vieux de renommée et de gloire, mais il était jeune d'années, du moins jeune pour mourir.

— Bernin, dit-il, ouvre la fenêtre.

Le valet de chambre obéit.

— J'étouffe ici, dit-il; j'ai cette ville, ces maisons sur la poitrine. Je voudrais l'air, les forêts, la verdure. Je suis bien puissant, et je ne puis rendre aux arbres leurs feuilles, au soleil ses rayons bienfaisants. Ces rayons me sauveraient, vois-tu.

— Il ne fait pas froid cette nuit, monseigneur.

— Non, c'est une belle nuit d'automne, c'est une nuit qui me rappelle ma vie avant la puissance. Ah! que je souffre!

— Si Votre Éminence voulait prendre une cuillerée de cette potion.

— Ce n'est pas là ce qu'il me faut; toutes les potions du monde n'éteindraient pas le foyer qui brûle là.

Il montrait sa tête.

— Le docteur a dit pourtant...

— Ce foyer m'a tué. J'ai conçu, j'ai exécuté ce qu'aucun homme n'avait essayé avant moi, un seul pourtant!

Louis XI. La postérité me traitera comme lui ; elle ne verra que les moyens, sans songer au but où nous visions tous les deux.

— Monseigneur, un peu de repos, dit Bernin d'une voix suppliante.

— Du repos ! lorsque mes jours sont des siècles, lorsque mes minutes sont des années. Il faut songer à ce qui me suivra. Appelez Campanelli.

En un clin d'œil Bernin vola à la chambre de l'astrologue et le ramena avec lui. Celui-ci salua à la mode des femmes et des gens de robe, et attendit les ordres du cardinal, en ce moment étendu sur son lit.

— Campanelli, parlez-moi du Dauphin. Que sera-t-il?

— Un roi splendide, un homme qui saura amener à lui tout son siècle.

— Il continuera mon ouvrage?

— Il l'achèvera et il commencera le déclin de la monarchie, qui n'aura guère plus à vivre après lui.

Richelieu se souleva sur son coude et le regarda de ses grands yeux démesurément ouverts.

— La monarchie telle que je l'ai faite, la monarchie avec ses bases et sa puissance, elle tombera, dites-vous? Ah ! Campanelli, je l'ai assise et formée, je lui ai donné pour piédestal la tête de ses orgueilleux vassaux, elle dominera tout désormais.

— Vous lui avez donné pour adversaire cette bête féroce qui brise et détruit tout par le jeu invincible de

sa volonté; vous l'avez placée face à face avec le peuple,
sans intermédiaire pour la défendre; vous avez décon-
sidéré la noblesse, vous l'avez décimée; vous avez
perdu cette idole d'or aux pieds d'argile qu'on nomme
la royauté. Lorsque la foule la verra sans prestige,
lorsque, pour aller jusqu'à elle, il n'y aura plus de de-
grés à monter, elle montera toujours, et elle ira, monseigneur, car elle est puissante aussi, car elle est aussi
une majesté, et quand ces majestés se verront face à
face, la plus cruelle dévorera l'autre, voilà ce que vous
avez fait, monseigneur.

— Tu mens, tu mens! entends-tu? et ta science est
une imposture; si Louis XIV est réellement un prince,
il aura un beau règne.

— Oui; mais ses successeurs ne soutiendront point
cette grandeur factice; ils tomberont, et le royaume
avec eux, car la base est minée; elle est détruite, monseigneur, sapée par Louis XI, achevée par vous.

Le cardinal, qui, depuis quelques jours, accablé par
la souffrance, n'avait pas quitté son lit, se leva et se mit
à marcher par la chambre : la fièvre de son œuvre dominait tout chez lui.

— Le roi! oui, j'ai fait ce roi. Insensé, vous dis-je, je
l'ai fait! Je l'ai placé si haut, je l'ai élevé tellement
au-dessus de tous, que nul ne pourra l'atteindre. Le
roi! mais c'est la clef de voûte de l'édifice social, c'est
sur lui que repose l'avenir, le bonheur et la prospérité
de la nation, c'est lui qui tient dans ses mains vigou-

reuses et bénies les rênes de l'empire, et qui dispose
de tout à son gré. J'ai usé ma vie à cette œuvre, et
cette œuvre me survivra.

— Monseigneur, pardonnez à ma hardiesse, mais moi
je vois l'avenir, moi je lis dans les astres qui règlent
notre destinée, et je sais quel résultat amèneront les
plans auxquels vous croyez un pouvoir si immense.
il y aura Louis XIV, oui! Louis XIV, le grand, le puissant, l'illustre; mais, après lui, il n'y aura plus
rien. Le peuple osera regarder son roi, il verra quelle
faible distance le sépare de lui, et il ne le craindra
plus. —

— Vous voulez donc la puissance disséminée, vous
voulez les branches d'un arbre au lieu du tronc; elles
se briseront bien vite, et le tronc résistera.

— Plus tard, monseigneur, quand cette monarchie,
dont les racines s'étendent sous le monde ou te sou-
lèveront en l'arrachant, quand cette monarchie sera
tombée, alors il viendra le pouvoir que vous avez rêvé,
celui qui se réduira en une seule main, et qui domptera
tout. Mais celui-là n'aura rien à détruire, car tout sera
détruit; il aura tout à fonder. Il prendra le pays couvert des ruines de ce que vous avez brisé, monseigneur, des ruines du trône aussi, et avec ces débris il
construira un édifice. Lui, il sera le maître; lui, il
pourra tout faire, car il n'aura pas derrière lui des siècles pour l'obliger. Alors, oui, le pouvoir absolu, le
pouvoir unique, le pouvoir dominateur dans les mains

d'un conquérant, voilà ce que doit avoir la France, voilà
ce qui la rendra forte et puissante; mais encore une
fois, monseigneur, c'est vous qui appellerez ces désas-
tres, c'est vous qui ferez mourir dans le sang cette monarchie que vous croyez avoir fondée.

— Le cardinal fixa ses yeux ardents sur ceux de Campanelli.

— Qui t'a dit cela? demanda-t-il.

— La voûte céleste, et les études que je fais assidû-
ment.

— Va-t'en! tu n'es qu'un imposteur.

— Je suis un prophète, et quel prophète a jamais
trouvé créance près des sages de son peuple.

— Tu veux donc que je meure désespéré?

— Je veux que vous mouriez éclairé, que vous em-
pêchiez peut-être après vous ce que vous aviez préparé
avec tant d'amour.

— A quoi donc ai-je usé ma vie! s'écria-t-il avec
colère.

— A ce qui use toutes les existences, monseigneur,
à des chimères.

— Ah! dit le cardinal, arrêté près de la fenêtre, et
fixant avec mélancolie son regard sur les eaux du bas-
sin, éclairées par la lune, si j'ai poursuivi une chimère,
pourquoi donc ai-je abandonné celles de ma jeunesse,
si belles et si fraîches? pourquoi ai-je étouffé mon
cœur? pourquoi me suis-je interdit de souffrir par
lui, d'aimer par lui? Pourquoi suis-je seul, enfin?

— Madame la duchesse d'Aiguillon est venue plus de dix fois aujourd'hui.

— Je ne veux pas la voir, Bernin, renvoie-là, arrange ma santé à ta guise pour que je ne sois point troublé, ce n'est pas là ce qu'il me faut. Ah! l'espace, la campagne fleurie, le jeune âge et la liberté, c'est là le bonheur.

Campanelli et Bernin se regardèrent. Le cardinal humait les senteurs déjà froides du jardin, avec un délice qui se peignait sur tous ses traits.

— Campanelli, tu es docteur?

— Oui, monseigneur, docteur sans exercice, Votre Éminence le sait bien.

— Examine-moi bien, tâte-moi le pouls. Combien crois-tu que je puisse aller?

— C'est une plaisanterie, monseigneur n'en est pas là.

— J'en suis là et je le sais bien. Allons, parle.

— Mais... plus d'un mois, certainement.

— Un mois! c'est un siècle. Un petit voyage en litière me fatiguera-t-il beaucoup?

— Non, monseigneur, vous pouvez le faire, avec de bons porteurs comme les vôtres.

— Vous viendrez avec moi, Campanelli, je veux partir incontinent pour Rueil.

— A cette heure?

— Oui, à cette heure. Je veux voir lever le jour, je veux assister à ce magnifique spectacle, où les élus du paradis eux-mêmes doivent accourir! Cela se peut-il?

— Cela se peut, monseigneur, avec les soins nécessaires.

— On les prendra. Et puis, un jour de repos dans
ma chère retraite, un jour loin des caresses hypocrites
de ce roi hypocrite, qui épie les progrès de la mort,
afin de pouvoir devenir le maître, ne fût-ce qu'une
heure, avant de mourir à son tour. Oh! funeste soif
des honneurs et du pouvoir! combien d'âmes vous avez
jetées dans l'abîme éternel!

— Si monseigneur se décide à partir, il sera ici pour
tout le monde, pour le roi lui-même; le repos ne doit
pas être violé.

— Le roi viendra, il viendra jouir des progrès de la
mort, compter mes soupirs et analyser mon agonie. Je
ne pourrai l'éloigner.

— Je m'en charge.

— Toi, Campanelli!

— Je l'empêcherai.

— Ah! si tu fais cela, le plus beau de mes tableaux
t'appartient après ma mort; oui, si tu fais cela, tu
m'auras procuré mon dernier bonheur et rien ne te
paiera, je te le jure. Une journée à Rueil, sans bruit,
sans compliments, sans fausseté, seul avec des serviteurs fidèles et loin de l'égoïste insensé qui me tue!
Ah! tous les trésors du monde ne paieront pas ce bonheur!

Richelieu, ainsi que tous les gens qui ont vécu par
la tête, s'était lassé vite: le cœur, au dernier moment,

se souvenait; il demandait sa part, si impérieusement usurpée, il la demandait comme son droit, et,
pour l'obtenir, il renversait les obstacles, il voulait!

Campanelli et Bernin, après s'être consultés, après
avoir consulté le médecin de service, endormi dans
l'antichambre, donnèrent, à petit bruit, des ordres
pour le départ. Le cardinal en ressentait une joie d'enfant; il allait respirer librement, hors de ces murs en-
fumés qui l'étouffaient, loin de ces courtisans qui l'ob-
sédaient, loin de ce roi, dont le regard triste et morne
comptait les battements de son pouls, en mesurant
ceux du sien, et se demandant :

— Qui mourra le premier !

Aussitôt que cela fut possible, sans initier le palais
endormi à ce départ, sans le laisser deviner même aux
personnes indispensables, le ministre fut porté dans sa
litière. On allait franchir la grille du palais, la garde,
à moitié endormie, sortait pour rendre les honneurs,
le Cardinal appela Bernin.

— Surtout cache-leur bien que c'est moi ; on croirait
que je suis disgracié.

Mot profond, mot vrai d'un ambitieux, et souvent la
clef de bien des sacrifices.

Le voyage fut horrible. Richelieu souffrait des douleurs inouïes, il fallait s'arrêter tous les cent pas, on
croyait qu'il n'arriverait pas vivant. Il souffrit tout
sans se plaindre, seulement il lui fallait Bernin et

Campanelli auprès de sa litière. Il parlait sans cesse, il montrait chaque arbre de la route, il nommait chaque village. En entendant une horloge sonner deux heures :

— Bernia, dit-il, ce clocher de village restera debout quand je ne serai plus; cette cloche, indifférente, tintera comme aujourd'hui, lorsque mes yeux seront fermés; l'univers ne changera pas un iota à son équilibre, pas une feuille ne tombera de plus aux arbres qui entoureront ma tombe, et cependant vivant encore aujourd'hui, cadavre ambulant, martyr d'un mal qui me tue, je puis tout !

Il en fut ainsi toute la route, enfin on arriva à Rueil où rien n'était prêt pour le recevoir. On avait envoyé des courriers d'avance, mais une maison inhabitée depuis longtemps a toujours un aspect de tristesse, et qui ne s'en va pas aussi vite que la volonté.

On transporta le malade dans sa chambre arrangée et chauffée à la hâte; il s'y trouva bien et déclara qu'il y mourrait.

— Je fais comme les chiens : ces fidèles animaux fuient la maison de leur maître, lorsqu'ils se sentent près de mourir, ainsi je quitte la maison que j'ai donnée à mon maître, et je viens ici chez moi pour y fermer les yeux.

Soit que le voyage l'eût fatigué, soit que l'influence du lieu se fît généralement sentir, il s'endormit profondément. Le silence de plus *recommandé* régna par tout le château : on eût entendu voler une mouche. Richelieu dormait!

Il en fut ainsi jusqu'à neuf heures. Depuis bien des jours, le pauvre malade n'avait trouvé un pareil repos. Il se réveilla, infiniment soulagé, et, pour achever la fête, un soleil superbe inondait la vallée. Il faisait une de ces journées tardives, pendant lesquelles, pareil à un ami qui s'exile pour longtemps, le soleil semble caresser la terre de ses rayons. Les dernières fleurs tremblaient aux branches, et les feuilles couraient doucement dans les allées, chassées par un vent amoureux.

— Ouvre la fenêtre, Bernin, ouvre-la, approche-moi, que je voie ce paysage, que je sente cette brise dans mes cheveux, que je vive encore un peu, si c'est possible. Non plus par la pensée, mais par la sensation; bientôt tout sera fini!...

Le valet obéit.

— Monseigneur, dit-il ensuite, ne veut recevoir absolument personne?

— Absolument. Est-on venu me chercher ici, mon Dieu!

— Quoi! pas une exception?

— Aucune, pas le roi lui-même.

— Alors il faudra donc la renvoyer?

— Qui, *elle?*

— Monseigneur sait bien.

— Non, je ne sais pas; parle, maraud, parle vite...

— Le Neuf de Pique...

— Elle est ici ?

— Elle est là, qui attend.

— Ah ! qu'elle vienne ! qu'elle vienne ! Merci, mon Dieu !... mon bonheur est complet !...

— Monseigneur n'en souffrira pas ?

— Moi, Bernin ? je souffre parce que tu tu me fais attendre. Cherche-la, amène-la, cette femme qui m'a tant aimé ; il me semble que j'ai vingt ans et que je vais la revoir...

En ce moment même, comme pour donner un démenti à ces paroles, une grande figure noire, voilée et masquée des pieds à la tête, entra dans l'appartement.

— Ah ! dit-il, est-ce bien là Ryna, en es-tu certain ? Son aspect me glace !

— C'est Ryna qui vient auprès du lit de mort, monseigneur ; mais ce n'est plus la Ryna des jeunes années. Vous lui aviez pris son cœur, qu'en avez-vous fait ?...

LIII

LE DERNIER RENDEZ-VOUS

— Ah ! vous venez pour maudire, à cette couche fatale, continua le ministre ; vous apportez ici des paroles de douleur, près de ce lit de tortures. Vous n'êtes pas Ryna, alors !

II.   1 .

— Vous avez peine à me reconnaître. En effet, la Ryna des anciens jours avait le sourire aux lèvres et la confiance au cœur ; regardez-la maintenant...

Elle arracha son masque et montra son visage couturé, flétri, presque hideux, dont nous avons plusieurs fois parlé dans le courant de ce récit. Il ne jeta aucun cri, mais il joignit les mains, stupéfait, la regardant et n'en pouvant croire ses regards.

— Et pourtant, je suis plus jeune que vous, Armand ; plaignez-vous donc, si vous l'osez.

Les souffrances étaient, en effet, tracées d'une manière ineffaçable sur ses traits.

— Ryna ! Ryna ! non, ce n'est pas possible !...

— C'est Ryna, pourtant. Ah ! je le savais bien que je viendrais près de vous en ce moment, je savais bien que mon tour arriverait et que je les écraserais tous.

— Hélas ! Ryna, et lui ! Dieu l'a enlevé, je le retrouverai là-haut !

— Lui ! Ah ? ne me parlez pas de lui, si vous voulez mourir tranquille. Lui, assassiné sous vos yeux, et dont l'assassin est de vos banquets et de vos fêtes ! lui ! Et vous dites que vous l'aimiez !

— Hélas ! j'ai cru que je l'aimais ; j'ai si peu aimé en ma vie, que je m'y suis trompé peut-être.

— Pauvre homme ! pauvre créature de Dieu ! qui n'a pas aimé, qui n'a pas aimé même son enfant !

— Maintenant, Ryna, il me semble que je renais ; j'éprouve des besoins inconnus ; je rêve je ne sais quel bonheur que j'ignore. J'ai voulu venir ici, comme si je prévoyais que vous m'y chercbiez aujourd'hui. Ce n'est plus vous, il est vrai, ce ne sont plus vos traits, ce n'est plus votre cœur, mais c'est toujours votre voix. Je ferme les yeux et je l'entends, et je sens les caresses de cette brise fraîche sur mon visage, comme je les sentais dans ces temps de bonheur, où je vous attendais au bord de la rivière, là-bas, sous les saules. Ma pensée, tant fouillée, tant tourmentée, a besoin de quelque repos avant de retourner vers le Dieu dont elle tire son essence. Ryna, personne ne m'aime plus, je me présenterai au dernier tribunal sans une prière, sans le souvenir d'une affection terrestre, qui puisse intercéder pour moi. Ryna, ne m'aimerez-vous point?

— Non, répliqua-t-elle tranquillement en secouant la tête.

— Il la regarda fixement quelques secondes, et répondit :

— C'est juste.

— Vous êtes un puissant ministre, monseigneur, vous payez chèrement des espions pour livrer le secret ou la vie de ceux dont vous vous méfiez; pourtant, vous ne connaissez qu'une faible partie de la vérité en toutes choses. C'est triste à dire; mais avec la vérité absolue, ce monde-ci ne serait pas habitable. Il faut pourtant que vous sachiez maintenant ce que j'ai souffert pour vous, ce que m'ont fait endurer des gens qui sont restés vos amis, lorsque moi je mourais chaque jour loin de vous, loin de tout ce que j'aimais. Voulez-vous l'apprendre?

— Je le veux.

— Vous vous en sentez la force?

— Oui.

— Ce sera terrible, je vous en préviens. Il vous restera la liberté de punir, la liberté de la vengeance, c'est assez pour un cœur tel que le vôtre.

— Parlez.

— Ah! qu'il faut aller chercher loin ce premier moment où nos regards se dirent tant de choses. L'exil injuste que vous subissiez, pour avoir refusé votre concours aux favoris d'alors, pour être resté fidèle à la reine Marie, à votre maîtresse, m'inspirait une admiration sans bornes, je vous aimai. Ce que vous savez, ce que j'ai eu la faiblesse de ne point vous cacher, je ne vous le répéterai pas. Mais les crimes des autres, mais le terrible jour où je suis devenue à peu près telle que je suis aujourd'hui, vous en ignorez l'histoire, vous ne la soupçonnez même pas.

— Ah! des crimes! des crimes! non, pas un mot sur ce sujet.

— Quoi! pas un mot quand vous avez la puissance! pas un mot lorsque vous pouvez réparer l'erreur, lorsque vous pouvez venger celle... que vous avez aimée pourtant; Dieu m'en est témoin!

— Oui, je l'ai aimée.

— Vous n'avez oublié ni cette femme qui vous enserre dans ses replis de couleuvre, ni ce monstre ignoble à face d'homme, qu'on appelle Ravière et qui vit encore?

— Non.

Elle lui raconta alors une longue histoire, qui ne peut trouver sa place en ce moment, et qui lui fit jeter plusieurs fois des cris d'épouvante et d'incrédulité.

— Quoi! dit-il, quoi! tout cela est vrai, et j'ai pu...

— N'avez-vous donc jamais versé le sang innocent? N'avez-vous pas fait des héros et des martyrs, par vos persécutions?

— Épargnez-moi, je vous en conjure. Ah! vous ne vous souvenez plus que du mal, vous! J'étais si heureux tout à l'heure!

— Je me souviens que j'ai souffert vingt ans, je me souviens que j'ai été vingt ans votre victime et celle de vos alliés, de vos espions, je me souviens que mes amis ont été persécutés par vous, je voudrais oublier ce que nous fûmes l'un pour l'autre, je voudrais que le lien qui nous a unis n'eût pas laissé de traces. Ah! que vous fûtes coupable de vous jouer ainsi d'une pauvre fille, dont toute la vie était en vous. Si vous m'aviez laissé dans ce château de Mauleuvrier, chez ma bonne, ma chère cousine, mon existence se fût écoulée calme et douce. Vouée à la science dont j'étais idolâtre, j'aurais employé cette science au bien, jamais au mal, je n'aurais pas servi les vengeances furieuses, j'aurais rendu à ma famille ce qu'elle me donnait, et

j'y serais heureuse et honorée. Au lieu de cela, qu'a-
vez-vous fait de moi, regardez !

Le cardinal se couvrit le visage de ses mains, et soupira fortement.

— Le ciel a toujours son moment tôt ou tard il est
patient, parce qu'il est éternel. Mais je suis venu ici,
en cet instant terrible, près de votre dernier passage,
Armand de Richelieu, comme le remords, vous rappeler que vous n'êtes qu'un homme et que votre fin
approche, vous rappeler que le jugement de Dieu vous
attend, vous qui avez si injustement jugé les autres,
et vous demander si vous êtes prêt à répondre.

— Oh ! Ryna ! Ryna !

— Oui vous êtes faible, vous êtes craintif, parce que
votre conscience vous accuse, parce que, devant le
Dieu qui voit tout, il vous faudra répondre et que le
fardeau est bien lourd, n'est-ce pas ? Le voilà donc ce
Richelieu, ce grand, ce tout-puissant ministre, cet
homme dont le regard fait trembler jusqu'au roi lui-
même, le voilà qui tremble devant moi ! Le voilà sans
force, sans énergie, auprès d'une femme dont il a détruit l'avenir, dont il a brisé la vie, dont il a tué l'enfant. Il a peur !

Ryna, debout à ses côtés, belle de rage et de désespoir, semblait l'ange du jugement, demandant compte
au pécheur ; son bras étendu sur lui, et ses longues
manches ressemblant à des ailes, rendait la similitude
complète. Le cardinal, dont les forces étaient à leur

terme, et qui approchait du moment suprême, bien
que quelques jours l'en séparassent encore, n'était plus
reconnaissable. Il tenait de force son masque sur son
visage, en face de la cour, lorsqu'il posait pour la postérité, mais là, seul avec cette femme, qui l'avait tant
aimé, il était lui-même, il était l'homme enfin, l'homme
qui craint, l'homme qui regarde sa vie et son juge, et
qui commence à trembler pour l'autre monde.

— Si vous eussiez racheté au moins par *lui* tout le
reste.

— Ryna, dit tout à coup le ministre en se soulevant,
pourquoi êtes-vous venue, si c'est pour me maudire!
Pourquoi m'avez-vous envoyé ce funeste talisman, qui
m'a brûlé le cœur? Depuis le jour où je l'ai touché, où
je l'ai tenu dans ma main, ma chair s'est détachée, j'ai
souffert, j'ai souffert à en devenir fou. C'était donc là
le commencement de votre vengeance?

— Oui, ou plutôt c'en était l'annonce. Ce n'est pas
moi qui vous ai frappé, mais je savais que Dieu vous
frapperait en ce moment, je le savais, et je vous ai
envoyé ce signe, pour vous prévenir et vous préparer.

— Ryna, vous possédez un art terrible, un pouvoir
immense, et dont le fardeau doit vous paraître lourd,
bien que vous l'ayez cherché vous-même, reprit le
moribond, la regardant avec une sorte de respect
craintif.

— Oui, je suis souvent effrayée, je l'avoue; oui, je me

crains moi-même, et je maudis la funeste science qui
m'est cependant plus chère que la vie. Avec quelle curiosité ardente je fouille, je cherche cet avenir dont la
connaissance est souvent si cruelle... Combien chacune
de mes découvertes m'est précieuse, malgré les peines
qu'elle me coûte et les douleurs qu'elle m'apporte. Si
vous me voyez passant des nuits entières, la tête sur
mes creusets, sur une cornue, et lorsque j'obtiens ce
résultat, quelle joie! quel délire! Campanelli vous le
dira. J'ai poussé plus loin que qui que ce soit encore
les découvertes du grand œuvre. J'ai l'élixir de longue
vie!

— Que ne me l'avez-vous donné? s'écria le ministre.
La vie! la vie! si vous pouviez me la rendre, me la
rendre quelques années seulement! Si vous pouviez me
laisser exécuter les projets que j'ai conçus, mettre mon
nom à cet édifice social que j'ai commencé, et qui me
couvrira de gloire si je l'achève. Oh! Ryna, faites cela,
et jamais reine n'aura eu votre puissance; jamais pro-
digue n'aura obtenu tant de trésors pour les dépenser,
jamais.

— Insensé! ne suis-je pas plus puissante que vous!
N'ai-je pas des trésors auprès desquels les vôtres ne
sont que des misères! Que m'offrez-vous donc? ce que
j'ai déjà, ce que je méprise, ce que je foule aux pieds.
Je ne suis pas Dieu, et Dieu seul peut ressusciter les
morts; la mort est en vous depuis longtemps, votre
heure est marquée; il faudra vous lever quand on vous

appellera, et marcher au-devant de votre maître.
Hélas! hélas! ajouta-t-elle en se tordant les bras, que
de jours, que de semaines j'ai passées sans dormir,
dans mon laboratoire, pour y chercher ce rayon de
la puissance divine, qui rend l'existence à un corps
lorsqu'il va la perdre, lorsque le fil est coupé! Mais
rien, rien! J'ai pu prolonger un peu, j'ai pu retarder le moment fatal; mais il faudra qu'il vienne, et
moi, je vivrai! Je pourrais mourir cependant, et je
vivrai! Je vivrai, parce qu'il y a en moi deux puis-
sances : la tête et le cœur; parce que l'amour, le besoin impérieux de la science, l'emporte encore sur les
affections. Je vivrai seule, je vivrai malgré tout, pour
apprendre, pour découvrir, et je me consolerai, et
voilà ce qui est horrible : c'est qu'une âme immortelle
ne garde pas un chagrin immortel, c'est qu'on l'oublie,
c'est qu'elle puisse retrouver sa joie et son bonheur,
après avoir perdu tout ce qu'elle aimait au monde. Et
cependant, telle est la règle et le vœu de la nature,
telle est la loi si impérieuse, que notre volonté même
ne peut nous y soustraire; nous la devons subir.

Richelieu écoutait ces paroles avec l'attention d'un
homme qui cherchait une espérance, lorsque Ryna se
tut; il soupira fortement, il ne devait plus compter sur
elle, et c'en était fait pour lui. Il laissa retomber sa
tête sur son oreiller, dans un état de découragement
profond. Il ne se reconnaissait plus lui-même.

— Ah? dit-il, j'étais venu ici pour chercher quelques

instants de repos entre la vie et la mort, et vous m'avez tout gâté, Ryna!...

— Je ne suis point un messager de joie, vous deviez le savoir, Armand. Vous m'avez appelée, je suis venue, mais je ne suis pas venue pour augmenter le nombre de vos flatteurs, je suis venue pour vous aider à mourir, pour vous rappeler vos premières années et vous soutenir au dernier passage!...

— Ah! ce ne sont pas des flatteurs que je demandais, c'est un ami. Les flatteurs! je les ai laissés au seuil de mon palais, là-bas; ici j'espérais une parole de consolation et de tendresse, et...

— Celui qui n'a jamais aimé ne doit compter sur l'affection de personne; celui qui a tout sacrifié à une idée ne peut réclamer des autres un sentiment. Celui qui n'a pas vengé le sang de son fils, répandu par une main infâme, ne doit pas compter sur la mère de son fils pour essuyer ses larmes.

— Mon fils est vengé, dit-il.

— Comment?

— Josseline est exilée; si je vivais, elle serait bannie, elle serait...

— Si vous viviez elle serait rappelée, car l'habitude vous a rendu cette femme plus nécessaire que tout au monde. C'est votre ange de ténèbres, et si vous l'avez éloignée de votre lit de mort, vous la demanderiez bien vite à l'existence. Vous avez besoin d'elle pour vos mauvaises pensées et vos mauvaises actions, elle devine les unes et exécute les autres.

— Vos protégés sont sauvés. Un second ordre est même parti ce soir pour le cas où le premier serait méconnu, ou mal interprété. Elle est là, et je la connais, elle ne lâche pas aisément sa proie.

— Elle la lâchera pourtant cette fois, je le sais, et la punition est proche.

Le ministre ne répondit pas, il se sentait pris d'une de ces douleurs horribles à laquelle il devait succomber; ses traits se contractèrent, ses lèvres pâlirent encore davantage, il les serra fortement pour retenir ses plaintes, car il ne voulait pas faiblir devant Ryna. Arrêtée près de lui, à le regarder, elle eut cependant un moment de pitié, et sentit une voix ancienne lui parler au fond du cœur. Elle tendit la main au cardinal.

— Armand, du courage!

Il leva sur elle un œil terne et vitreux.

— Je ne puis vous sauver, mais je puis vous empêcher de souffrir, et je le ferai. Campanelli est ici, attendez-moi.

Elle sortit l'espace d'un quart d'heure environ, et revint avec une petite fiole dorée contenant seulement quelques gouttes de liqueur.

— Une goutte dans une cuillerée d'eau à chaque crise, et elle cessera sur-le-champ.

Le cardinal en fit l'essai, il se trouva soulagé à l'instant même.

— Ah! merci, dit-il, merci, Ryna, je pourrai travailler encore.

Une demi-heure après il dormait profondément. Ryna s'assit à ses côtés et le contempla avec mélancolie. Ses souvenirs revenaient en foule, elle se rappelait ces temps enfuis, où cet homme exilé, malheureux, lui avait demandé son amour, comme toute la joie, tout le bonheur de sa vie; elle se rappelait leurs longues promenades, leurs rêveries sous les grands arbres, leurs serments, leurs joies. Et maintenant, qu'en restait-il? qu'étaient-ils tous les deux? Un mourant, et une malheureuse déshéritée de tout.

— Ah! que Dieu lui pardonne! s'écria-t-elle.

LIV

LA FIN DE TOUT

Ce lendemain matin, le cardinal retourna à Paris, incomparablement mieux. L'effet du breuvage de Ryna avait été merveilleux et spontané. Il lui avait rendu des forces en lui ôtant les douleurs intolérables qu'il souffrait.

— Ne vous y trompez pas, lui dit la magicienne, ce remède ne vous guérit point, au contraire, il avance peut-être d'un jour ou deux le terme fatal, néanmoins vous vous en irez sans vous en apercevoir, dans toute la plénitude de son intelligence, n'était-ce pas là ce que vous vouliez?

— C'était en effet tout ce que je demandais aux hommes, mais non pas tout ce que je demandais à Dieu.

— Dieu est le maître, et bientôt vous ne le serez plus.

— Ryna, demeurez près de moi le peu de temps qui m'est accordé encore; vous resterez chez Campanelli, vous travaillerez avec lui, puisque vous ne pouvez vous dispenser de travailler. Je saurai que vous êtes là, que je puis vous voir au premier moment, et cela me rendra du courage, si je me sentais prêt à le perdre.

— Je ne suis point venue pour vous quitter, je resterai.

L'amélioration singulière arrivée chez le cardinal préoccupa toute la cour, à commencer par les médecins. Le roi, dès qu'il l'eût entendu dire, se hâta d'accourir près de lui, afin d'en juger par ses yeux. Il avait tant peur qu'il ne se guérît. Le visage défait, les mains tremblantes du malade le rassurèrent.

— C'est un soulagement éphémère, se dit-il. Il n'en reviendra pas.

— Votre Majesté me semble bien mieux portante aujourd'hui.

— C'est comme vous, vous avez une mine superbe, monsieur le cardinal.

On eût dit deux cadavres parlant de leur résurrection.

— Je viendrai vous voir chaque jour, ajouta le roi, jusqu'à ce que vous puissiez me le rendre, et j'espère que ce sera bientôt.

Le ministre secoua la tête.

— Je ne sortirai plus de cette chambre, sire, que pour aller à ma dernière demeure. Je ne me fais pas d'illusion, et j'ai la force d'envisager la mort en face, grâce à Dieu.

— Votre Éminence travaille trop, elle se fera du mal.

— Non, sire, je ne puis plus rien pour moi-même, mais je puis encore quelque chose pour l'État. Je laisserai en ordre tout ce que je pourrai terminer.

— Quelle folie de croire ainsi à votre fin prochaine, lorsque vous vous trouvez si bien depuis deux jours.

— Je sais, je sais, sire !

— Ah ! je voudrais bien être comme vous et ne plus souffrir !

En disant ces mots, le roi mettait la main dans sa poitrine, qui le brûlait.

— Cela viendra, sire, cela viendra.

Cette visite fut le sujet de toutes les conversations, chacun la rapporta à sa manière, et personne ne la rapporta comme elle s'était passée, selon les habitudes des cours, où l'on ment, non-seulement par ignorance, mais encore par précaution, dans la crainte d'apprendre aux autres ce que l'on désire savoir seul. Le car-

dinal s'en soucia peu, il ne regardait plus au-dessous
de lui maintenant. Pour le roi, ce ne fut pas la même
chose. Il s'informa minutieusement de ce qui avait été
répété là-dessus, redressa les faits erronés, ne voulant
que personne ignorât les réponses de son ministre.

— Il n'est pas bien, M. le cardinal, reprenait-il.

Et, pour lui être agréable, chaque courtisan redisait
après lui :

— Il n'est pas bien, M. le cardinal.

Ce qui n'empêcha pas les antichambres de son palais
d'être pleines chaque soir et chaque matin, à l'heure
où le bulletin se publiait, et les plus grands noms de
l'Europe d'être inscrits sur les listes, à la porte de sa
chambre.

— Vanité! vanité! répliquait-il à Bernino qui voulait les lui lire, espérant le distraire et l'intéresser,
quand je serai mort, pas un de ces gens-là ne me re-
grettera.

Cependant, il devenait de jour en jour plus faible.
Le galvanisme, opéré sur lui par la potion miraculeuse,
s'éteignait visiblement. Il avait demandé à Ryna de le
prévenir vingt-quatre heures avant le terme, afin de se
réconcilier avec Dieu. Celle-ci le lui avait promis; néanmoins, son ressentiment s'apaisait en face de l'agonie, et peu à peu elle ne trouvait plus dans son cœur
que le pardon, que l'indulgence.

— Je veux qu'il meure tranquille et sans remords,
se disait-elle, je lui donnerai cette joie; et, après, le

bon Dieu prendra cette âme, si grande, que le monde
la contient à peine.

Le matin du 2 décembre, il sommeillait, fatigué, la
tête alourdie; une bougie unique brûlait dans une
grande chambre sombre, et le silence le plus complet
régnait encore dans le palais et aux alentours. Bernin
s'était endormi également, épuisé par les veilles, la
porte secrète tourna silencieusement sur ses gonds, et
Ryna, pâle comme un spectre, entourée de ses voiles
noirs, parut sur le seuil. Elle s'arrêta un instant, la
main sur le rideau levé, examinant cette chambre si-
lencieuse, funèbre, où elle apportait la mort.

— Ah! dit-elle, c'est affreux! ma mission est terrible;
mais je l'ai promis, et, avant toutes choses, je dois tenir ma promesse : c'est la dernière fois que je lui rendrai service.

Elle approcha alors de ce lit, où l'homme qui dominait son siècle si peu de jours auparavant, sommeillait
abattu, mourant.

— Mon Dieu! envoyez-moi du courage. Il faut l'é-
veiller pour qu'il se prépare au grand passage. Pauvre
Armand! Est-ce donc là celui que j'ai tant aimé!

Elle contempla quelques instants encore ce visage dé-
coloré, ces lèvres violacées, ces yeux enfoncés : c'était
tout ce qui restait du grand ministre, et quelques étin-
celles de son âme, qui, bientôt, allaient aussi s'éteindre.

Elle le toucha du bout du doigt, il ouvrit les yeux.

— Armand de Richelieu! lui dit-elle.

— Ah! c'est vous, Ryna; merci, je comprends. Voici bientôt l'heure.

— Oui, oui, voici bientôt l'heure! Dieu vous appelle.

— Je suis prêt, répondit-il; j'ai fait hier ce qu'un chrétien doit faire, j'ai confessé mes fautes, elles m'ont été pardonnées au nom de mon Créateur. Maintenant, lui et la postérité me jugeront.

— Le moment qui vous est accordé est le dernier, sans doute; après, votre famille, le roi, les grands de l'État, viendront entourer ce lit et assister à l'adieu suprême. Écoutez-moi donc, Armand, je veux que vous partiez tranquille et réconcilié avec tous, avec vous-même, comme avec les autres.

— Non, pas en ce moment, Ryna, au contraire. Laissez-moi appeler d'abord le monde, et conserver pour vous, pour Dieu, les dernières minutes de ma vie. Retirez-vous dans l'asile secret où déjà tant de mystères se sont ensevelis, que je vous sache près de moi, que je puisse au besoin entendre votre voix, et laissez-moi jouer la dernière scène de mon rôle. Éveillez d'abord Bernin, je vous en prie, j'ai hâte d'en finir avec les hommes.

Ryna éveilla Bernin, en effet; elle rentra ensuite dans ce cabinet mystérieux, qui joua un si grand rôle sous ce gouvernement, où tout était secret. Bernin, sur l'ordre de son maître, fit ouvrir les antichambres, envoya chez le roi, et cette grande parole:

II.

16

— Monseigneur le cardinal se meurt! retentit bientôt d'un bout de Paris à l'autre.

Le roi en fut salué à son réveil.

— Ah! ah! Son Éminence va partir, dit-il d'un ton presque joyeux. Il faut alors que je me rende auprès d'elle et que je lui adresse toutes mes félicitations, il préparera mes logements.

— Le roi se porte infiniment mieux, dit un courtisan, et, grâce au ciel! monseigneur le cardinal s'en ira tout seul.

— Nous serons obligés de nous en consoler, reprit un autre d'un air hypocrite.

Le roi sourit. Les seigneurs pensèrent que ces plaisanteries lui étaient agréables et l'en régalèrent tout le temps de sa toilette.

— Allons, maintenant, messieurs, reprit-il en enfonçant son chapeau de côté sur sa tête, d'un air de bravade, il ne serait pas poli de faire attendre.

Louis XIII, en arrivant au Palais-Cardinal, jeta un regard de côté sur les gardes de Son Éminence, qui lui présentaient les armes. Il monta silencieusement l'escalier et ne prononça pas une parole, jusqu'à l'instant où il entra dans la chambre de son ministre.

— Le roi! annonça l'huissier.

Le cardinal essaya de se soulever sur son coude pour rendre encore hommage à la Majesté Royale, il ne pût se soutenir et retomba de suite.

— Ne vous dérangez pas, monsieur le cardinal, je

ne viens point ici pour vous gêner, mais pour vous assurer, au contraire, de l'amitié que je vous porte.

La duchesse d'Aiguillon et les autres membres de la famille du ministre l'entouraient; tous saluèrent profondément Louis XIII, qui le leur rendit avec une nuance de hauteur à laquelle ils n'étaient point accoutumés.

— Sire, je suis reconnaissant, très-reconnaissant...

— C'est bien... Que Votre Éminence ne se fatigue pas à parler, nous connaissons vos sentiments.

— Sire, Sa Majesté la reine...

— La reine n'a pu venir, mais elle a oublié tous les nuages, soyez tranquille.

— Permettez-moi de vous recommander ma famille, mes serviteurs, M. de Mazarin...

— Soyez tranquille, encore une fois, ce que l'on devra faire sera fait.

— Un mot, un mot seulement à Votre Majesté... qu'elle daigne se baisser vers moi...

Le roi était assis près du lit, il avança son oreille, toute la cour s'éloigna de quelques pas.

— Sire, je me suis repenti, amèrement repenti de ma conduite envers la reine, votre mère. Faites comme moi, afin que son spectre ne vienne pas se placer près de vous, et vous maudire au dernier moment!...

Le roi pâlit et se mordit les lèvres.

— Je me suis repenti aussi du sang versé, j'ai eu de terribles nuits jusqu'à ce que ce repentir fût venu. Je

les ai vus tous... tous... et c'était horrible. Faites comme
moi, sire, ou vous les verrez de même ; vous, pour qui
ils ont conspiré, et qui les ayez laissé condamner tous...

— Monsieur !...

L'œil du cardinal retrouva un éclair.

— La vérité doit se dire lorsqu'on va quitter ce
monde, sire. Ne versez plus de sang, vous ne gagneriez
rien à suivre mon système, vous n'auriez plus le temps
de l'achever, et quelle suite de meurtres depuis Concini
jusqu'à Cinq-Mars ! Cependant, ne laissez pas revenir
Monsieur de Blois, croyez-moi.

— Je vous crois, je vous crois comme mon propre
père, monsieur, et je suis charmé de voir que vous con-
servez vos saines idées. Adieu, voici l'heure de la messe,
je reviendrai vous voir ce soir ou demain. Je vous
trouve en meilleure santé que je ne l'espérais. Soignez-
vous, soignez-vous.

Le roi se leva, fit un signe de sa main à Richelieu
mourant, dont l'œil le suivit jusqu'à ce qu'il fût sorti
de la chambre, laquelle se vida promptement.

— Je ne le verrai plus, murmura-t-il, je mourrai en
repos. Ma nièce, il faut nous quitter, et vous tous aussi,
j'ai à donner de l'ordre à mes dernières affaires, si je
me trouve mieux dans la journée, je vous rappellerai.

— Mon oncle...

— Du courage, vous saviez que je n'étais pas éternel,
tâchez de bien vivre à la cour, quand je n'y serai plus.
Allez ! ne pleurez point, je suis fort heureux.

On entendit à la porte un cliquetis d'armes, qui n'échappa pas au malade, dont les sens conservaient toute leur finesse.

— Qu'est-ce cela? qui vient encore? ne peut-on me laisser mourir en paix?

— Monseigneur, répondit un de ses neveux, qui sortait pour s'informer, ce sont les mousquetaires du roi, qui remplacent ceux de Votre Éminence, par l'ordre de Sa Majesté...

— Il ne pouvait pas attendre quelques heures!... l'ingrat!... qu'on me laisse, ajouta-t-il d'une voix plus forte, je veux être seul.

Après quelques hésitations, quelques prières, la famille sortit, on entraîna mademoiselle d'Aiguillon en larmes.

— Ryna! Ryna! s'écria-t-il, je vous attends.

Il retomba inanimé après ces mots, hors d'haleine, brisé, non par l'émotion de sa fin prochaine, mais par l'espèce de rage qui saisit un ambitieux dans sa disgrâce. Ses gardes chassés de son vivant, et par le roi lui-même! ne pas attendre qu'il eût fermé les yeux, le considérer déjà comme un cadavre, cette offense avait remué jusqu'aux dernières fibres de son être, et, comme le dit mademoiselle de Montpensier, il en mourut.

— J'ai tout vu, tout entendu, monseigneur, et je comprends ce que vous éprouvez; mais écoutez-moi et j'espère apporter le baume sur vos blessures. Armand, souhaitez-vous arriver à Dieu avec mon pardon?

II.   16.

— Oui.

— Souhaitez-vous y arriver avec celui de cette douce créature, sacrifiée à la haine et que...

— Comment l'obtenir, hélas!

— Monsieur... il vit!

— Il vit, mon Dieu!

— Ah! que vous n'ayez pas un cœur de mère! croyez-vous que je serais ici s'il ne vivait pas? croyez-vous que Josseline empoisonnerait encore ce monde si je l'avais perdu? Il vit, je l'ai sauvé, mes merveilleux secrets l'ont rendu à l'existence, à une existence chétive, précaire, qu'il doit perdre bientôt, malgré tous mes efforts, mais il vit, mais je l'ai volé quelques jours au tombeau.

— Où est-il? que je le voie?

— Non, une semblable entrevue briserait le fil si léger, si imperceptible qui le tient encore à la terre, et je ne veux pas abréger d'une minute le temps qui me reste. Il vous aime toujours, chaque soir, chaque matin, vous êtes le premier nommé dans les prières de cet ange. Quand vous ne serez plus, il pensera à vous plus souvent encore, et priera davantage, c'est un cœur d'élite, je vous en réponds.

— Il n'est donc pas ici, avec vous!

— Il est dans la retraite où je l'ai laissé. Il est au milieu du luxe et de l'aisance. Pour lui, j'ai exhumé les trésors du vieux cardinal Bamba, qui, vous le savez, m'a laissé des millions pour travailler au grand œuvre, dont je lui avais révélé les secrets dans un de mes voyages d'Italie. Jusque-là, méprisant les biens de ce monde, et ne songeant qu'à la science, j'avais dédaigné cette fortune, aujourd'hui je l'ai cherchée pour mon Olivier, il aura au moins ses derniers jours embellis par tout ce que je pourrai lui trouver de joies terrestres ; malheureusement son cœur détruit tout. Il aime, il aime avec passion et cet amour est sans espoir ; ma puissance, mon savoir ne me servent à rien dans cette circonstance, je le verrai mourir sans que ses lèvres aient retrouvé le sourire, et le bonheur est la seule chose que je ne puisse pas lui donner.

Mais Ryna se trompait, malgré son expérience, elle se trompait sur celui qui se mourait devant elle. A peine écoutait-il ses paroles, toutes ses pensées se concentraient sur l'affront qu'il avait reçu.

— Ryna, interrompit-il, cet homme mourra bientôt?

Elle repoussa sa chaise d'un coup de pied et se leva furieuse.

— Ah! dit-elle, j'oubliais que vous étiez le cardinal de Richelieu, le ministre tout-puissant, pour qui cette puissance était le premier, le seul bien de ce monde, j'ai cru parler à l'Armand d'autrefois, je m'égarais.

Richelieu ne répondit rien, depuis ce moment il parla à peine et ne donna presque plus signe d'existence. Ryna et Bernin étaient seuls près de lui et le silence le plus complet régnait dans cet appartement où cette grande âme allait s'éteindre.

Tout à coup, au moment où six heures sonnaient, il se releva sur son séant, avec une force qu'on n'eût pu attendre de lui, ses joues se colorèrent, ses yeux s'animèrent singulièrement, il étendit les bras et sembla avoir retrouvé la vie.

— Ah ! dit-il, je sais, je sais, dans quelques mois il viendra me rejoindre. Merci, mon Dieu !

Ce furent ses dernières paroles ; ses joues pâlirent, ses yeux se vitrèrent, ses bras retombèrent inertes sur son lit, son corps s'affaissa et le râle le prit.

— Appelez sa chapelle, Bernin, il est temps, dit Ryna, la lampe s'éteint, tout ce qu'il y avait de divin est déjà envolé. Il ne lui faut plus que des prières.

Sur un signe de Bernin les aumôniers de la maison entrèrent, on commença l'office des morts. Ryna s'agenouilla derrière les courtisans et pria aussi. Au coucher du soleil, au moment où son dernier rayon passait à travers une fenêtre devant le lit funèbre, le râle cessa. Un médecin de quartier mit la main sur le cœur, promena une petite glace devant les lèvres, attendit le résultat quelques secondes, et, se retournant vers l'assistance, il dit :

— Son Éminence monseigneur le cardinal duc de Richelieu est mort, messieurs.

Pas un mot, pas un cri, ne répondit à cette phrase. les portes étaient ouvertes sur la galerie et sur les

vastes appartements, on n'entendait pas un bruit dans
tout le palais, une sorte de respect semblait paralyser
les mouvements, à défaut de l'affection. Cinq minutes
se passèrent, chacun se releva et se disposa à sortir,
excepté le service indispensable. Pendant ses derniers
moments, la chambre était à peine éclairée, la porte
secrète s'ouvrit sans que nul s'en aperçût, une femme
se glissa derrière tout le monde, à côté de Ryna, qui
se recula et tressaillit à son aspect. Profitant de la confusion de la sortie, elle fit deux pas en avant vers le
lit. Ryna se plaça vivement sur son passage.

— Mauvais ange, l'âme est devant Dieu, tu n'as plus
rien à faire ici, va où ton châtiment t'appelle !

L'inconnue, effrayée de cette apparition, se recula
vivement et disparut.

LV

DIEU LE VEUT

Cependant à Poitiers, le nouvel ordre du cardinal ne
pouvait être éludé; revêtu de la signature du roi, ne
pas le reconnaître, eût été rébellion. Le matin même
du jour où il arriva, la comtesse n'étant plus là pour
exciter à la révolte, après une courte délibération les
portes s'ouvrirent et on relâcha les prisonniers.

Le comte d'Oston attendait son frère à la porte du

palais; quant à Jacques, il sortit seul; il n'avait point d'ami, son éloignement ne lui en avait guère laissé, et il n'était point encore assez hautement rentré en faveur pour qu'ils se déclarassent. M. de Fouquerolles, néanmoins, ne quitta pas le palais sans se retourner vers lui.

— Monsieur de Maulevrier, dit-il, quelque parti que vous décidiez à prendre, comptez sur mon estime et sur l'intérêt véritable que je vous porterai toujours. Je me flatte que plus tard il deviendra de l'amitié.

— Oui, monsieur, plus tard, répondit le jeune homme. Je reprends mon exil; j'aime mieux être seul chez les étrangers que dans ma patrie.

Ils se séparèrent après mille protestations.

— Mon frère, dit le comte d'Oston, qui souffrait impatiemment de tous ces délais, je suppose que, comme moi, vous désirez en finir avec ce misérable vicomte avant de retourner à Malières?

— C'est en en effet mon plus ardent désir.

— Rendons-nous donc chez lui sur-le-champ, prenons le lieu et l'heure. La cérémonie des témoins est trop longue, et d'ailleurs elle ébruiterait la chose.

— Allons! je vous suis.

En les voyant entrer tous les deux, Gabines, dont la santé se rétablissait et qui se sentait maintenant tout à fait dispos, comprit le sujet de leur visite. Il ne les salua pas moins avec toute la politesse requise; leur

offrit un siège ; des rafraîchissements, absolument
comme si rien ne se fût passé entre eux, l'usage le
voulait ainsi. Ravière se trouvait là et sa position devint fort embarrassante. Il se promit de rester neutre.

— Messieurs, dit le vicomte, qui ne laissait jamais à
personne le meilleur rôle, lorsqu'il pouvait faire autrement, qui me procure l'honneur de vous recevoir
dans cette misérable chambre d'auberge?

— Vous devez le comprendre de reste, répliqua Fouquerolles, en faisant signe à son frère de se modérer,
vous savez ce que vous avez dit, ce que vous avez écrit,
et vous deviez tout naturellement nous attendre, monsieur.

Le vicomte s'inclina.

— A vos ordres, monsieur le marquis; aux vôtres,
monsieur le comte.

Un salut fut la seule réponse des deux frères.

— Mais, messieurs, comment nous y prendrons-
nous? Les édits sont sévères en diable, et il ne me paraît pas nécessaire que les survivants accompagnent
leurs adversaires chez Pluton. Il faut trouver un
moyen; aidez-moi, messieurs, aidez-moi. Ravière, c'est
à vous surtout de nous donner un avis utile, vous
l'ami de tout le monde ici.

Il le savait bien et ne se souciait pas de la mission.

— Monsieur le vicomte, poursuivit le comte d'Oston,
les conditions de ce duel ne ressemblent nullement à
celles que l'on pose d'ordinaire.

— Vraiment! dites-les vite, je les accepte d'avance.

— D'abord nous ne chercherons point de seconds.

— Accordé.

— Ensuite, vous avez offensé M. le marquis de Fou-querolles autant que moi et moi autant que lui. Vous nous ferez raison à tous les deux.

— En bonne justice je ne la devrais qu'à vous, mais enfin, j'accepte encore.

— Nous tirerons au sort à qui commencera, celui qui ne sera point tué prendra la place de l'autre.

— Sur-le-champ?

— Après un repos raisonnable, fixé par un *témoin*, ou plutôt le témoin, car nous nous contenterons de M. de Ravière, ce sera plus sûr.

— Comme il vous plaira. Est-ce tout?

— Oui, sauf le choix des armes qu'on vous laisse.

— J'y consens toujours. Remarquez bien, messieurs, que je vous fais la partie belle. Je suis seul contre deux, Je suis blessé de la main d'un de vous et vous êtes sains et forts, il n'y a dans tout ceci ni égalité, ni jus-tice. Il est vrai que je suis calme et que vous vous em-portez, cela égalisera peut-être les choses. Cependant j'ai bien le droit de proposer les précautions qui puis-sent me sauver si, par impossible, j'échappe à vos épées; n'est-il pas vrai?

— Assurément.

— Voici donc ce qui me semble le mieux. Je pars pour Paris avec M. de Ravière, vous partez pour Chauvigny, sans doute, deux routes opposées. Toutes se rencontrent quand on le veut bien. Prenez ostensiblement à midi le chemin de Malières, nous en ferons autant de notre côté, c'est-à-dire que nous nous embarquerons pour Paris, mais au lieu de nous diriger chacun vers nos destinations fictives, nous nous rejoindrons à trois lieues d'ici, sur le chemin de Châtellerault, où je connais le plus joli bois du monde, pour les rencontres d'amour et de guerre. Là nous ne serons ni soupçonnés, ni dérangés, nous achèverons tranquillement nos affaires, après lesquelles chacun tirera de son côté.., s'il y a lieu. Cela vous convient-il?

— Admirablement.

— Eh bien donc, apportez vos épées; le pistolet est bruyant, et quelquefois la main tremble après une course en carrosse. L'épée est plus facile à porter, c'est notre arme, à nous autres gentilshommes; d'ailleurs, on se voit de plus près.

Les conditions ainsi réglées avec cet air de persiflage moqueur particulier au vicomte, on se sépara. Les préparatifs furent bientôt faits. Les deux frères prirent les dispositions nécessaires en cas de mort; Gabines n'en voulut pas entendre parler.

— Je les tuerai tous les deux, dit-il, j'en suis sûr; je n'ai pas besoin de songer à autre chose qu'à m'enfuir.

— Mais la comtesse... reprenait Ravière.

— La comtesse sera enchantée. J'épouserai Isabelle, et j'aurai Saulieu

— Folies !

— Vous verrez.

Ce qui avait été dit fut exécuté de point en point. Les adversaires arrivèrent presque en même temps au bois désigné. Le vicomte, aussi gai, aussi tranquille qu'à une partie de plaisir, MM. de Fouquerolles tristes et sombres, Ravière embarrassé. Cabines les guida à l'endroit dont ils avaient parlé, et qui avait été reconnu comme parfaitement convenable.

On se mit en garde, après les cérémonies d'usage ; le sort avait désigné le comte d'Oston, comme devant le premier venger son injure.

— Ceci prouve la justice du ciel, dit le vicomte.

Il commença l'attaque, ou plutôt la défense, car il se ménageait extrêmement, et se contentait de parer. M. d'Oston devint plus furieux encore de cette retenue, il poussa bottes sur bottes, il espéra fatiguer cet homme, qui relevait à peine de maladie, mais son bras semblait d'acier. Le comte s'emporta davantage, et enfin s'enferra lui-même dans l'épée de son adversaire, qui lui traversa la poitrine ; il tomba.

Le vicomte retira son arme, et se retournant vers M. de Fouquerolles, qui se précipitait sur son frère.

— A vous, monsieur, dit-il avec une dignité triste.

— Quoi ! reprit Ravière, à l'instant, sans repos, cela ne se peut.

— Je souffrais avant de commencer ce combat, mais je ne souffre plus, mon cher, soyez tranquille.

— Oui, à l'instant! s'écria le marquis. J'ai maintenant mon frère de plus à venger. En garde, monsieur.

— De tout mon cœur.

Ils s'y placèrent en effet, et le duel reprit plus furieux que jamais. Fouquerolles mit une telle rage dans son attaque, qu'elle gagna Cabines, dont la patience se lassait; et alors, ce fut un cliquetis d'épées à éblouir. Le vicomte plaisantait toujours.

— Déjà une belle veuve, et bientôt une autre. Ravière! quels remerciments me devront les jeunes seigneurs! Vous êtes blessé, monsieur.

— Ce n'est rien; continuons. Il faut que je vous tue.

— Cela ne sera pas, s'il vous plaît; je me charge de vous le prouver.

Un coup furieux d'épée suivit cette phrase; le marquis le para, et en rendit un autre; il atteignit le vicomte au bras droit.

— Bien touché. Je continue, pourtant.

Ce combat dura plusieurs minutes à chance égale, le sang coulait sur leurs habits, sans qu'ils parussent s'en apercevoir; leur acharnement augmentait sans cesse. A la fin, le vicomte s'impatienta; il profita d'une faute de M. de Fouquerolles, et, se jetant sur lui, il lui entra son épée dans la gorge jusqu'à la garde. Le malheureux tomba à côté de son frère sans pousser un seul gémissement.

— Ah! ne l'avais-je pas dit? reprit tranquillement Cabines en retirant son épée, qu'il essuya.

Ravière resta stupéfait.

— Où est donc la justice de Dieu? Morts l'un et l'autre, et par lui? Qu'allons-nous faire maintenant?

— Rien autre chose, j'imagine, que gagner du pays, en recommandant ces pauvres diables à leurs gens. C'étaient de braves gentilshommes, pourtant; il est dommage qu'ils se soient trouvés sur la route du marquisat de Saulieu. Allons, allons, vite, Ravière! vos regards ne les ressusciteront pas. Il y a loin d'ici à mon carrosse, et très-loin d'ici aux frontières. Partons!

— Pas encore, monsieur.

Ces mots, prononcés par un être invisible, firent tressaillir même le vicomte; il crut presque qu'un des deux frères ressuscitait pour se venger de lui. Mais un homme masqué, qui apparut soudain, lui expliqua le problème, en lui mettant la main sur l'épaule, et le forçant à reculer.

— Que signifie ceci, monsieur, êtes-vous un archer? demanda-t-il. Ces façons de faire me déplaisent, je vous en avertis; et pendant que je suis en train de donner des leçons, une de plus ne me coûtera point.

L'homme, au lieu de répondre, siffla trois fois, dix autres accoururent.

— Qu'on appelle le chirurgien, il y a ici deux cavaliers blessés.

Un homme sortit des rangs, et se baissa pour examiner les plaies.

— Eh bien, demanda le chef.

— En voici un qui est bien mort; quant à l'autre, je crois qu'il en reviendra.

— Qu'on les emporte à l'ambulance, et qu'on soigne celui qui peut guérir : l'autre n'a plus besoin de rien.

— Et moi? reprit le vicomte, placé au centre d'un cercle dont il ne pouvait sortir. Il n'en avait pas l'air plus ému, ni plus préoccupé. Son courage railleur et sceptique ne s'étonnait de rien.

— Vous, monsieur? nous allons, s'il vous plaît, régler nos comptes : ce sera bientôt fait.

— Je ne demande pas mieux, je suis pressé.

— Voyons, qui donc avons-nous ici?

Il regarda alors plus attentivement, et, lorsqu'il aperçut Ravière, il jeta un cri si aigu que toute la forêt en retentit.

— C'est lui!

— Oui, parbleu, c'est moi, c'est moi-même. Est-ce que j'ai l'honneur de vous connaître?

— Et ce beau muguet est sans doute le vicomte de Gabines, votre inséparable?

— C'est lui-même, en propre original.

— Ah! Dieu est juste! s'écria le chef en joignant les mains; le jour est arrivé.

Puis, d'un mouvement brusque, il arracha son masque et le jeta loin de lui. Ravière devint pâle comme un linge, Gabines s'écria :

— Ah! c'est une ancienne connaissance. Vous souvenez-vous, monsieur, que nous nous sommes rencontrés sur les bords de la Vive, chez certaine sorcière...

— Parfaitement. On vous tira votre horoscope, auquel je mêlai ma petite prophétie. Je vous ai appelé, il m'en souvient, gibier de potence; je suis certain, à présent, de n'avoir pas menti.

— Comptez-vous me perdre pour en être plus sûr? Alors ce sera votre amie qui se trompera, car je devais, d'après sa science, mourir la couronne en tête et le sceptre à la main...

— Rien de plus facile que de nous accorder tous les deux, on peut vous satisfaire sur ce point.

— Bien obligé!

Depuis que Ravière et Giorgio s'étaient reconnus, le premier n'avait plus osé lever les yeux et restait dans un anéantissement complet. Un masque livide s'étendait sur ses traits, il murmurait quelques mots inintelligibles. Giorgio se retourna vers sa troupe : son air était grave et sérieux, il fit un geste pour réclamer le silence.

— D'après nos statuts, dit-il, nous avons le droit de nous former en tribunal, et de rendre la justice selon notre conscience, chaque fois qu'un crime nous est dénoncé, que les tribunaux ordinaires ne punissent point, n'est-il pas vrai?

— Oui, répondirent-ils unanimement.

— Eh bien, l'occasion se présente telle que nous ne

la retrouverons plus. C'est moi qui suis l'accusateur,
et voici les accusés. Placez-vous, et écoutez-moi.

— Cabines, dit tout bas Ravière, nous sommes perdus.

— Que diable avons-nous fait à cet homme? répliqua
celui-ci de même.

— Vous ne le saurez que trop tôt.

Le cercle se forma au commandement du chef, dans
le silence le plus absolu et avec un ordre qu'on n'aurait pu attendre d'une pareille multitude! Giorgio
resta debout au milieu, près des deux amis, dont la
contenance était bien différente. Ravière cherchait à
reprendre courage et appelait à son secours son effronterie ordinaire; le vicomte sifflait un pont-neuf entre
ses dents, regardant l'un après l'autre ses juges impro-
visés, et ne se montrant pas plus soucieux que s'il eût
été question d'un autre.

— Pour que vous connaissiez ces hommes, il faut
que je vous parle de moi, commença Giorgio. Ce nom
que je porte n'est pas le mien, ou plutôt ce n'est que
mon nom de baptême, italianisé par la fantaisie d'une
grande dame, arbitre fatal de mon existence. Je m'appelle Georges Handale; je suis bourgeois, j'ai été clerc,
j'ai appris les sciences, et j'entrai dans un château en
qualité de professeur d'un jeune marquis. Cet homme
— il montra Ravière — était son parent et élevé chez
lui par charité. Dans ce château se trouvait aussi une
demoiselle, sœur de mon élève, belle comme le jour;

j'eus la faiblesse d'en devenir amoureux et la folie de ne le point cacher. On en rit d'abord, je m'en aperçus à merveille; on m'encouragea, on me laissa croire qu'on y répondait, on en vint enfin à l'aveu d'une passion partagée, je me crus le plus heureux des mortels; je demandai plus, néanmoins, et à ma grande surprise, un jour, ou plutôt un soir que nous nous promenions au bord de la rivière, ma noble maîtresse m'annonça, en rougissant beaucoup, qu'elle ne pouvait plus vivre en pareille contrainte, que, si je le voulais, elle était disposée à me suivre dès le lendemain au soir, et que notre confident, cet homme, son cousin, avait tout préparé pour notre fuite. Mon bonheur fut au comble, je ne trouvai pas d'expressions pour la remercier. Je jurai de lui consacrer ma vie, de l'adorer toujours; elle me le rendit, et ce fut un délire.

» On peut juger de l'état dans lequel je passai cette nuit et cette journée; j'étais comme un homme ivre, n'entendant, ne voyant rien, que cette heure bienheureuse qui allait bientôt sonner. J'arrivai longtemps avant au lieu du rendez-vous. J'attendis avec une impatience fiévreuse; enfin le moment vint, et peu après cet homme parut. Nous avions passé deux années ensemble, il connaissait parfaitement mes goûts et mes habitudes.

» — Venez! me dit-il laconiquement, les chevaux et elle sont derrière le moulin.

» — Pourquoi a-t-on changé le lieu du rendez-vous?

» — On vous le dira; venez!

« Je le suivis sans défiance, et heureux! Nous marchions vite, je respirais à peine. Nous traversâmes un petit pont, une simple planche, sans parapet, conduisant au moulin, et jeté sur un bras de la rivière assez étroit, mais très-profond. Je ne savais pas nager, j'avais même une certaine horreur de l'eau, dont cet homme et sa cousine me plaisantaient souvent. Il passa tout à coup devant moi, me poussa, me fit perdre l'équilibre et me jeta dans l'eau, avant que j'aie eu le temps de me reconnaître. Je me souviens que je poussai un cri, et qu'après un plongeon je reparus, en lui tendant les bras. Il était encore sur le rivage, je l'appelai, dans mon angoisse. Il me répondit, avec un affreux sourire :

» — Apprends à nager, beau Giorgio.

» Puis il s'en alla.

Un murmure se fit entendre dans le cercle; le vicomte regarda Ravière.

— Je comprends, dit-il.

— Je ne sais ce qui arriva ensuite, je perdis connaissance; et quand je revins à moi, j'étais couché dans une chambre fort propre et fort rangée. Une femme était près de moi, ainsi qu'un paysan encore jeune. Cette femme avait le visage enveloppé de linges, il était impossible de la reconnaître, mais sa taille me parut belle néanmoins. Dans un berceau dormait un enfant beau et frais à faire envie aux anges. Cette femme me fit

II.   17.

signe de me taire, et me raconta que ce paysan m'a-
vait sauvé la vie; qu'elle, son enfant et lui, passaient
par hasard, et m'avaient entendu; que maintenant il ne
fallait plus que des soins, et que le lendemain, lorsque
je serais en état de partir, elle me demanderait mon
histoire.

» — Si vous êtes ce que je crois, ajouta-t-elle, j'aurai
beaucoup à vous apprendre.

» Le lendemain, en effet, après un peu de repos, je
lui racontai, sans hésitation, les événements de la veille,
mon espoir détruit, mon amour, et tout ce que j'avais
perdu.

» — C'est cela, dit-elle. Nous sommes tous les deux
victimes de la même cause. Regardez-moi d'abord.

» Elle arracha ses bandes et me montra des traits
défigurés, des cheveux blanchis, un visage à peine humain.

» — Je n'ai pas vingt ans, ajouta-t-elle.

» Je fus glacé d'horreur. Ce qu'elle m'apprit ensuite
me parut si épouvantable, que je n'en pus croire mes
oreilles : ce n'était cependant que trop vrai. *Ma bien-
aimée* et cet homme étaient deux scélérats. Cette pauvre
jeune fille, comme moi, plus que moi, leur dupe et leur
victime, leur échappait le même jour; mais, plus à
plaindre que moi, elle y laissait sa beauté, sa jeunesse.

— Mon Dieu! dit un homme de la troupe, c'est
abominable !

— La dame que j'aimais m'avait pris pour son jouet; elle se servait de moi afin de détourner les soupçons. Aimée d'un grand personnage, ou du moins recherchée par un grand personnage, elle s'y attacha facilement; elle résolut de lui appartenir à tout prix et pour toute sa vie, de lier son avenir à celui de cet homme, quoi qu'il pût lui en coûter et quels que fussent les obstacles qu'elle eût à vaincre. Elle chercha donc une *couverture*, un *homme de paille* : ce fut moi. Je devais attirer sur moi les soupçons de sa famille; c'était moi qu'on accuserait, et pendant ce temps elle s'en irait tranquille avec celui que nul n'oserait accuser. Mais pour cela je devais disparaître : on me noya.

— Pas mal! dit le vicomte à demi-voix; seulement, il fallait mettre une pierre au cou, c'est plus sûr.

— Cet homme qu'elle aimait s'était attaché aussi à une jeune demoiselle du voisinage, bien plus belle qu'elle, bien plus savante, fille d'un gentilhomme et d'une gitana d'Espagne, fille légitime pourtant, car son père avait épousé sa mère et l'avait amenée chez son frère pour y être élevée. C'était la perle du pays, c'était une houri orientale, c'était une pythonisse antique, elle reçut en naissant, de sa mère sans doute, le don de prophétie, et sa beauté était une vraie merveille. Elle aussi elle aima cet exilé de haut parage, elle l'aima au point de tout oublier pour lui; elle devint mère. C'était

un obstacle à l'ambition de ma maîtresse, elle craignit
non pas l'amour, mais le pouvoir qu'une créature aussi
accomplie et un charmant enfant pouvaient prendre
sur celui qu'elle voulait subjuguer à elle seule. Elle
trouva le moyen, et cela par cet homme, qui voyait
souvent sa rivale, de lui faire prendre un de ces poi-
sons italiens qui ne tuent pas, mais qui défigurent, qui
blanchissent et font tomber les cheveux, qui donnent
à la peau l'apparence d'une lèpre, enfin il la rendit en
trois mois telle que je l'avais vue. Ce ne fut pas tout.
On lui ravit son enfant, ma maîtresse le crut mort,
mais celui-ci le garda pour s'en faire un arme contre
sa complice. Le ciel permit que le confident de ces crimes, le paysan qui m'avait sauvé, feignît d'y prendre
part et les déjoua, il remit l'enfant à sa mère, il me
retira du gouffre où l'on m'avait enseveli tout vivant.

Cet homme et sa complice suivirent le personnage
éminent, alors rentré en faveur; depuis lors ils ne
l'ont pas quitté et ont ajouté crime sur crime, infamie
sur infamie à celles dont ils étaient déjà coupables.
Cette fille déshonorée, cette descendante d'une race de
héros était mère aussi, et voilà son fils. Elle l'a élevé et
instruit pour qu'il lui succédât dignement, l'élève a
surpassé le maître, si c'est possible, vous venez de
voir ses prouesses tout à l'heure, c'est un louveteau
digne de la mère qui l'a engendré, digne de cet ami qui
l'a guidé dans le mal. Pendant qu'ils poursuivaient
leur carrière de lâchetés et d'abominations, moi j'ai

souffert, moi j'ai erré par toute la France, par toute l'Europe, suscitant des ennemis à ceux qui détruisaient ma vie, aux ennemis de mon culte et de mes frères, j'ai failli périr vingt fois, vingt fois je me suis sauvé miraculeusement. J'ai appelé de tous mes vœux la vengeance à laquelle j'avais droit, qui seule me faisait supporter la vie, je l'ai appelée et enfin elle est venue, après vingt ans! C'est beaucoup attendre, n'est-ce pas?

Ravière avait bien l'air d'un coupable, il sentait instinctivement que son heure était venue et qu'à peine lui serait-il possible de la retarder par quelques prières; il dédaigna de les essayer. Quant au vicomte, ses sarcasmes ne tarissaient pas, pendant que les protestants délibéraient sur son sort. Il persifflait Ravière, il se jouait de lui et de la comtesse, de leurs plans mal conçus, prétendait-il.

— Ah! cet estimable Giorgio a grande raison de dire que l'élève surpasse le maître, on ne me prendra pas à des gaucheries de cette espèce. Les choses faites à moitié ne valent rien et les complices ne sont inventés que pour trahir.

L'indignation de ces hommes proscrits et chassés de leurs foyers n'était pas difficile à exciter. Bouillants de rage, la soif du sang de leurs persécuteurs les dévorait. Ravière et Cabines s'étaient montrés des plus zélés catholiques, de ceux qui poussaient le plus à la rigueur contre les malheureux religionnaires. Plusieurs vassaux de la terre de Cabines, chassés par lui, se

trouvaient parmi ces espèces de brigands et les exci-
taient encore. Giorgio voyait avec joie ces symptômes
se développer, il poussait aussi ses chefs, et ceux-ci,
guidés à la fois par un enthousiasme sauvage et par
un sentiment de justice naturelle, prononcèrent, d'après
l'avis unanime, la peine de mort contre les prisonniers.

— Allons donc! reprit le vicomte, est-ce qu'on tue
ainsi les gens, dans les forêts du roi?

— On les tue, monsieur, lorsqu'ils ont tué, répliqua
un vieillard, on les tue quand une justice partiale les
laisse vivre et frappe des innocents, parce qu'ils sont
pauvres et sans appui. Nous sommes les vengeurs et
nous vengeons Dieu, nous vengeons sa loi méconnue,
ses commandements oubliés. Nous frappons au nom du
maître qui a dit: Celui qui se servira de l'épée contre
son frère périra par l'épée.

— Que demandez-vous à ces fanatiques, vicomte,
dit Ravière, il n'y a rien à en obtenir, ils vous assom-
meront à coups de psaumes et voilà tout.

— Je ne leur demande, parbleu, rien! et je ne veux
rien d'eux qu'une chose. Il me faut une couronne et
un sceptre pour que cette vieille sorcière, leur amie,
ne m'ait point volé ma confiance. Je le veux, j'y
tiens.

— Vous les aurez, dit Giorgio.

— Alors, à vos ordres, quand il vous plaira. J'oubliais; on ne pend pas des gentilshommes, messieurs.

— Nous ne regardons point les généalogies; d'ailleurs, où est la vôtre, monsieur le vicomte?

— C'est juste, il y a une fameuse barre sur mon écusson.

Il vit qu'on préparait un arbre, qu'on arrangeait des cordes, il vit qu'on se rapprochait de lui pour lui lier les bras sans doute ; plus prompt que la pensée, il tira son poignard et se le plongea jusqu'à la garde dans la poitrine.

— J'étais venu ici pour mourir, dit-il en tombant, ainsi qu'importe ! mais au moins ils ne me toucheront point.

Ce furent ses dernières paroles.

En le voyant tomber les protestants craignirent que leur autre proie ne leur échappât. Ils se jetèrent sur Ravière et en un clin d'œil l'eurent percé de plus de coups qu'il n'en eût fallu pour lui ôter dix existences. Après l'avoir achevé, leur rage ne fut pas encore satisfaite.

— A la potence ! crièrent-ils.

On enleva les deux corps, on les suspendit en moins de temps qu'il n'en faut pour écrire ces lignes.

— Un instant, dit un des plus zélés, ce jeune drôle a droit à sa couronne, nous devons le satisfaire.

On lui entoura la tête d'une cercle d'oripeaux, arrachés naguère à l'habit d'un autre victime, on lui attacha dans la main un morceau de bâton doré et on le porta en cet équipage à cette branche qui l'attendait.

Il n'était pas tout à fait mort, il s'aperçut de cette mascarade et essaya de sourire. Jusqu'au dernier moment son caractère ne ploya point.

Le lendemain la troupe était retirée et les deux corps se balançaient seuls dans cette clairière déserte. La furie de leurs ennemis les avait tellement défigurés qu'il eût été impossible de les reconnaître. Leur sort resta donc un mystère. Les domestiques épouvantés s'étaient enfuis dans toutes les directions. Ces bandes inspiraient la terreur partout où elles se montraient. La Fronde seule parvint à les détruire, en donnant un autre cours aux passions des masses.

Quant à ce qui arriva de nos autres personnages, le lecteur l'apprendra en prenant la peine de lire le volume qui a pour titre : *le Neuf de pique.*

FIN

TABLE

XXVII. — La fin d'un bal. . . . .

XXVIII. — Le retour.   12

XXIX. — Craintes..   23

XXX. — L'un pour l'autre.   31

XXXI. — Les anciens complices.   41

XXXII. — Les rivaux.   50

XXXIII. — Le piége.   58

XXXIV. — Dévouement.   71

XXXV. — Une victime.   83

XXXVI. — Les deux sœurs.   94

XXXVII. — Le jugement d'un père.   103

XXXVIII. — Les gens du roi.   111

XXXIX. — Répondra-t-elle ?   121

XL. — Le dernier remède.   131

XLI. — Oromaze et Arimaze   141

XLII. — Les aveux..   153

XLIII. — Deux prisonniers..   159

XLIV. — Deux nobles rivaux.   170

		Pages.
XLV. — A Malières.		180
XLVI. — La contre-partie.		192
XLVII. — Le voyage.		200
XLVIII. — Le retour.		215
XLIX. — Le limier.		227
L. — Le diable ne lâche pas sa proie.		233
LI. — Giorgio.		241
LII. — Un malade.		250
LIII. — Le dernier rendez-vous.		261
LIV. — La fin de tout.		272
LV. — Dieu le veut.		285

FIN DE LA TABLE DU TOME DEUXIÈME.

Poissy. — Typ. S. LEJAY ET Cie.